この世界でただひとつの、きみの光になれますように

高倉かな

STARTS
スターツ出版株式会社

たとえ小さな一歩でも、勇気を持って踏み出せば、変えられるものがある。

大切なものを、守ることができる。

声を失ったあの夏。わたしは、大切な一歩を踏み出した。

目次

この世界でただひとつの、きみの光になれますように

プロローグ

外で食べるおにぎりって、どうしてこんなにおいしいんだろう。春の光を受けて、お米の一粒一粒が艶《つや》やかに輝いている気がする。

「外で食べると、どうしてこんなにおいしく感じるんだろうね」

おにぎりを頰張《ほおば》りながらそんなふうに感動しているると、心の中で思っているのとまったく同じセリフが聞こえてきた。

友達の依子《よりこ》だ。レジャーシートにきちんと正座した依子は、三角型のおにぎりを両手で大切そうに持って口に運んでいる。

「……だよね！　わたしも今、ちょうどそう思ってた！」

偶然同じことを考えていたなんて、なんだか嬉しい。うんうん、と大げさに首を縦に振るわたしに、依子はくすりと笑って言った。

「ね。べつに、特別なお米で作ったわけじゃないのにね。この現象に名前ってあるのかな」

「うーん……『外で食べるご飯おいしい現象』？」

「ふふ、奈緒《なお》。そのまますぎだよ」

依子の笑顔がさらに弾《はじ》けて、つられるようにわたしも笑う。

顔を緩《ゆる》ませながら考える。きっと、『外で食べるご飯おいしい現象』と同様に、『友達と一緒に食べるとおいしい現象』なんていうのもあるんじゃないかって。

高校入学を控えた三月の終わり。わたしたちは中学最後の思い出作りにと、各自お弁当を持参して、桜の木の下でお花見を楽しんでいた。

都心でのお花見は、ビルの群れを背負っていて若干風情《ふぜい》に欠けるけれど、それでも咲き誇る桜は美しかった。ほぼ満開の桜。広がる枝はおのおの、こぼれんばかりの淡いピンクを灯《とも》らせて、春の訪れをめいっぱい伝えている。

梢《こずえ》を通して、ちらちらと踊る木漏《こも》れ日。周囲は花見客であふれており、皆わたしたちと同じように食べて話して、楽しげに笑い合っている。

ショップ巡《めぐ》りをするのも楽しいけれど、こうやって季節ならではのイベントを楽しめるのは、すごく素敵なことだ。おにぎりを全部口に詰め込みながら、わたしはお花見に誘ってくれた依子に心の中で感謝した。

依子と仲良くなれてよかった。そう思うのは、もう何回目になるだろう。

わたしと依子が仲良くなったきっかけは、今から三年前。中学入学初日のことだった。

その日、わたしはガチガチに緊張していた。友達はできるだろうか、新しい環境でうまくやっていけるだろうか。人見知りで話し下手なのも相まって、考えれば考えるほど不安で仕方なかった。

第一印象が大切。笑顔、笑顔。そう自分に念じて、これから一年間を過ごす教室へと足を運んだ。けれど初《しょ》っ端《ぱな》から、わたしは失敗してしまった。

教室に入るとき、わずかな段差につまずいて、顔から派手に転んでしまったのだ。シンと静まったあと、教室内にはクスクス笑いが起こった。『うわ、ヒサーン』と憐《あわ》れむ声も耳に入ってきた。

もう消えてしまいたい。顔を真っ赤にして半泣きになり、床にへばりついていたときだった。

『大丈夫⁉』

声が聞こえた。ハッとして顔を上げると、ひとりの女の子が目の前にしゃがんで、わたしに手を差し出していた。

なににも染まっていない、重めの真っ黒なストレートヘアー。心配の感情がうかがえる、メガネの奥の小ぶりな目。それが、依子だった。

『……あ、ありがとう……』

助け起こしてもらったあと、わたしはドギマギしながら、掠《かす》れた声でお礼を言った。消え入りそうだったのに、依子はわたしの声を聞き逃さず、優しく笑いかけてくれた。

今度は嬉しくて泣きそうになった。ああ、この子と仲良くなれたら。そう強く思ったのを、今でも鮮明《せんめい》に覚えている。

それからというもの、わたしたちは自然と行動を共にするようになった。

わたしは引っ込み思案《じあん》な性格で、自分の気持ちを口にするのがかなり苦手なほうだ。これを言ったら相手が気を悪くしないかとか、嫌われないかとか。いつもそんな思いが先行してしまう。

けれどなぜか依子に対しては、呑《の》み込まずに伝えることができた。多分、依子なら受け入れてくれるとわかっていたからだ。依子はわたしの言葉を否定しないし、いつだって急《せ》かさずに待ってくれた。

依子と話すのは楽しかった。読書という共通の趣味があったことも大きいと思う。お互いのオススメを紹介し合い、同じ本について語り合った。自分にこんなに仲のいい友達ができるなんて、信じられなかった。

中学三年間は、依子との思い出ばかりだ。そして、この四月からも同じ高校に通えることになっている。縁《えん》が続くのは本当に嬉しい。

「……クシュンッ！」

回想に浸《ひた》ってあたたかい気持ちになっていると、すぐ隣でクシャミが響いた。口に両手を当てて、背骨を丸めている依子。手をそろりと外し、わたしと目が合うと恥ずかしそうに微笑《ほほえ》んでみせた。

「グス……ッ、ごめん。最近よくクシャミが出るんだよね」

唇《くちびる》の間にのぞく、大きめの前歯。依子はコンプレックスに思っているみたいだけれど、リスみたいでかわいくて、わたしは好きだ。

「花粉症になっちゃったかな」

「時期的にそうかもしれないね。一度病院で診《み》てもらったら？　薬でマシになることもあるみたいだよ」

「ありがとう。うーん……でも、そこまでじゃないんだよね。鼻水もひどくはないし、目もかゆいわけじゃないし。病院行くと、結構お金かかっちゃうしね」

眉《まゆ》を下げ、困ったように笑う依子。

依子は幼い頃に父親を亡くしていて、母子家庭だ。金銭的に裕福でないことは、ずっと一緒に過ごしている中でなんとなく知っていた。

多分、たくさん我慢していることがあるのだと思う。けれど今まで一度も、依子が自分の家庭環境について嘆《なげ》いたり、愚痴《ぐち》を言ったりしているのを聞いたことがない。

依子はわたしよりずっと大人で、思いやりのある女の子だ。

「早く花粉症の時期が過ぎて、夏にならないかな」
ズ、とはなをすすって依子が言った。桜のすき間から降る木漏れ日が、依子の顔をまだらに染めている。

「……って、桜見てる最中にそれはないよね」

「あはは、たしかに！　夏……夏かぁ。春は桜だけど、夏の花だったらひまわりかなぁ」

わたしが何気なく漏らした言葉に、依子は「ひまわり！」と明るい反応を見せた。メガネの奥の瞳を輝かせ、言葉を続ける。

「夏になったら、ひまわり畑行ってみたいな。わたし、行ったことないんだよね」

「いいね！　一緒に行こうよ！」

依子の言葉に、前のめりになって即答した。わたしもひまわり畑は、テレビの中でしか見たことがない。

いいな、一面に咲くひまわり。青空の下に広がる、黄金の花の群れ。有名スポットってどこにあるんだろう。写真も撮りたいな。いいカメラが欲しいけれど、貯めているお年玉で足りるかな。

「……ねえ、奈緒」

そんなふうに楽しく妄想を膨《ふく》らませていると、少し控え目な声で名前を呼ばれた。

「ん？」

首をかしげると、依子はどこか緊張したように一度唇を結び、まばたきを多くしながら言った。

「……高校に入っても、その……」

「うん？」

「……親友で、いてくれる？」

その言葉を聞いたとき、一瞬息が止まった。

胸が熱くなった。嬉しかった。依子がわたしを、〝友達〟でなく、〝親友〟だと思ってくれていたことが。

「……うんっ！　親友でいる！」

大きすぎる声で答えると、依子は大きく目を見開いてから、安心したように笑った。

満開の桜の下、わたしたちは指きりをした。

指きりげんまん。ずっと親友でいようね。これからも本の貸し借りをして、たくさん話して、夏にはひまわりを見に行こうね。

顔を上げる。咲き誇る桜の向こうにある太陽は、わたしたちのこれからを明るく照らしてくれているような気がした。

空は、綺麗《きれい》に透《す》き通っていた。心を洗うような青。希望の色。

この先に絶望が待っているなんて、微塵《みじん》も感じさせない色だった。

ねえ、依子。

わたし本当に、依子のこと親友だと思ってたよ。
本当に、一緒にひまわりを見に行きたいと思ってたんだよ。
ねえ、依子。

……ごめんね。

1　夏のはじめ

一両きりの電車は、電車というよりは箱のようだ。箱はわたしを、自然が生《お》い茂る非日常空間へと運んでいく。

ガタン、ゴトンと眠気を誘う振動を感じつつ座席に背を預けたわたしは、ぼんやりと車窓を眺めていた。

車窓に切り取られながら流れる景色は、圧倒的に緑の割合が多い。山の緑、田の緑。濃淡はあるにせよ、多くを緑に覆《おお》われた世界の中にポツポツと住居があるのが見てとれる。

今わたしが向かっているのは、田舎《いなか》のおばあちゃんの家だ。自宅マンションのある東京から、新幹線と電車を乗り継いで約五時間。さすがにお尻《しり》が痛くなってきた。

世間では夏休みのはずだけれど、賑《にぎ》わいの気配はなく、車内はガランと空いている。することといえば景色を眺めることしかなくて、とても暇だ。

でも、それでもひとりで来てよかった。もしお母さんが付いてきていたとしたら、五時間ずっと話しかけられ続けて、到着までに精神がすり減ってしまっていただろう。

『ひとりで大丈夫？　やっぱり心配だし、お母さん仕事休んで付いていこうか？』

この長旅が決まって以降、お母さんは毎日わたしにそう言ってきていた。

新幹線と電車の乗り継ぐくらい、ひとりでできるのに。もう高校一年生だというのに、お母さんの中でわたしは、いつまでたっても幼い子どものままらしい。

かと言って、じゃあお前は大人なのかと問われれば、決してそうではないと思う。大人ってなんだろう。もっと心が強くなって、何事にも立ち向かえるのが大人なんだろうか。じゃあわたしは一生、大人になんてなれそうもない。

「あの、すみません」

ぎゅっと唇に力を入れていると、通路側から中年の女性に声をかけられた。

「これ、そこに落ちてたんだけど。違う？」

差し出されたのは、上品な花の刺繍《ししゅう》が施《ほどこ》されたライトグリーンのハンカチ。百貨店に並んでいそうなそれは、わたしが持つにはちょっと大人びている。

――いえ、違います。わたしのじゃないです。

そう口にできない代わりに、少し大げさに首を横に振った。

失声症《しっせいしょう》。

わたしがその診断を受けたのは、高校に入学して約三カ月後。六月の終わりのことだった。

まだ梅雨《つゆ》明けには早い、雨の降りしきるその日。ある出来事をきっかけに、わたしは声を出すことができなくなってしまった。

失声症とは、声帯には問題がないのに精神的なストレスが原因で声が出なくなる、もしくは出にくくなってしまう病気だ。一週間程度で治ることが多いらしいけれど、わたしはもう、半月以上声を失ったままでいた。

お母さんに連れられて心療内科《しんりょうないか》に通い、投薬《とうやく》やリハビリを何度も受けたし、家でも声を出す練習をした。けれど効果は見られなかった。

そんなわたしに医師が提案したのが、夏休みを利用して環境を変えて生活することだった。なんでも、わたしと同じように思春期に失声症にかかった子で、田舎の親戚《しんせき》の家でしばらく暮らしたことで改善した、という例があるようだ。

家族会議の末、わたしを預ける場所として白羽《しらは》の矢が立ったのが、遠方でひとり暮らしをしている祖母の家だった。

お母さんが電話で事情を話すと、おばあちゃんはふたつ返事で了承してくれたらしい。

『次は終点。終点です』

続く緑をぼうっと眺めているうちに、車内アナウンスが流れた。同時に電車はスピードを緩め、あっという間に短いホームへと滑《すべ》り込む。

——ようやく、着いたんだ。

長旅で感情がぼんやりしていたけれど、いざ到着すると少し緊張してきてしまった。

おばあちゃんに会うのはかなり久しぶりだ。遠方であることと両親の仕事が忙しいことで、もうずいぶん会っていなかった。

水玉模様のボストンバッグを持ち上げ、開いたドアからふらふらとホームに出る。車掌《しゃしょう》さんも降りてきて、「ご乗車お疲れ様でした」とわたしから切符を受け取った。どうやら駅に改札がないため、直接受け渡しするらしい。

「奈緒」

経験したことのないシステムに面食らっていると、落ち着いた声に名前を呼ばれた。ハッと顔を上げて、ホームのはずれにある短い階段に、見覚えのある姿を捉《とら》える。小柄な身体に、小さくまげを結《ゆ》った髪。その髪は、染めたように隅々まで真っ白だ。

――ああ、おばあちゃんだ。

ぼんやりしていた何年も前の記憶が、本人を目にしたことで一気に鮮やかになった。ボストンバッグの重みに振り回されつつ、おばあちゃんの元に歩み寄る。

「よく来たね。疲れたろう」

垂れ気味の目をいっそう下げ、笑いかけてくれるおばあちゃん。わたしも笑い返したけれど、ぎこちない表情になってしまった。

久々に会えたことは嬉しい。でも、夏休み中迷惑をかけるという申し訳なさが頭の大部分を占めていて、どう振る舞っていいかわからない。

「さあ、カバンを貸して。ここから歩いて、十分くらいで着くからね」

おばあちゃんは当然のように私のバッグを持ったかと思うと、しゃんと背筋を伸ばしてホームを歩き出した。

わたしも慌《あわ》てて、あとに続く。線路を越えると、そこには車内から見ていたよりもぐっと濃密な自然が広がっていた。

四方を山に囲まれた平地。見渡す限り田畑が続いており、高い建物は一棟もない。こんな土地にひとりで住んで、おばあちゃんは不自由しないのかと心配になる。

――それにしても、暑い。

到着までに時間がかかったから、今は夕方と呼べる時間帯のはずだ。にもかかわらず太陽は、ジリジリと根強い力で肌を焼いてくる。まるで攻撃されているみたいだ。

しかしもうしばらく歩くと、その暑さを緩和《かんわ》してくれる音が耳に入ってきた。川の音だ。視線の先、行く手を横断するように幅五メートルほどの川が、サアアと穏やかなスピードで流れていた。

「この川の水はね、甘いんだよ。都会の水は塩《しお》っ辛《から》いだろう」

川をまたぐ橋に差しかかったとき、おばあちゃんが立ち止まって言った。

予想外の言葉に目を丸くする。水が甘いなんて本当だろうか。今まで、水に味なんて感じたことはないけれど。

「奈緒は覚えてないだろうけどね――」

おばあちゃんは続けた。昔、わたしがまだ幼いときに、この川の付近で一緒につくし採りをしたこと。たくさん採れて、わたしがとても自慢気だったこと。けれどあまりにたくさん採ったものだから、佃煮《つくだに》にしても食べきれなかったこと。

「もう少し前に来ていれば、ここでホタルが見られたんだけどね。惜しかったね」

涼しげな音を立て続ける川を見ながら、おばあちゃんは緩やかに独り言を落とす。そのときふと、自宅マンションで散々聞いたお母さんの言葉が、脳裏《のうり》を過《よぎ》った。

『声が出なくてもいいの。でも返事はしようとしてみて。出そうとすることが大事よ。リハビリだと思って。ね？』

絶《た》え間ない水音が、耳を通り抜けていく。耳から喉《のど》を通って、わたしの中へ入り込んでいくような気がする。

お母さんと違って、おばあちゃんはわたしに無理やり声を出させようとはしなかった。

声を失った原因について、なにも聞こうとしてこなかった。

時折足を止め、話を聞きながら歩いていたからだろう。おばあちゃんの家に着いたのは、駅を出て二十分ほど経った頃だった。

「時間がかかっちゃったね。さあ、入って」

小さな庭に囲まれた、昔ながらの瓦屋根《かわらやね》の家だ。ブロック塀《べい》とひと続きになっている門をくぐって庭に入ると、長い縁側《えんがわ》が存在感をもってわたしを出迎えた。陽光で浮き上がったように見える、不揃《ふぞろ》いな木目。その縁側に面したふたつの座敷は、障子《しょうじ》を開け放っているおかげで中まで丸見えだ。

「こっちが奈緒の部屋だよ」

ぼうっと突っ立っていると、おばあちゃんが右側の座敷を指差して言った。

「荷物を部屋に置いたら、台所においで。夕飯を準備してあるからね」

申し訳な気持ちでバッグを受け取り、縁側に上がらせてもらう。座敷に一歩踏み込むと、濃い畳《たたみ》の匂いが鼻腔《びこう》を満たした。

黄土色《おうどいろ》のザラザラした土壁《どへき》に囲まれた、正方形の部屋。置かれているのは、小ぶりなちゃぶ台と扇風機《せんぷうき》だけだ。自宅マンションとはまるで雰囲気が違う。

――今日から夏休みの間中、ここで過ごすのか。

馴染《なじ》みのなさを強く感じて、心細さが膨れ上がった。すべてが古風テイストの中で、手に下げている水玉のボストンバッグだけが、妙に浮いて見える。

この中には、洋服や日用品の他に、教科書と問題集が詰《つ》まっている。『向こうでも遅れないように勉強だけはしなさい』と言って、お母さんが入れたものだ。

お母さんはわたしのスマホもバッグに詰めようとしたけれど、それだけは家に置いていくと突っぱねた。スマホなんて持ってきたら、お母さんから毎日何通もメッセージが届くに決まっているし、都度返信するのは想像しただけで苦痛だった。

それに、もしあの子たちから連絡があったらと思うと――。

唇を噛《か》み締《し》めて俯《うつむ》くと、畳の上には、わたしの黒い影が長く伸びていた。

「長旅でお腹《なか》が空いただろう。たくさんお食べ」

荷物を整理し終えて台所に向かうと、食卓にはもう食事が並んでいた。

メインは魚と野菜を一緒に蒸して、味噌《みそ》で味付けしたもの。野菜は甘くてすごく美味《おい》しかったし、お味噌汁も身体に染み渡るようだった。

本当に至れり尽くせりで、夕飯後におばあちゃんはすぐにお風呂を用意してくれた。雰囲気のあるひのき風呂で、お湯加減はちょうどよかった。木のお風呂なんて手入れが難しそうなのに、隅々まで掃除が行き届いている。

ご飯もお風呂も、ホッとするもの続きだ。なのに居心地の悪さは、ずっと抜けることがなかった。

そうしているうちにしぶとかった太陽はすっかり息を潜《ひそ》め、世界は夜に突入していた。

「ゆっくり寝るんだよ。おやすみ」

居間にいるおばあちゃんにペコリと頭を下げ、早々に与えられた部屋に戻る。いつの間に準備してくれていたのか、座敷にはすでに布団《ふとん》が敷《し》かれてあった。開け放たれていた障子は今では閉め切られていて、障子紙から漏れ入る月明かりが、部屋の中をぼんやりと青白く染めている。

なんだか、お化け屋敷の照明みたいだ。そう思うと急に怖くなってきて、わたしは隠れるように布団に潜《もぐ》り込んだ。

慣れないソバガラの枕《まくら》に頭を預け、天井を見上げる。ほの暗い中で込み上げてくるのは、漠然《ばくぜん》とした不安だった。

――わたし、明日からどう過ごせばいいんだろう。

言われるがまま来たけれど、ここでいったいなにが変わるのかな。なにも変わらないんじゃないかな。だってわたしは変われないし、過去も変えられないのだから。

お化け屋敷みたい、なんて感想を抱いたせいだろうか。天井の木目がじわじわと人の顔に見えてきてしまい、しまいにはウー、というなり声のような幻聴《げんちょう》まで聞こえてきた気がして、わたしは慌てて頭まで布団をかぶった。

こんなの眠れそうにない。けれど長旅の疲れは恐怖に勝ったらしく、わたしはいつの間にか意識を手放していた。

その夜、わたしは夢を見た。高校に入学した、翌日の夢だった。

＊＊＊

入学式の翌日。いつもはスマホのアラーム一回で起きられるというのに、わたしはなぜか、その大切な日に限って寝坊してしまった。

「初っ端から遅刻だなんて、恥ずかしいからやめてよね。まったく」

お母さんにグチグチ言われながら、慌てて準備をして家を飛び出る。

高校までは電車通学だ。履《は》き慣れないローファーで駅まで猛ダッシュしたおかげで、なんとか電車に飛び乗ることができた。

ハアハアと肩で息をしながら、乱れた髪を整える。呼吸が落ち着いてきた頃、わたしはやっと窓のほうに視線を向けた。

車窓には自分の姿がうっすらと映り込んでいて、着用している制服はブレザーだ。中学のときはセーラー服だったから、まるっきり雰囲気が違っていてドキドキする。

昨日は式でバタバタだったし、本番は今日からだ。クラスに馴染《なじ》めるかな、浮かないかな。不安が次から次へと湧いてくる。

けれど、三年前の中学入学初日に比べればずっとマシだ。なにせこの高校には、依子がいる。もしクラスに気の合う友達ができなくたって、同じ学校に依子がいるならそれだけで心強かった。

『……親友で、いてくれる？』

先日のお花見のときにもらった言葉は、わたしの中でお守りみたいに光っている。

依子はもう、学校に着いているだろうか。

いろいろ考えを巡らせている間に電車は学校の最寄駅に到着し、わたしはソワソワと足早に学校へ向かった。

辿《たど》り着いた昇降口は、すでに多くの人で賑わっていた。どうやら、クラス分け表が貼り出されているらしい。すごい人だな、と圧倒されて怯《ひる》んだ次の瞬間、わたしの心は急浮上した。

艶やかな長い黒髪。人だかりの後方に、依子の姿を見つけたからだ。

「依子っ！」

すみません、と肩をすくめながら人ごみに割り入り、手を伸ばして依子の肩を叩く。

「……奈緒！」

振り返った依子は、パッと花開くような満面の笑みを見せて、そして言った。

「奈緒とわたし、同じクラスだよ！」

「え……う、嘘《うそ》っ!?」

ひっくり返った声をあげて、依子の指差した先を見る。田内《たうち》奈緒。涌井《わくい》依子。わたしたちの名前が、たしかに同じ四組内にあった。

「きゃあっ！　やったーっ！」

思わず歓声を上げて、依子に飛びついていた。同じ高校というだけでなく、まさか同じクラスだなんて。この一年間は楽しい学校生活を約束されたようなものだ。

わたしたちははしゃぎながら、連れ立って二階にある一年四組の教室へと向かった。

意気揚々《いきようよう》と踏み込んだ教室内には、わたしたちと同じブレザーに身を包んだ生徒がひしめいていた。黒板には席順と思わしきものが貼り出されており、わたしと依子は肩を並べてのぞき込む。

「わたし廊下側の一番後ろだ。奈緒は？」

「んー……ちょうど真ん中辺り！」

さすがに席順まで並び、というわけにはいかなかった。カバンを置くためにいったん依子と別れ、指定された自分の席へ向かう。

置くだけ置いたら、すぐに依子の元に行っておしゃべりを再開しようと思っていた。

そのつもりだった。

「ねえ、どこ中出身？」

「……！」

けれど自分の席にカバンを下ろしたとき、後ろの席に着いていた女の子に声をかけられ、わたしはハッと動きを止めた。

髪を茶色く染めていてメイクもしている、かわいいけれど少し気の強そうな子だ。瞬時に気弱で人見知りな自分が戻ってきてしまい、わたしはドギマギと緊張しながら、

「ひ、東中《ひがしちゅう》」と出身中学を答えた。

「へー、東かぁ。知り合いいないや」

くりんと丸まった毛先を指でなぞりながら、女の子は力強い目でわたしを見つめる。

「あたし、北中《きたちゅう》の高峰由梨華《たかみねゆりか》。よろしくー」

「あ、よ、よろしくね。田内奈緒です」

「奈緒ってさ、もしかして髪染めてる？」

突然の呼び捨てと意外な質問に、「えっ」と目を丸くして固まる。

わたしは色素が薄いほうだ。髪は日に透けると茶色っぽく見えるので、勘違いさせてしまったのだろう。

「あ……えっとね……」

たどたどしくその旨《むね》を説明すると、高峰さんは「なーんだ」と少しガッカリしたように言った。くっきりした大きな目から、興味がスッと引いていくのを感じる。

「ま、よろしくねー」

自信と余裕たっぷりの笑顔を見せる高峰さん。笑顔とは相手に対する好意を示すものであるはずなのに、なぜかわたしの身体は強張《こわば》ってしまった。

ぎこちない笑顔を返して思った。この子はきっと、中学のときに一番目立つグループにいたんだろうな。わたしの髪を見て同士かと思って声をかけたら、下層グループのヤツでガッカリしたんだろうな、と。

こういう派手で発言力があるような子は、一番苦手なタイプだ。接するのが怖いし、ただでさえ出にくい言葉がますます喉の奥に引っ込んでしまう。

依子と一緒のクラスになれて弾んでいたはずの心臓は、高峰さんとのごくわずかなやり取りだけですっかり委縮《いしゅく》してしまっていた。

寿命が少し縮まったような。例えるなら、肉食獣《にくしょくじゅう》の前に放られた草食動物のような気持ちだった。

2 夏の出会い

翌朝、わたしはセミの大合唱で目を覚ました。

命を削るような鳴きっぷりだ。目覚めてすぐは、ここはどこだろうと混乱してしまったけれど、数秒もすればおばあちゃんの家に来ていることを思い出した。

肘《ひじ》をついて、ゆっくりと上体を起こす。枕元には、昨日は見かけなかった小ぶりな皿が置かれていて、皿の上には灰が積もっていた。

多分、蚊取《かと》り線香《せんこう》が燃え尽きた跡だ。部屋に独特な匂いが漂《ただよ》っている。わたしが寝ている間に、おばあちゃんがこっそり焚《た》いてくれたのだろう。

顔でも洗ってこようかと、寝間着《ねまき》のまま部屋を出る。洗面所に行く前にそろりと居間をのぞいてみたけれど、おばあちゃんの姿はなかった。

まだ寝ているのだろうか。そう思ったとき、後方からチーンと小さな鐘《かね》を打つような音が聞こえてきた。わたしが寝ていた部屋の隣からだ。

くるりと身体の向きを変え、隣室のふすまを音を立てないように開く。すき間から中をのぞいてみると、仏壇《ぶつだん》の前に正座し、手を合わせているおばあちゃんが見えた。

仏壇には、一枚の写真が置かれていた。白黒で明瞭《めいりょう》さに欠けるものの、写っているのは多分、今は亡きおじいちゃんだ。

おじいちゃんに挨拶《あいさつ》を終えたおばあちゃんが、合わせていた手を下ろし、こちらを振り返る。

「おや、奈緒。起きたのかい」

すき間から顔をのぞかせるわたしと目が合うと、おばあちゃんは驚くこともなくやわらかく笑った。

「まだ六時前だよ。もっと寝ていてもよかったのに」

そう言われて初めて今の時間を知った。部屋に時計はなくスマホも持ってきていないから、確認する術《すべ》がなかったのだ。

おばあちゃんはすでに着替えを終えていて、きちんと髪も結っている。とりあえずわたしも着替えなければ、と一歩足を引こうとしたとき、「奈緒」と話しかけられた。

「朝ご飯はちょっと待っててくれるかい。今から畑に行くんだよ。日が高くなると畑仕事は暑くて敵《かな》わないから、早いうちにね」

あっ、と思った。そういえば昨日の夕食時、『ここに出てる野菜は全部、畑で採ってきたものなんだよ』と教えてもらっていたのだ。おばあちゃんはこの年になっても、一人で畑仕事をしているらしい。

——こんな早朝から働かなければならないなんて、大変だな。

他人事のような感想を抱いていると、おばあちゃんがなにをひらめいたのか、「そうだ」と膝《ひざ》を叩いて立ち上がった。

「せっかくだから、奈緒も一緒に行くかい？　朝から土に触れて、身体を動かすのは気持ちがいいよ」

——え？

まさか誘われるとは思っていなかったから、目を見開いて答えに窮《きゅう》してしまった。

正直、こんな起きぬけから畑仕事なんて乗り気にならない。虫も苦手だし、土を触るのも気が進まない。けれど笑顔のおばあちゃんを見たら断るのは悪いと思い、へらりと笑ってうなずくしかなかった。

Tシャツとショートパンツ。持ってきていた服に素早く着替えたのちに向かった畑は、家のすぐ裏手にあった。

余裕で一軒家を三棟は建てられそうな、広い畑だ。これをひとりで管理しているなんて信じられない。ナスやちんげん菜と思われる野菜が、朝の陽光を受けて艶やかに光っている。

「今日はね、人参《にんじん》の種まきをしようと思ってるんだ。まず、土を耕《たがや》すところから始めようか」

庭の倉庫から持ってきていたクワをわたしに渡して、おばあちゃんは言った。

気は乗らないけれど、お世話になっている状況で断るという選択肢はない。クワを受け取り、わたしはおばあちゃんから指導を受けて、土を耕し始めた。

ザク、ザク、ザク。小気味《こきみ》よい音で、クワを振り下ろす。普段使っておらずなまけている筋肉が、ギュッギュと頑張って収縮しているのを感じる。

やっとのことで土を耕したら、次は畝《うね》作り。耕した土を一列になるように集め、土を一段盛り上げたような形を作る。それをクワで平らにならしたら、やっと種の出番だ。この時点で、すでに肌はじっとりと汗ばんでいた。

「二ミリくらい間隔を空ける感じで、パラパラとね」

言われた二ミリ幅を念頭に置いて、人参の種を落としていく。そのあとは薄く土をかけ、手で軽く押し固めた。

そこまで作業を終えた頃には、Tシャツが汗で重くなり、膝が土で茶色く汚れていた。畑仕事をするなら長ズボンを持ってくればよかったと、膝の土を払いながら熱い息を吐く。

自宅からボストンバッグに詰めてきたのは、暑いからとショートパンツばかりだ。あとはお気に入りの白いワンピースが一枚。ワンピースなんて、ここでは絶対に出番がないだろう。

その後も作業を続けていると、空に輝く太陽は徐々に威力を増してきていた。三重苦だ。暑いし服も膝も汚れているし、さらには苦手な虫も間近で見てしまった。

なのにどうしてか。ひと仕事終えたわたしが感じていたのは、不思議と心地よい疲労感で、乗り気でなかった自分はいつの間にか姿を消していた。

朝から土を触って、身体を動かすのは気持ちがいい。おばあちゃんが言っていたことが、少しだけわかった気がする。

「それがよく熟《う》れてるよ」

水やりまで完了したあと、おばあちゃんはわたしにトマトを穫《と》らせてくれた。へたの少し上にある節《ふし》のようにふくらんだ場所に指を添え、そこを支点にしてひねり折る。ずっしりとした重みが、手のひらにおさまった。

「ひとつ食べてみるかい。もぎたては格別だよ」

おばあちゃんがそう言ってくれたので、戸惑いながらもこの場で食べさせてもらうことにした。できるだけ大きく口を開き、思い切ってガブリとかぶりつく。

――わっ、みずみずしい。

スーパーで売っているものとは大きく違っていて驚いた。健康なお日さまの味、というのだろうか。ごくりと飲み込むと、太陽が体内に宿ったように活力が湧《わ》いてくる気がする。

すかさず、もう一口かぶりついてみる。心地よい疲労に太陽のトマトの力が合わさって、ずっと曇っていたはずの心が、幾分《いくぶん》晴れていくのを感じた。

この日の昼食は、トマトの他に収穫したゴーヤを使って、おばあちゃんと一緒にゴーヤチャンプルーを作った。

ゴーヤなんて食べたことがないし、ましてや調理するのは初めてだ。

「畑のゴーヤはどうだい？」

食卓の向かいからおばあちゃんに尋ねられ、わたしは急いでポケットから小さなメモ帳を取り出した。

【ゴーヤってこんなにおいしいんだね。恐竜の皮膚《ひふ》みたいなのに】

そう書いたページをおばあちゃんに向けると、おばあちゃんはふっと穏やかに吹き出した。

「あはは、恐竜の皮膚かい。奈緒は面白いことを言うね」

笑わせようとしたつもりはなかったけれど、相手が笑ってくれると嬉しいものだ。

自然と顔をほころばせるわたしに、おばあちゃんはこんな言葉をこぼした。

「家に、自分以外の誰かがいるってのはいいね」

優しい響きで、でも少しだけ寂しい声だった。おばあちゃんは自分の足元に視線を落とすと、まるでそこになにかいるかのように、そっと手を伸ばしてみせた。

「実はね。少し前まで、この家で犬を飼っていたんだよ。でも……死んでしまってね。家族みたいなもんだったし、やっぱり寂しくてね。ただ、寂しいからってすぐに新しい子を飼うのは、どうしても気が引けて……」

飼っていた犬の名前はアサヒと言うらしく、おばあちゃんは目元を緩めてアサヒについて語ってくれた。全部が全部、あたたかな色をした思い出だった。おばあちゃんに育てられて、アサヒはきっと幸せだったことだろう。

ここで生きていたという、アサヒを想像してみる。姿形もわからないし、もう決して会うことはない。見ることも、鳴き声を聞くこともできない犬だ。

「すごく、かわいい子だったよ」

なのになぜか、とても愛おしい気持ちになった。

予想外においしかったせいで、少しばかり昼食を食べすぎてしまった。自分で調理できて嬉しかったというのも、箸《はし》が進んだ理由かもしれない。東京ではいつも出されたものを食べるだけで、お母さんと一緒に料理をする機会なんてなかったから。

迎えた昼下がり。手持ちぶさたになったわたしは、腹ごなしがてらひとりで散歩に行ってみることにした。

「ここらは似たような景色ばっかりだから、迷わないようにね」

おばあちゃんはそう言って、わたしに麦わら帽子をかぶせてくれた。忠告にうなずいて家を出る。暑いだろうなとは思っていたけれど、予想どおり灼熱《しゃくねつ》の太陽がわたしを待ち構えていた。

まさしく真夏ならではの日照りだ。周りの緑が太陽を反射して輝くおかげで、住んでいる都会より暑いような気がしてしまう。

家に戻りたくなる衝動《しょうどう》を抑えつつ、とりあえず歩みを進めてみる。すると図らずも、昨日の川に辿り着いた。

適当に歩いてきたつもりだったのだけれど、知らず知らずのうちに涼しげな音に引き寄せられていたのかもしれない。橋の上で立ち止まり、わたしは昨日と同じように川を見下ろした。

――気持ちいいな。

自然と目を細め、肩の力を抜いている自分がいた。絹糸《きぬいと》が動くような光景が目に、せせらぎが耳に心地よい。

すう、と大きく息を吸い込んで思った。もしかしたら、この場所は息がしやすいかもしれない……と。

畑仕事や料理に挑戦したおかげだろうか。新しい場所で新しいことに触れていると、身体に新鮮な風が吹く気がする。昨日は違和感しかなかったこの場所に、親しみを覚え始めているのがわかる。

けれどそう感じると同時に、自分の中に込み上げてくるのは罪悪感だった。だって今、わたしは逃げているだけなんだ。目を背《そむ》けているだけなんだ。〝あのこと〟から――。

再び心が陰《かげ》り、わたしはぎゅっと身体の横で握《にぎ》り拳《こぶし》を作った。唇を噛みながら川の透明な水を見つめ、そしてふと、昨日のおばあちゃんのセリフを思い出す。

『この川の水はね、甘いんだよ。都会の水は塩っ辛いだろう』

――本当に、甘いのかな。

どんな味がするのか気になったし、綺麗な水を口にして、心の陰りを洗い流してしまいたくなった。

川の横についている石でできた小さな階段を、そろりそろりと下りてみる。草を踏み分けて川に近づき、ギリギリのところに立って手を伸ばす。

もう少しで水をすくえる。そう思ったときだった。

「……っ!?」

川のそばだけ草が湿り気を帯びていたのか、突然ズルッと足が滑《すべ》った。バランスを立て直す暇などなかった。わたしはそのまま勢いよく、ドボンと音を立てて川に落ちてしまった。

――嘘……っ！

視界は一気に泡立つ水中の光景となり、冷たい水が身体を呑み込む。口を開くと、ブボ、と大きな気泡《きほう》が上がり、代わりに水が口内に流れ込んできた。

川は深くて足がつかない。泳げないわけではないのに、足がつったのかうまく動かない。このままでは溺《おぼ》れてしまう、とわたしはパニックに陥《おちい》った。

慌ててバシャバシャと暴れれば、余計に身体が水にとらわれていく。鼻が痛い。たくさん水を飲んでしまい、呼吸が苦しくなる。

だれか。だれか助けて……！

「おいっ！」

死にものぐるいでもがいていると、頭上から声が聞こえた。半分水に支配された視界で、なんとか声の主を捉える。橋の上に、誰かいる。

――助けて……！

声が出ないながらに、口を動かして叫んでいた。

自転車にまたがっていたその人は、ためらいなくその場に自転車を乗り捨て、橋から直接川に飛び込んだ。

ドボン――！

大きな水しぶきが上がる。クロールで数回手をかいてわたしの元へ来てくれたその人は、もがいているわたしの手を取り、自分のほうへと引き寄せる。

「暴れんなよ！」

強い声と、誰かに掴《つか》まることができたという心強さで、わたしはむやみに動かしていた手足を止める。救世主はわたしの脇《わき》をがっしり抱えて片手で泳ぐと、わたしを先に川縁《かわべり》に押し上げてくれた。

「ゲホッゴホッ……」

地面に這《は》い上がった途端、荒い咳《せき》が口から飛び出た。

――助かった……。

本当に死ぬかと思った。心臓が暴れている。肺《はい》がひどく痛んで、息を吸い込むとヒイヒイと音が鳴る。

圧倒的に酸素が足りない。目をかっぴらいて必死に空気を取り込んでいると、背後でザブ、と音がした。わたしを助けてくれた救世主が、川から上がってきた音だ。

肺の辺りを手で押さえながら、ハア、ハア、と呼吸を荒げて顔を上げる。そのとき初めて、わたしはその人の姿をしっかりと認識した。

「……！」

野球のユニフォームを着た、男の子だ。年は多分、わたしと同じくらい。日焼けした肌に始まり健康的な外見をしていて、高い鼻がグッと引き締まった印象を与えてくる。

特に印象的なのは、目だ。意志の強そうな大きな目は、川の水と同じく澄《す》んでいた。

「大丈夫か？」

男の子の声かけに、ハッと我に返る。

「お前……見ない顔だな。川になにか落としたのか？」

男の子はわたしの顔をめずらしげに眺めると、続けてそう聞いてきた。酸素が回らず未だ頭をうまく働かせることができないまま、わたしは慌てて、ぶんぶんと首を横に振る。

「……ならいいけど。自分で上がれるか」

階段を指さして尋ねられ、次は縦に首を振る。荒い呼吸を繰り返すだけでひとことも発さないわたしに釈然《しゃくぜん》としない様子ながらも、男の子は「ほら」と手を差し出し、立ち上がらせてくれた。

「気ぃつけろよ。じゃあな」

そしてぶっきらぼうに言い残して、わたしに背を向ける。軽やかな動きで階段をのぼり橋に戻ると、捨て置いていた自転車に颯爽《さっそう》とまたがった。

肩が上下するのに合わせるように、髪からポタポタとしずくが落ちる。

大げさな呼吸をしながら、わたしは走り去っていく男の子の後ろ姿を、ただただ呆《ぼう》然《ぜん》と見送った。

「奈緒！　どうしたんだい!?」

カンカン照りの中散歩に行った孫がびしょ濡《ぬ》れで帰ってくるなんて、想像もしなかっただろう。玄関で、おばあちゃんはひっくり返った声をあげた。

川に落ちた旨を口パクで伝えると、「ちょっと待ってなさい」と急いでバスタオルを取ってきて、さらにはすぐにお風呂を沸《わ》かし、わたしを誘導してくれた。

――迷惑かけちゃったな。

あたたかいお湯にチャプリと身体を浸して、わたしは申し訳ない気持ちでいっぱいになった。

驚かせた上に急いでお風呂まで用意してもらって。それに川に落ちた際に、借りていた麦わら帽子を流してなくしてしまった。最悪だ。

あとで謝ろうと思いつつ、肩までつかってホッと息をつく。

安心すると、なにかを考える余裕ができる。脱力しながら天井を見上げて思い浮かべるのは、先ほど助けてくれた男の子のことだった。

あの男の子のおかげで命拾いをした。もし偶然通りかかってくれなかったら、わたしはあのまま溺れて死んでしまっていたかもしれない。

彼は、この辺りに住んでいる子なんだろうか。声が出ないとはいえ、お礼の気持ちを伝えられなかったのが心残りだ。飛び込んだせいで、男の子もびしょ濡れになってしまったのに。

自分に向けられた、男の子の強い瞳を思い出す。

『ほら』

芯の通った低い声。呆然とするわたしを引っ張り起こしてくれた、大きな手。なんだか心臓が落ち着かなくなって、わたしはさらに身体を沈め、口までをも湯につからせた。

お風呂から上がると、おばあちゃんが冷たいお茶と手作りおやつを用意してくれていた。

お麩《ふ》を牛乳に浸したものを軽く焼き、黒蜜《くろみつ》ときな粉をかけて安倍川餅《あべかわもち》風にしたものだ。食べてみると、市販のものにはない優しい味が口いっぱいに広がった。

――おいしい！

ゆっくり口を動かしてそう伝えると、おばあちゃんはふわりと顔をほころばせた。

本当に嬉しそうに笑うから、わたしの顔にも自然と同じ笑みが灯る。

おやつを含め、おばあちゃんの作る料理は好きだ。味の向こうに必ずあたたかみを感じる。心のこもった料理って、こういうもののことをいうのだなと思う。

「そんなのいいんだよ」

帽子を流してしまったことをジェスチャーで謝ったわたしに、おばあちゃんは眉を下げて言った。

「奈緒が無事でよかった。にしても、なんで川になんて落ちたんだい」

【川の水の味、本当に甘いのか確かめたくて】

メモ帳は水に濡れてダメになってしまったので、居間にあったボールペンとチラシの裏を借りてそう答えると、おばあちゃんは「おやまあ」と、笑っていいのか心配していいのか複雑な表情になった。

「わたしが変なことを言ったからだね」

おばあちゃんの言葉に、慌てて首を横に振る。これ以上心配させたくはなかったから、川で溺れかけたことは伝えなかった。もがいているときにたくさん川の水を飲んだくせに、結局甘いかどうかはわからずじまいだ。

おやつをたいらげたあと、わたしはおばあちゃんにお礼を言って、自分の部屋に戻った。

九死に一生を得たあとだろうが、宿題の量は減ることはない。学校から出された問題集は一日各教科一ページずつ、お母さんが別に買ってきた数学のドリルは一日三ページはやらないと、夏休み中に終えることができない。

やる気を出すために、まずは得意な現代文から取り組むことにする。畳の上に正座し、ちゃぶ台に置いた問題集に向き合った。

開け放った障子から時折吹き込むぬるい風と、扇風機が起こす定期的な風が、わたしの太ももや頬を撫《な》でる。キンキンに冷えたクーラーの風とは別の心地よさを感じながら、文章を目で追っていく。

けれどどんな話かを理解する前に眠気に襲《おそ》われ、ウト、と船を漕《こ》いだときだった。

「ウウ……」

——え⁉

低いうなり声が聞こえて、わたしは頭を跳ね起こした。昨夜の記憶と重なる声。眠る前に聞こえたのと同じ声だ。あれは幻聴ではなかったのか。

身を強張らせつつ立ち上がると、わたしはおそるおそる障子のほうへ近づいて、部屋からひょこりと顔を出した。

背の高い木に低い木、それから石塔《せきとう》。綺麗に手入れされた庭には、鳥一羽の姿すら見当たらない。けれど木の陰に、セミは隠れているのだろう。ミンミン——、ジイジイ——。庭には力強い蝉時雨《せみしぐれ》が蔓延《まんえん》している。他の音が入り込める余地はなさそうだ。

やっぱり気のせいだったのだろうか。そう思って引っ込もうとした瞬間、再びその声は聞こえてきた。

「ウウ……」

地底から湧き上がってくるような小さなうなり声に、動きを止める。気のせいではない。声がしたのは、縁側の下からだ。

――なにか、いる。

さらに緊張が加わり、わたしはごくりとツバを飲み込んだ。田舎だから、タヌキやキツネだろうか。

縁側に足を進め、おばあちゃんのつっかけを履いて庭に降り立つ。縁側に向き合い、唇を引き結んで気合を入れると、ゆっくりと膝を曲げてかがんでいく。

恐々と肩をすくめて縁側の下をのぞき込み、そして目を見開いた。

「……っ！」

縁側の下にいたのは、一匹の犬だった。

骨が浮き出るまで痩《や》せこけ、たくさんの傷を負った小型犬が、薄暗い影に隠れてぐったりとうずくまっていた。

リハビリのために、心療内科には嫌になるほど通った。でも動物病院に足を運ぶのは、正真正銘《しょうしんしょうめい》これが初めてだ。

「車ん中、暑くないかい」

ハンドルを回しながら、おばあちゃんが聞いてきた。

車の正面上についているバックミラー越しに、暑くないよという意味を込めてうなずく。本当はもう少しクーラーを効かせてもらったくらいが好みだけれど、膝の上にいるこの子は、脂肪《しぼう》がないから寒いだろう。

縁側の下で発見した、傷だらけの犬。すぐにおばあちゃんに伝え、わたしたちは今、この一帯ではまだ栄えている街方面にある動物病院に向かっている。

膝に抱えている犬は、ぐったりと脱力している。今にも息絶えてしまいそうなほど、か弱い呼吸しかしていない。

首輪はつけていないから、野良犬なのだろうか。昨夜うなり声を聞いたときに、幻聴だと思い込まずに見つけてあげられていたらよかった。

後悔ばかりを募らせて、さらに二十分後。なんとか呼吸は確認できる状態で、わたしたちは目的の病院に到着することができた。

「……うーん、かなりひどい栄養失調ですね」

白い台の上に載せられた犬を入念に触診したあと、先生は渋い表情でわたしたちに伝えた。

「すぐに点滴をする必要があります。飼い犬ではないとのことですが、費用がかかってしまいます。大丈夫ですか」

おばあちゃんが「はい」とうなずき、先生は犬を別室に連れて行った。とりあえず助ける手立てがあったことにホッとする。手遅れだなんて言われたら、発見が遅かった自分をさらに責めていただろう。

「傷のほうは日にちが経過しているので、これから化膿《かのう》するといったリスクはないでしょう」

点滴を施して戻ってきた先生は、先ほどよりさらに渋い表情で説明を始めた。

「ただ……傷の形状的に、人間がやったものかと。日常的にひどい虐待《ぎゃくたい》を受けていたと思われます。おそらく虐待の末捨てられたか、虐待に耐えかねて飼い主から逃げてきた犬ではないかと」

その言葉を聞いて、冷たい手に背中を撫でられたような寒気を覚えた。

虐待。命あるものに、むごい扱いをすること。テレビの中でしか聞かない、身近でない言葉だ。

「どうされますか」

衝撃を受けてなにも考えられずにいるところに、先生から質問が飛んでくる。隣に座るおばあちゃんが、質問で返した。

「どうする、というのは？」

「引き取るか引き取らないか、ですね。後者であれば、当院としては保健所に連絡するしかないのですが……そうすると、元の飼い主のところに戻されたり、最悪の場合処分されてしまう可能性があります。もちろん、あなた方にはなんの責任も義務もありません」

息が詰まった。処分とはつまり、殺されるということだ。虐待と聞いただけでも恐ろしかったのに、殺すだなんて。それに元の飼い主に戻されたとしても、どんなひどい目に遭《あ》うかわからない。どちらにしても悲惨《ひさん》な末路《まつろ》を辿ることには違いなかった。

「……奈緒は、どうしたい？」

ショックを受けて呆然としてしまっていると、おばあちゃんの問いかけが耳に入ってきた。

ハッとして隣を見る。おばあちゃんは、とても真剣な表情をしてこう続けた。

「引き取るか、そうでないか。わたしに迷惑がかかるなんてことは考えなくていいよ。奈緒が見つけたんだ。奈緒の、好きなようにしなさい」

しっかり目を見つめて発された言葉。託《たく》された選択肢。わたしはポケットからメモを取り出すと、ボールペンの先をグッと押し当て、緊張しながら六つの文字を綴《つづ》った。

【引き取りたい】

選ばせてもらえるのなら、その一択しか浮かばなかった。

あの犬がこれ以上傷つけられたり、ましてや殺されたりしてしまう可能性があるのに、目を背けることなんてできなかった。

「うん。そうしよう」

わたしが書いたメモの六文字に、おばあちゃんは深くうなずいてくれた。

点滴や検査が終わるのを待って、わたしたちは犬を連れて帰ることにした。疲れきったのかそれとも薬のせいか、処置を施された犬は眠っていた。車の後部座席に座り、わたしは行きと同じように犬を大切に膝に抱えた。

家に向かって発進する車。行きと違うのは、犬の呼吸が安定していることと、わたしが落ち着いた心境を保っていられるということだ。病院に向かっているときはただただ死んでしまわないか心配で、この子を観察する余裕なんてなかった。

気持ちが安定した今じっくりと見てみると、白黒のブチ模様で、目の周りがまるでメガネをかけているかのように黒かった。

──依子に似てる。

規則的に身体を上下させる傷ついた犬に、わたしは勝手に、依子の姿を重ねていた。

＊　＊　＊

「メガネの度数がね、最近合ってない気がするの」

メガネを外して目をしばたたかせながら、依子が言った。

二時間目終了後の休み時間。わたしたちは廊下側一番後ろにある依子の席で、他愛ない会話を繰り広げていた。

騒がしい教室内では、他のクラスメイトたちもおのおの好きな場所に集まって、会話に花を咲かせている。高校に入学して、約一週間が経過した今、皆それぞれ気の合う人を見つけることができたようで、クラスにはいくつかのグループができていた。

類は友を呼ぶ、ということわざどおり、どのグループを見てみても同じタイプの女子が自然と集まっている。わたしはというと、もちろん依子と行動を共にしていた。

新しい環境に、急に難しくなった授業。不安なことが多すぎて目が回りそうだったけれど、依子と笑い合えたからどうにか心を落ち着かせることができた。

わたしたちが話す内容は、中学のときとさほど変わらない。けれど変わらない中に、古文の先生の声って眠くなるよね、だとか、中学のときより体育館が綺麗だよね、だとか。新しい話題が増えていくことが嬉しい。

借り物のようだったブレザーの制服も、徐々に身体に馴染んできたように思える。これは、自己評価にすぎないけれど。

「また視力が下がったかなぁ」

先ほど外したメガネをかけ直して、依子が小さくため息をついた。メガネの奥の目をのぞき込むようにして、わたしは尋ねる。

「もしかして依子のお母さんも、目悪い？　そういうの、遺伝って聞いたから」

「それが悪くないんだよね。あれかな、暗いところで本読んじゃうのがダメなのかな。お母さんに隠れて、夜中でも布団の中で読んじゃうの」

「あー、わかる！　キリのいいところまで読まないと、寝られないよね！」

本好きならではのあるあるに、顔を見合わせてくすりと笑う。そのときだった。

「あははは っ！　キッモー！」

大きな声が耳に飛び込んできて、思わずびくりと肩を震わせた。

おそるおそる振り返ると、教室の中心に、机の上にお尻をつけて座り、手を叩いて激しく笑い合っている高峰さんたちの姿が目に入った。

『奈緒ってもしかして、髪染めてる？』

高峰さんに声をかけられた、入学式の翌日。あのとき以来、わたしは高峰さんに一切話しかけられていない。

早々に、コイツは違う、と判断されたのだろう。高峰さんは今、外見が似た感じの派手な女子ふたりと三人組のグループを作っている。

関わることにならなくて、内心すごくホッとしている。初対面のときから怖い印象だったし、それに昨日、高峰さんに関する怖いウワサを聞いたからだ。

怖いウワサ。それは高峰さんが中学時代、ある女の子をいじめて、不登校に追い込んだというものだった。その子は高峰さんの素行について注意をしたことがあり、高峰さんの逆鱗《げきりん》に触れてしまったらしい。

聞いたときには、ゾッと肝《きも》が冷えた。不登校になるまで、なんて。そんな人が後ろの席だなんて最悪中の最悪だ。依子と同じクラスになったことで、わたしは運を使い果たしてしまったのかもしれない。

「ヤバーイ！　死ねばいいのに」

「マジありえねーっつの！」

響く高峰さんたちの声に、他のクラスメイトたちも萎縮《いしゅく》しているように見える。

このクラスのヒエラルキートップは、間違いなく高峰さんたちだ。

鼓動《こどう》がドクドクと速くなってきて、慌てて深めの息を吐く。

大丈夫、と自分に言い聞かせる。べつに、注意しにいったりしなければいいだけだ。

自分から関わろうとしなければ、なにも起こらない。大丈夫だ。

高峰さんたちを遠目に、わたしは肩を縮こめた。

そうして迎えた、次の授業。三時間目は、とても憂鬱《ゆううつ》な数学だった。

「単元はこの間に引き続き、集合と論理だ。十二ページを開いて」

中学の頃から苦手だったのだけれど、高校に上がって、苦手度は上昇中だったりする。変な記号や聞き慣れない言葉のオンパレード。ひとつひとつ噛み砕《くだ》いて理解するのにものすごく時間がかかってしまう上、ハイスピードで先生の説明が進んでいってしまうものだから、焦《あせ》ってさらに脳みそがこんがらがっていくという悪循環《あくじゅんかん》だ。

そしてそれは、今日も同じ。わたしが頭の中を整頓し終えないうちに、いつの間にか、教科書に載っている問題を解く時間に突入していた。

その場しのぎで、例題と見比べて答えを導き出そうとする。しかしまだろくにシャーペンを動かさないうちに、先生が「そろそろいいな」と区切りの言葉を発した。

「えー、じゃあこの問題を……今日は十一日だから……斎藤《さいとう》！」

「はい」

当てられた斎藤さんが、返事をして立ち上がった。前に出て、黒板にスラスラと答えを書いていく。

その姿を見て、焦りの気持ちによりいっそう拍車がかかった。もしかして、理解できていないのは教室内でわたしだけなのだろうか。

斎藤さんが当たったのは、出席番号が十一番だからだ。やばいと思った。もし四月の四をプラスされてしまったら、次は出席番号十五番のわたしが当てられてしまう。

「えー……次の問題を――」

「クシュンッ！」

絶望を感じて身体を小さく丸めていたとき、教室の後方から勢いのよいクシャミが聞こえてきて、切羽詰《せっぱつ》まった感情が吹き飛ばされた。

クシャミをしたのは依子だった。お花見のときから花粉症は治まっておらず、依子は未だに鼻のムズムズやクシャミと戦っているらしい。休み時間にわたしと話しているときも度々《たびたび》クシャミをしては、「ごめん」と申し訳なさそうに肩をすくめていた。

振り返ってみると、頬を染めて必死にクシャミを我慢しようと口を結んでいる依子の姿が目に入った。ふっと笑ってしまいそうになり、気持ちが少しだけ和《なご》む。

──頑張れ依子。

心の中でこっそりエールを送った、次の瞬間だった。

「……うっせーな」

ぼそり。後ろの席についている高峰さんが忌々《いまいま》しそうにつぶやいたのが聞こえて、わたしの背筋はたちまち凍った。

嫌悪感《けんおかん》たっぷりの声に、思考が止まる。親友である依子に向けられた言葉は、自分自身に投げつけられた言葉であるかのように、振れ幅大きく脳みそを揺さぶった。

すごく、すごく嫌な予感がした。結局数学の問題は当てられずに済んだけれど、わたしはそれ以降ずっと、身体の緊張を解くことができなかった。

いくら伸縮性のあるやわらかい革《かわ》を使っているといっても、ローファーはスニーカーに比べて歩きにくい。その日の放課後、わたしは校門をくぐりローファーの底を鳴らして、駅のほうへと向かっていた。

自転車通学の依子とは、先ほど昇降口で別れた。わたしも自転車通学をしようと思えばできるのかもしれないけれど、毎日片道一時間の距離を漕ぎ続ける自信はない。雨の日なんて余計にだ。わたしより細い脚をしているのに、まったく依子はすごいと思う。

「はあ……」

ひとり歩く道中、自然と重いため息をついてしまう。

『……うっせーな』

もう何時間も経っているというのに、後ろに落とされた忌々しそうな高峰さんの声が、頭から離れてくれなかった。

そんなに気にすることではないのかもしれない。たまたま高峰さんの虫の居所が悪かっただけで、依子はべつに悪いことをしたわけじゃない。

そう思うことができればいいのに、胸の辺りがずっともやもやする。切り替えが下手で引きずってしまう性分《しょうぶん》の自分が嫌になる。

「……あ」

鬱々《うつうつ》としばらく歩いたところで、わたしはハッとして足を止めた。依子が貸してくれた本を、机の中に置きっぱなしにしてきてしまったことを思い出したのだ。借りた物を放置してくるなんて最低だ。それに、今晩読むのをとても楽しみにしていた本だったのに。

仕方がない。わたしはくるりとUターンすると、足早に学校へと戻った。昇降口で上履きに履き替えて、一年四組の教室へと向かう。もうほとんどの生徒が出て行ったあとなのか、廊下に人影はなく、靴音が妙に響いて聞こえた。放課後の校舎に流れる独特な空気は、祭りのあとに少し似ている。なにもかもが緩んでいて、少しの疲れが漂っている。そして、どこかもの寂しい。

ふと、昨年依子と一緒に七夕祭りに行ったことを思い出す。色とりどりの七夕飾りが会場を華やかに彩っていて、催し物やパレードも見応えがあった。本当に凝っていて美しかったから、『一日で全部取っちゃうなんて、もったいないね』なんてことを言い合った覚えがある。

そんな記憶を振り返りつつ、自分だけの足音を耳に入れているうちに、教室前に辿り着いていた。廊下では誰にも出会わなかったので、てっきりもう誰もいないものだとばかり思っていたけれど、室内から声が漏れ出てくるのが聞こえて目を丸くする。残って勉強しているクラスメイトでもいるのだろうか。そろりと少しだけ扉を開け、すき間から中の様子をうかがって……わたしは、ぎゅっと身体を強張らせた。

「……っ！」

中にいたのは、高峰さんたちだった。高峰さんたちが教卓のところにたむろって、ギャハハと手足をばたつかせながら笑い合っていた。

いじめのウワサと、数学の授業中に覚えた怖さが相まって、その場に硬直してしまう。彼女たちが盛り上がっている空間に割り入っていく勇気なんて、到底なかった。

本は諦めて帰るしかない。そう思ったとき、扉のすき間からとんでもない言葉が飛び出てきて、わたしの耳を貫いた。

「っていうか涌井、超ビンボーくさいよねー」

衝撃に、目を見開く。涌井。それは、依子の名字だ。

「あーわかるーっ！」

打ち震えたわたしに追撃《ついげき》を加えるように、すぐに同調の声が舞う。このエサを待ってましたと言わんばかりの、楽しげな声が、いくつも舞う。

「なんか戦後のオーラ漂ってるよね!?」

「あはは っ、戦後！　ダサさヤバいよね！　もうちょっと現代に馴染む努力しろっつの！」

まるでテンポよくしりとりでもしているかのように、依子に対する悪口は次から次へと連なっていった。

前歯がデカくてキモいよね。聞いたんだけどアイツ、父親がいないらしいよ。うげ、不倫して離婚とかじゃん？　あんな大人しい面して、インランの血が流れてんだ。オバケが出そうな古いアパートに住んでるんだって。いや、アイツ自身がオバケじゃね？　髪、超長いし。サダコ！　ウケるー！

耳を疑った。信じられないような悪口のオンパレードだ。けれどそのあと、さらに信じられないことが起こった。

「ねー、ちょっと見てやろうよ」

高峰さんがそう言って、機嫌よく教室の後方までスキップすると、なんと依子の机を漁《あさ》り始めたのだ。他のふたりもニヤニヤしながら、依子の机の周りに集まる。

……やめて。

身体を凍りつかせて、わたしは唇だけを震わせていた。声に出せない願いが届くはずもなく、高峰さんの手が、依子の机からなにかを引っ張り出す。

「うっわ！　アニメの下敷きなんですけどーっ！　ダサッ！」

嘲《あざけ》りを多分に含んだ爆笑が起き、心臓が張り裂けそうになった。

わたしは知っていた。その下敷きは、依子が小学生のとき、お母さんと映画を観に行った際に買ってもらったものだ。ずっとずっと、長く大切に使ってきたもの。

めったに連れていってもらえない映画に行けて嬉しかったんだと、優しい顔で、わたしに語ってくれた。

「キモいものは処分しなきゃねー」

高峰さんが悪意の笑みを浮かべ、下敷きの両端に手をかける。真っぷたつに折るつもりだ。圧がかけられ下敷きがしなり、わたしはとっさに叫んでしまった。

「だめ……っ！」

その瞬間、高峰さんたちが全員、ものすごい速さでこちらを振り向いた。

扉のすき間で目が合う。やってしまった、と背筋が冷えた。けれど出してしまった言葉は戻らない。体が、動かない。

硬直している間に、高峰さんがこっちに向かってくる。バアン！と勢いよく扉が開かれ、わたしはヒッと小さな悲鳴をあげた。

「……あー。誰かと思えば」

数秒わたしをキツい視線で見つめた後、高峰さんは整った顔をほとんど動かさずにそう言った。

「ダメって、なに？　なにがダメなの？」

「あ……っ」

強い口調で尋ねられ、なんの言葉を返すこともできなかった。立っている感覚がない。怖くて、膝が崩れそうだ。

心底怯《おび》えきっていると、視線の先で、高峰さんの顔がゆっくりと変化していった。冷酷な無表情から、目元が歪《ゆが》んで、唇が歪んで。とても、とても意地の悪い笑みへと。

「いいこと思いついちゃった。ねえ……〝奈緒〟」

高峰さんが、少し強調してわたしの名前を呼んだ。入学翌日以来一度も口にしなかった、わたしの名前を。

そして、高峰さんは言った。

「明日から、わたしたちのグループに入らない？」

「え……」

言葉にならない出来損ないの一文字が、口端《くちはし》からこぼれた。返事できずに立ち尽くすわたしに、高峰さんは手にしていた下敷きをペラペラと振ってみせて、左右均等に唇を引き上げて言った。

「ほら。わたしらのグループって、三人で奇数じゃん？　体育で組になるときとか、ひとり余るし嫌だなって思ってたんだよねー。奈緒が入れば、解決でしょ。ね？」

返事できずにいると、高嶺さんの指先が再び下敷きの両端にかかった。

下敷きが、しなる。本来の目的とは違う弓《ゆみ》なりの形にされて、叫びが聞こえてくるようだ。

「……入るよね？」

ドスの効いた言葉に、わたしはもううなずくしかなかった。でないと、この場で折られると思った。

やられると思った。依子の下敷きも、わたしも。

その日の夜は、一睡もすることができなかった。

高峰さんがわたしをグループに入れる気になったのは、どう考えても気に食わない依子への嫌がらせだ。どうしよう、依子がひとりぼっちになってしまう。それに高峰さんたちと一緒に行動するなんて、絶対無理だ。考えただけで寿命が縮まる。

いったい、どうしてこんなことになってしまったんだろう。

わたしが本を忘れたりしなければよかった。やめて、なんて声をあげなければ。今さら言ってもどうしようもないたられればばかりが、頭を巡る。

後悔を募らせて、どうしたらいいかと必死に考えて。けれど一向になにも浮かばないまま、わたしはとうとう翌朝を迎えてしまった。

……これが、一番の良策なんだ。

現実逃避《とうひ》したくていつもより二本遅らせた、電車の中。ドアのそばに立ったわたしは、頭の中で自分に言い聞かせていた。

大人しく高峰さんのグループに入るのが、一番いい。わたしと依子を引き離すことで高峰さんが満足して、依子に直接手が下らないのなら。依子はいい子だから、きっと他のグループに入ることができる。

それに、高峰さんはすぐにわたしに飽きるはずだ。地味なわたしなんかと、行動を共にしたくないだろうから。解放されたら事情を説明して、また依子と元通りになれる。依子ならわかってくれる。

大丈夫、大丈夫。たったひとつの単語を繰り返して自分を奮《ふる》い立たせながら、電車を降りて学校に向かう。のろのろとスローペースで歩いて教室前に辿り着いたとき、頃合いを見計らっていたかのように、授業開始のチャイムがちょうどのタイミングで鳴った。

いつもなら慌てるところだけれど、心からホッとした。もう先生は来ているだろう。高峰さんたちから逃れられるなら、時間を引き延ばせるなら、遅刻扱いでもなんでもいい。

けれどわたしの予想は外れた。断腸《だんちょう》の思いで教室の扉を開けると、教卓にはまだ先生の姿はなく、席に着いていないクラスメイトたちも多くいた。ゾクリと、背筋に寒気が走る。

「奈緒！」

教室に踏み込むことができずに固まっていると、依子がすぐにわたしに気づいて、自分の席から立ち上がった。

心配そうな顔で、こちらに駆け寄ってくる。心が叫んだ。

ダメ。来ちゃダメ。どうしよう。どうしたら……。

「大丈夫？　今日遅かったね――」

「〝奈緒〟」

強い声が、依子の言葉を遮《さえぎ》った。それは言わずもがな、高峰さんの声だった。

おそるおそる、高峰さんがいる教室の中心に首を回す。わたしに向かってにっこりと笑うと、高峰さんは右手を上げ、こちらに来るようにクイと手招きした。

「え……？」

状況を理解できていない依子が、不思議そうにわたしの顔を見つめる。

「……っ」

依子の顔を見つめ返すことは、できなかった。わたしはぎゅっと唇を結んで俯き、心の中で唱えた。

ごめんね、依子。本当にごめんね。一時的なものだから。少し経てば、元の形に戻れるから。ごめんね、ごめんね依子。

俯いたまま、わたしは踏み出した。駆け寄ってきてくれた依子を教室の出入り口に置いて、高峰さんたちの元へと。

それは、節目《ふしめ》。戻れない境界線を越えた、瞬間だった。

3　夏の歩み

おばあちゃんがかつて飼っていた犬に〝アサヒ〟と名付けたのは、明るく元気いっぱいに育ってほしかったからだそうだ。

たしかに昇る朝日は、エネルギーに満ちあふれている感じがする。名前とはすごく大切なものだ。名付けられたその子に、希望や未来を与えるものだから。

〝トマ〟。

連れて帰ると決めた犬に、わたしはそんな名前を付けた。

トマトからとったトマだ。おばあちゃんの畑で初めて収穫させてもらったトマトのように、健康的になってほしいという願いを込めた。

トマを飼う場所は室内に決めた。使っていない納戸《なんど》を掃除し、身を隠せるスペースとして犬小屋を置いた。これでずいぶん、安心感が違うはずだ。

この環境で栄養のある食事を与えれば、トマはきっと回復する。傷や痩せ具合からよっぽどひどい虐待を受けていたのだろうけれど、わたしたちが優しく接すれば、トマも心を許して元気になってくれる。

そう願っていたけれど、事はうまくは進まなかった。

──やっぱり、ダメか……。

トマを引き取って三日目。納戸をのぞきに行ってみると、昨日作って置いていたエサがまったく手をつけられていない状態で残っているのが見えた。用意していたエサは、栄養失調に陥ったときにいいとされる療養食《りょうよう》だ。調べながらわたしが手作りしたものだけれど、この三日間、トマが食べてくれたことは一度もない。それどころか小屋の中にずっとうずくまったままで、出てくる素振《そぶ》りも見られなかった。

病院から連れ帰った日から、ずっとこうだ。

警戒しているのかエサを食べず、小屋からまったく出ようとしない。だからといってこちらから接触を試みると、ガタガタと震えだしてしまう。トマにとっては、人間という存在そのものが恐怖らしい。

触れるどころか、そばに寄ることもできない。病院に連れていった日こそ膝の上にいてくれたけれど、あれは憔悴《しょうすい》しきって抵抗できなかっただけのようだ。

——このままじゃ、死んでしまうかもしれない。

心配で仕方がないけれど、自分にできることがほかに思い浮かばない。療養食を新しいものに取り替えるため、トマを驚かさないよう静かに納戸に入る。

近づいていくと、小屋の奥にのぞく、骨が浮き上がった体が震えだした。何度見ても、胸が痛くなる姿だ。

——ここに置いておくからね。

わたしは心の中でトマに話しかけ、はがゆい気持ちを抱えて納戸を出ていった。

この日、わたしがおばあちゃんと一緒に作った昼食は親子丼だった。

普通の親子丼ではなく、湯むきして潰《つぶ》したトマト入りのものだ。おばあちゃんが教えてくれたのだけれど、トマトは旨味《うまみ》成分が豊富で、出汁《だし》の役割を果たしてくれるらしい。

トマトといえば洋食のイメージだし、親子丼になんて合うのかなと半信半疑だったけれど、実際に食べてみるとおいしくて驚いた。トマトがそんなに主張せずに溶け込んでいて、それでいて程よい酸味は残っている。爽《さわ》やかで、夏にぴったりの味だ。

おばあちゃんの家に来てから、こうした新しい発見をたくさんさせてもらっている。

わたしはトマトが絶妙に効いている親子丼を口に運びながら、食事って楽しいものなんだよな、と改めて思った。

そう。おいしくて楽しいんだ。なのにトマは口にすることができないのだと思うと、自分だけ食べて申し訳ないという心苦しい気持ちが、わたしの中に湧き上がってくる。

——もしトマが、これからも心を閉ざしたままだったら。

「どうしたんだい？ 奈緒」

途中で箸を止めてしまったわたしに、おばあちゃんは心配そうに尋ねた。いったん箸を置き、ポケットからメモ帳を取り出す。

【トマ、死んじゃったりしないかな】

不安な思いを提示すると、おばあちゃんは眉と肩を同時に下げ、「そうだねぇ」とつぶやいた。

「点滴があるし、最終的には胃ろうといって鼻や食道にチューブを入れるという手段もあるらしいけど……口から栄養を取れないのは、すごく悲しいことだね」

鼻や食道にチューブ、だなんて想像しただけで胸が痛い。楽しくておいしい食事とはかけ離れている、命を保つためだけの方法だ。

悲しいことだね、というおばあちゃんの言葉にうなずくと、わたしは一度深呼吸をしてから、再度メモ帳に向き合った。

【トマを引き取って、本当におばあちゃんの負担になってない？】

病院に連れていってくれたのも、もろもろのお金を出してくれたのもおばあちゃんだ。これからのことだってそう。東京のマンションではペットが飼えないから、わたしが連れ帰るわけにはいかない。夏休みが終わったら、おばあちゃんに世話を任せてしまうことになる。

『好きなようにしなさい』

そう言われたとき、トマを引き取るという選択しか考えられなかったけれど、おばあちゃんが負担に感じていないかが心配だった。

「ちょうど新しい犬を迎える踏ん切りがつかなかったから、逆によかったよ」

落ち着かない思いでいると、おばあちゃんは優しく答えた。

「これも縁ってものだね。もしトマが倒れていたのがうちの縁側の下でなかったら。もし奈緒が見つけていなかったら。トマはここにはいなかった。そうだろう？」

縁。深い意味を持つその言葉にわたしはゆっくりとうなずき、そして同時にある光景を思い出した。今から三年以上前の、中学入学初日の光景だ。

わたしが教室の出入り口でこけたとき、教室に依子がいなかったら。そもそもわたしが段差に足を引っかけなかったら。わたしと依子は仲良くなっていなかったかもしれない。

わたしたちには縁があったのだ。それなのに――。

「トマはたくさん傷つきすぎたんだ、そうすんなりはいかないさ。でも大丈夫。いつかは、奈緒の気持ちが伝わるよ」

おばあちゃんの穏やかな言葉が耳を通って、わたしの機能していない喉にしみる。

冷蔵庫に貼ってあるカレンダーをじっと見つめる。なんの変化も起こせていなくても、日にちだけは確実に進んでいた。

お腹を満たして迎えた昼下がり。わたしはひとり、太陽照りつける外に出かけた。

午後の散歩は、もう習慣化しつつあった。お昼を食べてしばらくしたあとは、いつもこの辺りの田舎道を散策する。コースは毎回適当だけれど、それでもひとつ必ず立ち寄ると決めているところがある。わたしが転落した、あの川だ。

しばらく歩いたあと、今日も橋の上で立ち止まったわたしは、流れゆく川を見下ろした。

キラキラ光る穏やかな川。溺れかけたからといってトラウマになることはなく、この川をぼうっと眺めているのはやはり心地よかった。まるで自分が、綺麗なものに生まれ変わっていくように錯覚《さっかく》させてくれる。

なにかの折に聞いたけれど、人間の五十パーセント以上は水でできているという。わたしの身体を保つ水が、この川の水のように透き通っていればいいのにと思う。本当に、そう思う。

今日も川底の石ははっきり見えて、ここにいるよとわたしに存在を示してくれる。水は透明なおかげで鏡のような役割を果たし、そばに生えている木や、橋から見下ろすわたしの姿さえも己《おのれ》の中に映し込んでいる。

サラサラと音を立てる川を見つめながら、わたしは夏休みの残り日数について、ぼんやりと考えを巡らせた。

早いもので、おばあちゃんの家に来てからもう、一週間近くが経過している。

ここにいられるのもあと三十日と少し。お母さんは、この田舎にわたしを預けることで声が出るようになると期待しているけれど、限定された期間で治るとは到底思えない。声の出し方なんて忘れてしまった。しまいには息の仕方さえ忘れてしまいそうだなんて、どうしようもないことを思う。

わたしは本当にマイナス思考だ。昔から変わらない。変わりたくても変われない。やっぱりわたしには、なにも変えることができない。

喉に石でも詰まったかのように息が苦しくなり、とっさに首を押さえた。そのときだった。

「また落ちる気かよ」

「……！」

左側から低い声が飛んできて、わたしは顔を跳ね上げた。

驚きに目を見張る。橋の向こうに、先日わたしを助けてくれた野球のユニフォーム姿の男の子が、自転車を押して立っているのが見えた。

ヒュッと、まるで川から引き上げられた瞬間のように、苦しかった喉に空気が通る。

またここで遭遇《そうぐう》するなんて、思ってもみなかった。

「この間も会ったけど、お前、この辺りに越してきたのか？」

まばたきもせず固まっていると、男の子が質問をぶつけてきた。呆《ほう》けた状態のまま、ゆるりと首を横に振る。男の子は訝《いぶか》しげな表情になり、さらにわたしに問いかけた。

「……？　この間から、なんで全然しゃべんねーんだよ」

その問いにハッとさせられる。声を出せないという事情を知らないのだから、男の子がわたしのリアクションを不審に思うのは当然のことだった。

――どうしよう……。

打ち明けるのは気が進まないけれど、仕方がない。わたしはおずおずと、ポケットから先日新調したばかりのメモ帳とボールペンを取り出した。

【病気でしゃべれなくて】

小さい字でそう書いて、肩をすくめつつ前に差し出す。次は男の子のほうが、大きく目を見開く番だった。

「……そうなのか。大変だな」

悪いことを聞いてしまったとでもいうような気まずい表情に、申し訳ない気持ちに駆られる。そしてハッと、思い出した。

――そういえば助けてくれたお礼、言えてなかったんだった。

本当なら、いの一番に伝えなければならなかった言葉だ。急いでメモ帳の新しいページを開きにかかる。けれどそこに文字を書く前に、男の子が先に別の質問を繰り出してきた。

「さっき、ずいぶん切羽詰まった顔して川見てたけど。どうかしたのか？」

その内容に、えっ、と再び顔を上げる。男の子と目が合って、頬がじわりと火照《ほて》るのを感じた。

恥ずかしかった。実際にすごく悩んではいたけれど、それでもよそから心配されるほど思い詰めた顔をしてしまっていたなんて。

それに、どうかしたのかなんて尋ねられても、悩み相談なんてできるはずがなかった。わたしにとって男の子は命の恩人ではあるものの、ほとんど会話も交わしたことのない赤の他人なのだ。

なんでもないと濁《にご》して、さよならしてしまえばいい。けれど男の子の真剣な表情を見ていたら、ごまかすのはどうもいけないことのような気がしてしまう。

どうしようかと迷ったあと、わたしは結局、胸の前にメモ帳を構えた。自分の中にたくさんうずまいている悩みの中から、トマのことを引き出して書いていく。

おそらく虐待を受けたであろう犬を、保護したこと。怯えるばかりでエサを一口も食べず、途方に暮れていること。このままでは死んでしまうのではないかと、心配していること。

書き終えて、戸惑いつつも男の子に向かって差し出す。男の子はわたしのメモ帳を、しばらくにらみつけるように見つめていた。

一秒、二秒、と無言の時が流れた。やっぱり、ほとんど初対面の人にこんな重い悩みを打ち明けるべきではなかっただろうか。そう後悔し始めたとき、男の子がぱっと顔を上げた。

引き締まった印象を与える高い鼻梁《びりょう》の下、彼の口が発したのは、あまりにも思いがけない提案だった。

「これからお前んち、寄ってもいいか」

――へっ⁉

「その犬、気になるから見せてほしい」

意表を突かれたわたしに、男の子が押しの言葉を継ぐ。混乱してしまい、右に左に目線が泳ぐ。

初対面ではないものの全然素性を知らない子だし、連れていくといってもそもそもわたしの家ではないから、勝手に了承することなんてできない。

――断らなきゃ。

そう思ってメモ帳を握りしめつつ顔を上げたとき、わたしは息を呑んだ。自分に向けられている男の子の視線が、あまりにも強くて真《ま》っ直《す》ぐだったから。どうしてかはわからないけれど、男の子は見ず知らずのトマのことを、本気で心配してくれているようだ。

そういえば、と思い出す。初めて会ったときにも思ったのだ。意志が強そうで真っ直ぐで、この川と同じく澄んだ瞳をしていると。

断ろうと決めていたはずなのに、ボールペンを持つ手は動かなかった。

わたしは目を逸らすことができずに、こくりと首を縦に振って、了承のうなずきをしてしまったのだった。

小学生の頃、学校帰りに突然友達を家に連れ帰って、お母さんに怒られた記憶がある。

人を招き入れるときは事前に知らせてくれないと。片付けや準備があるのだから、と。

友達を連れ込んだときでさえそう怒られたのだ。友達でもなんでもない、よくわからない男の子を勝手に連れてくるなんて、お母さんと同じくおばあちゃんも嫌がるのではないだろうか。かなり気が引ける思いを背負いながら、わたしは男の子を家まで案内した。

けれど到着して、逆に驚かされたのはわたしのほうだった。おばあちゃんと男の子は、なんと知り合いだったのだ。

「おや、健太《けんた》じゃないか」

「なんだ。宇野《うの》のばーさんの親戚かよ」

家の玄関で顔を見合わせたふたりは、意外にも互いの名前と名字を呼び合った。

おばあちゃんの名字はお母さんの旧姓、宇野だ。ポカンと口を開けるわたしに、おばあちゃんが説明してくれた。

「田舎だからね。ここらに住んでる人は、みんな知り合いなんだよ」

まあ入りなさい、とわたしたちを玄関に通したおばあちゃん。男の子――健太くんは、上がり框《がまち》にドスッと遠慮なく腰かけた。

「それにしても、なんだって健太が奈緒と一緒に帰ってくるんだい」

「川んとこで偶然会った。コイツに聞いたけど、新しい犬飼い始めたんだろ。いろいろ大変らしいから見せてもらおうと思って」

「はあ、そりゃありがたいね。なかなか困っててねぇ……犬飼ってるアンタに見てもらえると、心強いよ」

ふたりの会話を聞いて、なるほど、と勝手に納得する。健太くんは犬を飼っている人だから、ここまで親身になってくれたのか。

「で、犬はどこにいんだ」

健太くんは本当に、トマのことが気になって仕方ないようだ。強い瞳に促されるがまま、わたしは彼を家の中へと案内した。

トマがいる納戸まで歩いていき、ドアを指し示す。その際にチラリと、健太くんの顔を見た。健太くんは背が高いから、ただ見るというより仰《あお》ぎ見ると言ったほうが正しいかもしれない。

先日わたしを救ってくれた男の子が、今、家に来ている。わたしの隣に立っている。連れてきておいてなんだけれど、この状況にまだついていけていない自分がいた。

わたしは元々、男子と接するのがあまり得意なほうではない。どう振る舞えばいいのかわからなくて、学校でも男子とはほとんどしゃべったことがない。だからこうして健太くんと行動を共にするのは、無駄に緊張してしまう。

それに心配もあった。健太くんは行動力があるから、いきなりズカズカとトマに近寄っていってしまうのではないかと。けれど健太くんは予想に反して、ドアのすき間からそっとのぞくだけにとどめてくれた。

「……コッカースパニエルだな」

すき間からトマを見て、健太くんは一発で犬種を言い当てた。動物病院の先生から言われたものと同じだったから、えっ、と驚いてしまう。

――どうしてわかったんだろう。有名な犬種じゃないはずなのに。

「中、入っても大丈夫か」

しばらくトマを観察したあと、健太くんはそう聞いてきた。

「怖がるようだったら、あんまり近寄らないようにするから」

こくりとうなずくと、健太くんはゆっくりとドアを開き、納戸に足を踏み入れた。

心音を速めて状況を見守る。もしかしたら人が変われば、トマも別の反応を示すかもしれない。例えば前の飼い主が女性で、女性は怖いけれど男性なら大丈夫、という可能性はなきにしもあらずだ。

けれどそんな淡い期待は、すぐに打ち砕かれた。健太くんの存在に気づいたトマは、わたしに対するときと同じように、カタカタと小屋の中で震えだしてしまった。

「……マジか」

健太くんが、そう小さくつぶやくのが聞こえた。

人間に怯えて震える犬。毎日見ているわたしでもそのたびにショックを受けるのだから、初めて目にする健太くんには、さぞ大きな衝撃《しょうげき》だっただろう。

健太くんはそれからしばらく、小屋から離れた位置にしゃがんでトマの様子をうかがっていた。けれどトマの震えが一向に止まらないのを見て、あきらめたように息をつくと、立ち上がって納戸から出てきた。

「……元の飼い主、許せねえな」

健太くんが漏らした第一声が、それだった。落胆一色だった顔が、徐々に怒りの色に染まっていくのがわかる。

「こんな状態になるほど虐待するって、どうかしてるだろ。こんだけ……こんだけ傷つけられても逃げずに耐えてたのは、いつか愛してくれるって信じてたからだろ？　それなのに――」

健太くんはそこまで言って、グッと唇を噛んだ。怒りと悲しみ、そして悔しさ。やるせない感情が込められたその言葉に、わたしは胸に焼け付くような痛みを覚えた。

胸が痛んだひとつの理由は、共鳴《きょうめい》だ。わたしも悔しくて、元の飼い主を許せないと思っているから。

そしてもうひとつは、その言葉が自分に向けられたもののように感じたからだ。

言葉が区切られて、強調されて、頭の中で大きく響く。傷つけられても逃げずに耐えていたのは、信じていたから。それなのに――。

いつの間にかクセになってしまったのか、無意識のうちにまた、喉に手をやっていた。外には出せない〝ごめんなさい〟という言葉が石となり、大きな岩となり、やがてわたしの喉を破裂《はれつ》させてしまう気がした。

おばあちゃんが作るお茶は、炒《い》った麦から沸かしていてとてもおいしい。手間をかけている分、麦茶パックを煮出しただけのものとは雲泥《うんでい》の差だ。冷蔵庫でキンキンに冷やしていると尚《なお》のこと。

「……」

けれどわたしは、そのお茶がなみなみと注がれているコップを前に、手をつけられないでいた。

健太くんをトマに会わせてから、十数分後。わたしたちは居間のローテーブル周りに腰を落ち着け、お茶の時間を過ごしていた。

健太くんはすぐに帰ろうとしたのだけれど、お茶くらい飲んでいくようにとおばあちゃんが引き止めたのだ。

そのおばあちゃんは今、「おやつを用意するからね」と言って台所へ引っ込んでいる。つまりわたしは、シンとした居間で健太くんとふたりきり、という状況に置かれてしまっているというわけで。緊張しすぎて、とてもお茶に手を伸ばせる心境ではなかった。

今日接する中でわかったけれど、健太くんは多分、わたしとはまるで真逆のタイプの人間だ。行動力があって、物怖《ものお》じせずはっきりものを言って、無駄にヘラヘラ笑ったり媚《こ》びたりしない。だから余計に、肩に力が入ってしまう。

様子うかがいに、チラリと健太くんに視線を送る。健太くんはコップに触れることもできないわたしとは違い、一気にお茶を飲み干している。ごくり、と立派な喉仏《のどぼとけ》が上下して、ＣＭになりそうな見事な飲みっぷりだ。

そしてどうやら、こっそり見ていたつもりだったわたしの視線は丸わかりだったらしい。

「……なに」

「……！」

コップをローテーブルに置いた健太くんはじろりとわたしに目をやって、ぶっきらぼうに問いかけてきた。

これは健太くんのクセなのか、健太くんは話すとき、毎回しっかりと視線を合わせてくる。黒目がちの強い目に萎縮してしまい、慌ててなんでもないと首を横に振ろうとしたとき、そういえばまだお礼を言えていなかったことを思い出した。さっきも伝えそびれて、それっきりにしてしまっていた。

わたしはおどおどと目線を泳がせながらメモ帳を取り出すと、自分の中でずっとあたためていた言葉を綴っていった。

【この間はありがとう】

「……この間？」

わたしのメモ帳をのぞき込んで、健太くんが首をかしげる。

【川に落ちたとき、助けてくれて。お礼を言えてなかったから】

そう書いて見せると、健太くんは「ああ、べつに」と短く言った。

そんなの当然だろ、といった感じだ。恩着せがましくないのはいいことだけれど、あまりにもそっけなくて拍子抜けしてしまう。

会話が途切れ、再び無言の時間が訪れる。なにか話題を振ったほうがいいのか、けれど共通の話題なんてまったく思いつかなくて息苦しくなってきたとき、ちょうどいいタイミングでおばあちゃんが台所から出てきた。

「できたよ、ふたりとも」

空気の流れが変わり、ホッと胸を撫で下ろす。おばあちゃんは大皿を持っていて、香ばしい匂いがこちらに漂ってきていた。

「焼きたてだからね。熱いうちに食べなさい」

そう言って、おばあちゃんはわたしたちの前に大皿を置く。しかしそこに載っているものを見た瞬間、安心を得たばかりの心臓がスッと一気に温度を失くした。

トウモロコシ。大皿にドンと陣取《じんど》っていたのは、弾けんばかりの黄色い実を三百六十度まとっている、大きなトウモロコシだった。

粒はピンと立っていて、多分、立派に育ったおいしい部類なのだと思う。多分、をつけるのはなにせ、わたしがトウモロコシを食べられないからだ。味が苦手で、人間の歯がぎっしりと並んでいるようなホラーな見た目も、苦手だった。

「おー。どーも、ばーちゃん」

健太くんはそう言って、大皿から一本手に取ると、すぐさまガブリとかぶりつく。お茶のときと同様に、いい食べっぷりだ。けれどわたしは、手を伸ばすことすら躊《ちゅう》躇《ちょ》してしまう。

「奈緒？」

動かないわたしを見て、おばあちゃんが不思議そうに首をかしげる。いけない、と

わたしは慌てて間に合わせの笑顔を作った。

せっかく用意してくれたのに嫌いだなんて言ったら、おばあちゃんはきっとショックを受ける。わたしはたくさん世話になっている立場なのに、嫌な思いをさせることなんてできない。

食べなくては、と思った。無理してでも、どうしても。わたしは心を決めると、程よい焼き目がついたトウモロコシを手に取り、えいと口に運んだ。

込み上げてくる気持ち悪さに耐えながら、前歯でむしりとっていく。これも修行のひとつだと思い、自分を叱《しっ》咤《た》して、そうやって噛まずに飲み込むことを続けているうちに、なんとか丸々一本食べ終わることができた。

「一本でけっこー腹いっぱいになるな」

満足そうに自分のお腹を叩き、身体を反らせる健太くん。その横で、わたしも笑顔

を浮かべてみせる。

けれど笑みの裏側では、口内に残るトウモロコシの味に負けないように必死に戦っていた。

胸がつっかえたような感じがして、気持ち悪い。まるで人間の歯が、わたしの中でうじゃうじゃとうごめいているみたい――。

「……っ」

そんな想像をしてしまった瞬間、胃から喉に、グッと押し寄せてくるものがあった。

――ダメだ、やばい。

わたしはできるだけ平静《へいせい》を装《よそお》って立ち上がり、居間を出たところで足を早め、洗面所へと駆け込んだ。洗面台に向かって、身体を半分に折り曲げる。

「――ゲホッ、コホッ……」

声は出なくても、むせる音は喉から出る。わたしは洗面台に、先ほど胃に入れたトウモロコシを全部吐き出した。喉が焼けるように熱く、苦しさに生理的な涙が浮かぶ。

――わたし、なにやってるんだろう。

口の周りを汚して涙を流しながら、自分で自分を情けなく思った。

せっかく用意してもらったものを、こんな最低な形で無駄にしてしまうなんて。優しいおばあちゃんはきっと、わたしが食べられないと断ったって、失礼だなんて怒らないのに。わかっているのに。でも、それでも——。

申し訳ない思いで口をゆすいで涙をぬぐい、洗面台を綺麗に洗い流す。元通りにし終えて、蛇口《じゃぐち》をひねり止めた。

「大丈夫か？」

吐いたものが跡形もなくなって、は、と安堵《あんど》の息をついたとき、背後から低い声が聞こえた。バッと振り返ると、健太くんが立っていて、怪訝《けげん》と心配の間の色をした瞳をこちらに向けていた。

「……！」

「お前、具合悪かったのかよ」

吐いているのを、見られていた。血の気がサアッと引いていく。

「気分悪かったなら言えよ。だったら今日、無理に家に連れてけなんて——」

継がれたその言葉に、わたしは慌てて首を振った。そうじゃない。べつに健太くんはなにも悪くない。心配をかけたくなくて、わたしは急いでメモに走り書きをする。

【体調が悪いんじゃないの。本当はトウモロコシ、苦手で。言い出せなくて】

「……は？」

メモを見た健太くんが、とたんに険しい顔つきになった。ひそめられた眉に、理解できないという健太くんの感情がうかがえて、わたしは思わず身体を引く。

険しい顔のまま、健太くんはわたしを問い詰めた。

「吐くほど苦手なのに、無理やり食べたのか？　なんで？」

焦りながら、わたしはメモ帳に言い訳を綴る。責められている状況にどんどん気持ちが萎縮していって、おのずと字が小さくなった。

【おばあちゃん、せっかく用意してくれたから。食べないのは悪いと思って】

「……いや、気ぃ使うところおかしいだろ」

すぐに返ってきた言葉。健太くんの口元は、失笑し損ねたように歪んでいた。

「べつに、ただ苦手だって言えばいいだけだろうが。そうすりゃ俺が食べるとかすんのに、無理して食うふりして吐くとか……一番食い物、粗末《そまつ》にしてんだろ」

「……っ」

強い口調で言われて、身体中の筋肉が縮こまる。メモ帳に書ける言葉が、これ以上見つからなかった。

しばらく、無言の間があった。片手にメモ帳、片手にボールペンを持って硬直するわたしに、健太くんは呆れたようなため息をついた。

「……悪いけど、俺はそういうの、わかんねぇわ」

苦々しい表情で言葉を落とし、健太くんは背を向けて去っていってしまった。

軽蔑《けいべつ》された、と思った。わたしは放心状態で、その場を動くことができなかった。

今から何年も遡《さかのぼ》った幼稚園児の頃、すごく印象に残っている出来事がある。

年長に上がって間もない、四月末のことだ。子どもの日を前に、わたしたち園児は新聞紙を折ってかぶとを作っていた。

『マジックを用意しているので、好きな色を持っていってね。好きな色で塗ってオリジナルのかぶとを作りましょう』

そう先生に言われて、わたしはすぐに、どんなかぶとにするか想像を膨らませた。ピンクにしようと思った。ピンク色で、真ん中に赤い日の丸をつけるのだ。きっとかわいく仕上がる。

けれどわたしが実際に使ったのは、黄緑だった。先にマジックを取りに行って帰ってきた友達に、黄緑色を渡されたからだ。

『なおちゃんは、このいろがにあうよ』

差し出されたマジックを、わたしはありがとうと受け取った。友達の言うとおりに、かぶとを黄緑に染めた。ピンクを使うことも、日の丸を描くこともなかった。

だってせっかく、その子が取ってきてくれたから。日の丸でなく星をたくさん書いたらいいと、アドバイスしてくれたから。

でもそうしたのは、その子のためを思ってじゃない。ただ自分が、その子に嫌われたくなかったからだ。せっかくの好意を無駄にするなんて、とマイナスな感情を抱《いだ》かれたくなかった。

昔から、ずっとこうだった。思ったことを口にできず、ヘラヘラ笑って合わせてばかり。わたしは本当に無価値でちっぽけな人間だ。

わたしがちゃんと気持ちを口に出せたなら。強い人間だったなら。

『……奈緒』

そうしたらあんなことも、起こらなかったのに……。

「奈緒！」

「……っ！」

馴染みのある声に名前を呼ばれて、ハッと目を覚ます。

顔のように見えなくもない天井の木目と、わたしを見下ろすおばあちゃんの顔が視界に入り、ああ、さっきまでのは夢だったのかと、ホッと安堵の息をつく。

いろいろと考えを煮詰《につ》めているうちに昨夜は眠りに落ちていたようで、気がつくと朝を迎えていた。ここに来てからはずっとセミの鳴き声で自然に起きていたから、おばあちゃんに起こされるのは初めてだ。

「今日はめずらしくよく寝ていたね」

じっとりと汗ばんだ身体を布団から起こすわたしに、穏やかな声でおばあちゃんが言った。

「起こさないでいようか迷ったけど、なにも言わずに畑に行ってしまうのもどうかと思ってね。どうする？　今日はやめておくかい？」

おばあちゃんの気遣いの言葉にふるりと首を振り、わたしは少し急いた動作で布団から抜け出た。

畑仕事には行きたかった。初めて畑に行った日から、おばあちゃんの手伝いをすることが欠かせない日課になっていた。朝の空気と土の匂いは、薄暗い気持ちをいつも晴らしてくれる。

「居間で待ってるからね」

おばあちゃんがそう言って部屋を出ていったので、わたしは急いで着替えを済ませて、洗面所に顔を洗いに行った。

むくんだ目に、バシャバシャと水を浴びせる。タオルで拭いて鏡に映り込んだ自分の顔を見てみると、寝不足なわけではないのにひどい顔色だった。

健康的とは程遠く、何日も食事を抜いた人のようだ。とても見られたものではなくて、視線を洗面台に落とす。すると、なにもないはずのそこに自分の嘔吐物《おうとぶつ》が映った気がして、ぎゅっと胸が痛んだ。

『気ぃ使うところおかしいだろ。べつに、ただ苦手だって言えばいいだけだろうが』

健太くんに言われた言葉は、昨日から今まで、ずっとわたしの頭をぐるぐる回っていた。

トウモロコシを吐いてしまった昨日の出来事は、同じだった。人の好意をないがしろにしてまで自分の気持ちを優先できなかった、幼稚園のかぶと作りのときと同じ。だから、あんな昔の夢を見たのだろう。

水分を吸って湿ったタオルを、グッと握っていた。わたしだって、自分自身を滑稽《こっけい》だと思う。生きていく上で、言いにくいことを口に出さなければならない場面がいくつもあることを、ちゃんと知っている。

知っているけれど、それでも相手に嫌な思いをさせるとわかっていることを口にするのは恐ろしい。わたしにとっては、逆立ちしてこの辺り一帯を歩いてみせるくらい難しい。

自分の意思を伝えて、人から悪く思われてしまうのが怖い。相手に合わせて、顔色をうかがって。わたしは本当に、昔からなにひとつ変わっていない。

身内であるおばあちゃんに対しても、親に対しても本音を言えない。十六年生きてきて、わたしはもういくつ、言葉を呑み込んできたのだろう。

その後畑には行ったものの、一生懸命畑仕事に励んでも、沈んだ気持ちが浮上してくれることはなかった。いつもなら楽しめるおばあちゃんとの料理でも気分は変わることがなく、わたしはそのままの心境で昼下がりを迎えてしまった。

鬱々としていないで散歩に出かけたいところだけれど、それも叶《かな》わない。だって散歩に行ったら、近所に住んでいるという健太くんにまたバッタリ会ってしまう可能性がある。昨日の今日で、どんな顔をすればいいかなんてわからなかった。

トマのことも気になるけれど、怯えさせてしまうから必要以上に納戸をのぞきにいくわけにもいかない。宿題もまだやる気にはならなくて、わたしは結局、居間で集中するでもなくテレビを見ることにした。

テレビでは、お昼の情報番組が流れていた。東京のグルメ特集だ。こういった特集が組まれるのは、圧倒的に東京や大阪といった都会が多い。

人気のスポットや新しくできたカフェ。別の場所に住んでいたら東京の情報を得ても意味がないのに、なんて、東京人なのにまるでこの地の住人であるかのような考えを頭に浮かばせる。

『口に入れた瞬間、生地がじゅわっととろけます！』

パンケーキを試食している芸能人が、大げさに目を開いて食レポをしている。じゅわっととろけるなんてそれは果たしてパンケーキなのかな、と若干ひねくれたことを考えていると、ピンポンと短くチャイムが鳴った。

「はいはい」

台所にいたおばあちゃんが、エプロンで手を拭きながら駆けていく。それをチラリと横目で見たあとテレビに視線を戻していると、「奈緒、お客だよ」と呼ばれて驚いた。

郵便かなにかかと思っていたら、わたしにお客、なんて。ここはおばあちゃんの家なのに。よくわからないまま立ち上がり、玄関のほうに歩いていく。

「……！」

そして廊下の角を曲がりかけたところで、ハッと息を呑んだ。なぜなら玄関にいた〝お客〟は、今わたしが一番苦手意識を抱いている人物、健太くんだったからだ。

健太くんは、今日は野球のユニフォームを着てはいなかった。Tシャツにチノ素材のハーフパンツ姿。首にはスポーツタオルをかけている。

——どうして。

健太くんはもう、わたしの顔なんて見たくないだろうに。疑問と同時に気まずい思いが膨れ上がり、わたしは玄関まで足を進めることができずに、曲がり角で固まってしまった。

「……おす」

健太くんに挨拶《あいさつ》され、肩をすくめつつ頭を下げる。それと同時に視線が下がり、また驚かされる。健太くんの足元に、リードにつながれた小型犬がいたからだ。

「うちで飼ってる、柴犬のシバ」

わたしの視線が犬に向いているのがわかったのか、健太くんが説明した。

「昨日、帰ってから考えたんだ。人間との一対一じゃなくて、間に犬挟めばトマも安心して、人間が怖いものじゃないってわかってくれるかもしんねーって」

健太くんが口にした案は、たしかにいい考えかもしれなかった。けれど昨日の一件をかなり重く捉えているわたしにとっては、それどころではないというのが本音だ。

「さあさあ、上がんなさい。シバも一緒にね」

戸惑っているうちに、おばあちゃんが健太くんに招き入れの言葉をかける。健太くんは上がり框にいったん腰かけると、自分の首にかけていたスポーツタオルでシバの足を拭き、シバを抱えて家の中に入ってきた。

廊下で棒立ちになっていたわたしは、健太くんと目が合いそうになって、慌てて視線を落とす。自動的に、健太くんが抱えているシバが目に入った。

とてもかわいい犬だ。これが当然なのだろうけれど、人間を怖がったりする様子がまったくない。身体は丸っこく、毛並みは均一でふさふさしている。きっと健太くんの家で大切に育てられているのだろう。

「……こいつは気性《きしょう》荒くないし、噛みついたりしねーから。トマのそばに放しても、大丈夫だと思う」

健太くんの声が上から降ってきて、わたしはまばたきを多くしながらうなずいた。

距離が近いところで立っていると、健太くんはやはり背が高いのだということを実感する。わたしより、頭ひとつ分はゆうに高い。百八十センチは超えているのではないだろうか。

普通の態度で接してくれているけれど、健太くんは昨日のことをどう思っているのだろう。わたしになんて会いたくないけれど、トマのことを考えて渋々足を運んでくれたのかもしれない。だとしたらすごく申し訳ない。

肩身の狭《せま》い思いでいっぱいになりながら、わたしは健太くんと連れ立って納戸へ向かった。

健太くんの腕の中で、シバはハッハッ、と息づきながら丸い目をくりくりさせ、好奇心旺盛《おうせい》な様子だ。見ているだけで、明るくて人懐っこい性格がうかがえる。トマに遠慮なく近づいていきそうだけれど、それは吉と出るのか凶《きょう》と出るのか。

「俺らは姿見せねーほうがいいよな」

脳みそをめいっぱい働かせているうちに納戸の前に着き、健太くんが言った。今は健太くんへの怖さや気まずさは置いておいて、とりあえずトマのことだけ考えよう。そう自分に言い聞かせて、こくりとうなずく。

「シバが通れる分だけ開けて」と健太くんに言われ、納戸のドアに手をかける。怖がらないだろうかという不安と、もしかしたらという一縷《いちる》の望み。それらを同じ分量ずつくらい胸に抱えつつ、そっとドアノブを引いてすき間を作る。

健太くんはわたしと目を見合わせてうなずいたあと、そのすき間からシバを納戸の中に投入した。

「ワンッ！」

シバは楽しげに鳴き声をあげると、ためらいなく納戸の中へ駆け込んでいく。すき間から様子をうかがうと、突然の侵入者に驚き、ビクリと身体を跳ね上げるトマが見えた。そしてトマは逃げるように、小屋のさらに奥に引っ込んでしまう。

――やっぱり、ダメなのかな。

気持ちが萎《しぼ》むのに倣《なら》って、自然と肩が落ちる。陰に潜むトマとは違って、シバは小屋の周りを元気よくグルグルと駆け回っている。見事なまでに対照的だ。

落胆して半分諦めつつも、そのまま息を殺して様子を見守る。そうしているうちに、変化が起きた。

「……お」

わたしのすぐそばで、健太くんが驚きの音を落とす。

見守る視線の先。引っ込んでいたトマが、駆け回るシバに誘導されるようにして、小屋からのそりと顔を出したのだ。

――あっ！

声は出ないながらも、わたしも口を開いていた。トマは少し困惑したような表情をしているけれど、その身体は震えてはいない。

出ておいでよ！と誘うかのように、走り回っていたシバが小屋の前で足を止め、ハッハッと息を切らしてトマのことを見つめる。

一秒、二秒、三秒……。どれくらい数えただろう。呼吸をグッと抑えて見つめる先に、動きがあった。

トマが初めて、一歩踏み出した。小屋から、上半身を出したのだ。

――嘘。

その光景を見た瞬間、経験したことのない感動に襲われて、わたしは思わず口を手で覆った。

信じられない思いだった。一歩に続いて、二歩、三歩。小屋から完全に、トマの身体が出てくる。感激で、目頭が熱くなった。短い言葉が、頭の中を駆け巡る。

――すごい。嘘。本当に？

だって今まで、小屋の中で震えていただけだったのに。自分から行動を起こすことなんて、なかったのに。

「やったな」

両手で覆った下、唇を噛みしめているとそんな声が降ってきた。

ハッと顔を上げる。わたしの斜め上に位置する健太くんの顔は、硬さが抜けてほころんでいた。

初めて、健太くんの笑ったところを見た。年相応の、男の子らしい笑顔だった。

こくりとうなずき、わたしもぎこちないながら健太くんに笑みを返す。トマが歩いたのは、たったの数歩。でもそれは、とても大きな進歩だった。


それからおばあちゃんに呼ばれ、わたしたちは昨日と同じく、居間で休憩を取ることになった。

おばあちゃんが用意してくれた本日のおやつは、大学芋《だいがくいも》だった。トウモロコシでなくてひとまずホッとする。もしまた出てきてしまったら、おばあちゃんの手前断るわけにもいかず、健太くんの手前無理して食べるわけにもいかず、私は完全に参ってしまっていた。

「まあ、ほんとかい！」

健太くんからトマのいい報告を受けたおばあちゃんは、ぱっと華やいだ表情をして喜んだ。おばあちゃんはわたしに世話を全面的に任せてくれているけれど、本当はトマのことをとても気にかけているのだ。納戸をよくのぞきに行っているのも知っている。

「そういや、ばーちゃん前までアサヒっつー犬飼ってたよな。雑種だったっけ」

「ああ、アサヒはね――」

トマのことから派生して、健太くんとおばあちゃんが犬トークを始める。その間にわたしはそろっと手を伸ばしてコップを取り、お茶を飲ませてもらった。健太くんといることで必要以上に緊張して、少し前から喉が渇《かわ》いて仕方なかったのだ。

ついでに、大学芋もひとつつまませてもらう。不揃いな形に切られ、テカテカした透明な甘い膜《まく》をまとったサツマイモたち。表面にはいりごまがかかっていてとてもおいしい。

中華料理屋でデザートに食べたことはあるけれど、それとは違った優しい味の大学芋だ。あとで作り方を教えてもらおうと、考えていたときだった。

「ばーちゃん、ひとりでいるときもこんなん作ってんのかよ」

「……っ！」

犬の話をしていたはずの健太くんが、いきなり大学芋を指し示してそう言ったものだから、わたしはゴホッとむせ込んでしまった。

喉に引っかかったサツマイモを、慌ててお茶で流し込む。胸を軽く叩いて調子を整えている間に、おばあちゃんが答えた。

「ひとりのときは作らないよ。今は奈緒がいるからね。奈緒はいつもおいしそうに食べてくれるからねえ、つい張り切ってしまうんだよ」

「ふーん……」

健太くんが面白くなさそうな表情で、おばあちゃんからわたしに視線を移す。わたしはびくりと肩を揺らすと、ドギマギしながら目を逸らした。

さっき摂取《せっしゅ》したばかりの水分が、あっという間に干上《ひあ》がっていってしまうのを感じる。昨日の罪悪感がよみがえってくる。健太くんが今、なにを思っているのかが怖かった。

この空間におばあちゃんがいるのがまだ救いだ。ふたりきりになんてなろうものなら、わたしは干からびて死んでしまうだろう。

ところがわたしの寿命は、それから十分も経たないうちにやってきた。

「ちょっと畑に出てくるね」

「……！」

おばあちゃんは大学芋が綺麗になくなったのを見届けると、よっこらせとその場から立ち上がってしまったのだ。

――嘘、行かないで。

すがるように見つめるけれど気持ちが届くことはなく、おばあちゃんは居間から退散してしまった。

沈黙が落ち、空気の流れが滞る。急に重力が四倍くらいになった気がして、自然と背筋が丸まってしまう。

寿命がチリチリと削られていく。周りから酸素が減ってしまったかのように、息苦しい。

——ああ、どうしよう。今すぐどこかに瞬間移動できたりしないだろうか。

なんて馬鹿げたことを思っていたとき、突如《とつじょ》沈黙が破られた。

「……昨日は、悪かった」

隣に低い声が落とされ、バネでもついているかのように瞬時に顔を跳ね上げる。健太くんの強い視線が、わたしに向かって注がれていた。

「さすがに言いすぎた。……や、たしかに吐くのはどうかと思うけど。でも苦手だって言わなかったのは、お前の反応を楽しみにしてるばーちゃんをガッカリさせないためだったんだよな。ごめん」

「……っ」

まさか謝られるとは思っていなくて、わたしは目を見開くと、ふるふると小刻みに首を振った。軽蔑されていなかったという安堵から、目の奥に熱いものが押し寄せてくる。ずっと張り詰めた気持ちでいたから、泣いてしまいそうだ。

けれど同時に、とてつもない自己嫌悪がわたしの中に湧き上がった。だってわたしがトウモロコシを断らなかった本当の理由は、おばあちゃんをガッカリさせないためではないからだ。それは建前《たてまえ》で言い訳。わたしはそんなにいい子じゃない。謝ってもらえる立場じゃないのに。

真っ直ぐ向き合おうとしてくれる健太くんを前に、自己嫌悪の感情はどんどん膨らみ、胸がはち切れてしまいそうになる。

【違うの】

気づいたら、だった。わたしは衝動的に、メモを取り出してそう殴《なぐ》り書いていた。

【おばあちゃんのためじゃない。わたし、自分が悪く思われるのが怖かっただけなの】

怒涛《どとう》のように、自らを嫌悪する言葉が出てくる。ボールペンは止まらない。汚い文字が、メモ帳を埋《う》めていく。

【断ったら、失礼な子だと思われそうで怖かったの。いつもそうなの。親に対しても友達に対しても、悪く思われるのが怖いから、言うべきことを言えなくて。全部自分のためなの。自分を守ることに必死で、すごく弱い。こんな自分、すごく――】

――嫌い。

そこまで書き終えて、ハッと呼吸をする。書いている間、ずっと息を止めてしまっていた。手が震えて、心臓がバクバクいっている。健太くんはなにも言わない。顔を見ることができない。

全部メモ帳に吐き出してしまってから冷静さが戻ってきて、わたしは猛烈《もうれつ》に後悔した。わたしはなにをいきなり吐露《とろ》しているのだろう。健太くんの立場に立ってみたら、突然こんなことを言われても困るだけだ。

「……俺と真逆だな」

自責《じせき》の念に駆られて俯いていると、落ち着いた声が耳に滑り込んできた。

不安に思いながら、ゆっくりと顔を上げる。健太くんが、真面目《まじめ》な表情で言葉を継いだ。

「俺、他人にどう思われようが気になんねーから。だから言いたいこと言うし、溜め込んだりしない」

「……っ」

健太くんの発言に自分の弱さを自覚させられ、再び頭が下がっていく。けれどそのあとに健太くんが続けた言葉は、意外なことにわたしを励ますものだった。

「真逆だけど……結局、元のところは一緒だよな。相手のためじゃなくて、自分のためってやつ。だって俺が思ったことポンポン口に出すのも、自分の意見押し通すためっつか、自分のためだし。誰しも人間、自分が一番大事じゃん。それでいいんじゃねーの」

肯定の言葉を、信じられない気持ちで受け取る。まだわたしが全部を呑み込めないうちに、健太くんは「それにさ」と言葉を続けた。

「本当に自分のためにしか生きてないヤツって、そういうことで悩まねぇと思う。だからなんつーか……。俺国語苦手で、うまく言えねーけどさ。お前はちゃんと、優しいんだと思うよ」

「……っ」

その瞬間、心の中にあたたかな色が落ちて、じわりとにじむのがわかった。

じわり、じわりと広がっていく暖色《だんしょく》。まさか健太くんが、そんなふうに言ってくれるなんて思わなかった。否定し続けていた自分を、誰かが認めてくれると思わなかった。

「ワンッ！」

「……！」

いよいよ泣きそうになってしまっていたけれど、庭につながれているシバがちょうどのタイミングで元気よく吠《ほ》えたので、涙は奥に引っ込んでくれた。

「鳥でもいたのかもな」

健太くんは、庭の方に首を回してそう言った。浮かべているのは、とても優しい表情だった。

わたしは健太くんの人柄を、勘違いしていたのかもしれない。ただハッキリものを言い、意思のままに行動する人だと思っていた。怖い人とまで思ったくらい。けれどそうじゃない。真っ直ぐで強くて、優しい人なのだ。

ずっと上がっていた肩から、溶《と》けるように力が抜けていく。コップを手に取りお茶を飲むと、ちゃんと香ばしい味がした。

再びわたしたちの間に沈黙が落ちる。けれどもう、空気に重さや居心地の悪さは感じなかった。

「……俺さ」

しばらくしてから、健太くんがつぶやくように言った。

首を回す。健太くんは一度言い淀《よど》むように唇を噛んでから、とても真剣な瞳をわたしに向けて、こう言った。

「将来、獣医になりてーんだ」

突然の告白だった。どうしてそんなことを教えてくれるのだろう、とわたしは驚きに目をまたたかせ、そして同時にすごく納得していた。

――だから犬種に詳しくて、トマがコッカースパニエルだと当てられたのか。健太くんはやっぱり、動物がすごく好きなんだ……。

わたしには将来の夢なんてものはない。本が好きだから図書館司書になれたら楽しいかなとは思うけれど、それも強《し》いて言うならだ。同い年の高校生で、これになりたいと明確に語れるような夢を持てている人のほうが、きっとめずらしいだろう。

【すごいね】

わたしはメモ帳を取り出すと、自分の中に最初に浮かんできた気持ちを綴った。

【健太くん、向いてると思う。きっと素敵な、動物のお医者さんになれると思う】

わたしの文字を見た健太くんは、怒ったように唇を結んで「……んなことねーけど」とつぶやいた。

けれどその顔には、わずかに照れの色がのぞいている。それを見たとき、わたしの中にあった健太くんに対する怖いという感情は、もう完全に消え去っていた。

健太くんの強い瞳が、もう一度わたしを捉える。

「……でも」

唇のへの字を解いて、健太くんは言葉を継いだ。

「でも……もし俺が動物の、じゃなくて、人間の医者になれるんなら。そしたらお前の喉も、治してやれるかもしんねーのにな」

「……っ」

向けられた言葉に息が詰まった。あまりにも真っ直ぐな目。視線からも声からも、純粋に、心からそう思ってくれていることが伝わってくる。

健太くんの優しさが嬉しくて、それと同じくらい後ろめたい思いでいっぱいになった。だってわたしは、同情してもらえる立場じゃないから。

複雑な気持ちが、心の中でうずまく。わたしはできるだけ明るい笑顔を作って、健太くんにありがとう、と口パクで伝えた。

＊　＊　＊

「ありがとーっ！　超助かるーっ！」

宿題を忘れたから見せて。そう言われてノートを差し出すと、高峰さんは大げさなリアクションで、わたしからノートを受け取った。

投げられた感謝の言葉に、わたしは情けない作り笑いを返す。でもわかっている。

高峰さんが、本当にわたしに宿題を見せてほしいわけではないことを。

高峰さんは、ただアピールしているだけだ。教室の隅にいる依子に、わたしが高峰さんたちについているということを知らしめるために。

『……入るよね？』

依子を裏切って、高峰さんのグループに属することになってから数日。わたしは自分の考えが甘く、浅はかであったことに気づかされた。

すぐに元に戻れるし、依子は他のグループに入れる。そう思っていたけれど、依子はまたたく間にクラスで孤立してしまった。高峰さんたちの思惑を皆が察して、巻き込まれたくないがために依子を遠ざけるようになったのだ。

誰彼からも、無視されている状態。こんなのもう、いじめの始まりだ。すぐにでも依子のところに行きたい。でもできなかった。高峰さんたちが、恐ろしくてたまらなかったから。

グループに入ったといっても、わたしの存在は空気だ。会話には一切混ぜてもらえず、基本無視される。けれど常に見張られてはいて、依子に心配の視線を送ろうものなら、髪をクイッと引っ張られたりスネを軽く蹴られたりした。

「なーお。どこ見てんの？」

そんなふうに冗談っぽく。けれど確実に、痛みを伴うように。

一昨日、四人でトイレに行ったときには、高峰さんに無表情で告げられた。

「涌井とは一切話さないでね？　わたしたちに隠れて会ったりしたら、コロすからー」

コロす。軽いトーンで発されたものの、その言葉は間違いなく脅《おど》しだった。

依子と一緒にいられなくなってから、一日をものすごく長く感じる。

「奈緒ーっ！　早く！」

やっと迎えた折り返し地点である、昼休み。四時間目の授業で使った教科書をのろのろと片付けていると、お弁当を食べる準備を済ませた高峰さんたちに、わざとらしいほど明るい声で呼ばれた。

また、依子に対するアピールだ。慌ててカバンからお弁当を取り出すと、わたしは高峰さんたちの元へ駆けつける。

四人でのお弁当タイムが始まる。お弁当を食べるのは一番楽しみな時間だったのに、今では一番苦しい時間と化していた。

「凌駕《りょうが》がさー、また警察の世話になっちゃったんだよねー」

高峰さんが、持ってきていたパンの袋をベリッと開けながら言った。

凌駕とは、他校にいる高峰さんの彼氏だ。警察の世話に、なんて物騒な言葉に、お弁当に視点を置きながらギョッとする。

「えーマジで！なんで！？」

「んー。なんか、駅前でたむろってたら文句言ってきたオッサンがいたらしくてさ、ムカついたからボコったんだって。もー、問題ばっか起こすなっつのー」

「えー！でも、強い彼氏ってよくない？　由梨華にベタ惚《ぼ》れだし、なんでもしてくれるんでしょ？　頼んだらムカつく奴ヤッてくれそうじゃん」

「まーそうだけどー」

飛び交う話し声に、ギュッと心臓が縮こまる。

お母さんがせっかく作ってくれたお弁当なのに、どのおかずも味がしない。唐揚げはゴムみたいだ。冷凍食品ではなく、わざわざ手作りしてくれた唐揚げなのに。

ゴムみたいな唐揚げを必死で飲み込みながら、昼休みが、そしてこの一日が早く終わってくれますようにとばかり願う。

そうして砂を噛むような食事を続けているうちに、話題は高峰さんの彼氏から、メイクのことへと逸れていった。恐ろしい会話が終わって安堵するけれど、いたたまれない気持ちは変わらない。

この苦しい状況は、いつまで続くんだろう。奈緒なんていらないから涌井のところへ戻ればって、涌井をハブるのは飽きたからやめにしようって、そう言ってくれればどんなにいいだろう。

高峰さんたちにバレないように、チラと教室の後方に視線をやる。依子は俯いて、ひとりでお弁当を食べていた。

依子はひとりぼっちになってから、毎日ずっと俯き加減に過ごしている。このままでは背骨が曲がってしまいそうで、その姿にどうしようもなく胸が痛くなる。

「由梨華って、アイライン引くの超うまいよねー」

わたしが心を痛める間にも、高峰さんたちの会話は続いていく。

「わたし不器用なのか、すごい不自然になっちゃうからさー。ライン引けなくて、アイシャドウの濃い色使ってるもん」

「ライン馴染んでて、すごい目おっきく見えるよね。ってまあ、由梨華は元々目ぇおっきいかぁ」

「元がいいもんね。美人はいいよなー」

高峰さんに向けられる賞賛《しょうさん》の声。目立つグループ内でも、高峰さんはトップに値する存在らしい。

「……でもさー」

まんざらでもない表情をする高峰さんの横にいる、センター分けロングヘアーの東《とう》寺《じ》さんが、ふっと唇を歪めて言った。

「誰かさんのせいで、四組の顔面偏差値ダダ下がりー」

全身が凍りついた。東寺さんの視線と声は、グループ内ではなく、教室の後方へと飛ばされていた。

教室の隅。俯いている、依子の方へと。

「……あははっ！」

そんな東寺さんの言葉は、高峰さんにばっちりハマったらしい。高峰さんは手を叩いて、嬉しそうに爆笑した。

三人はお揃いの意地悪な顔になって、そして、聞くに堪《た》えない依子の悪口が始まった。

「湿ったオーラ、教室に持ち込まないでほしいよねー！」

「マジでその幸薄《さちうす》い顔面、どうやったら出来上がるんだって感じー」

「ブスとブスがくっついたらじゃね？　親もやばいんだよ」

「ぶはっ！　キモい産物は教室に居座らないでくださーい」

もう、陰口ではなかった。この瞬間から変わったのだ。直接本人に聞こえるように、直接言葉で攻撃していくスタイルに。

箸を持って固まり、戦慄《せんりつ》するしかなかった。そして恐れていた質問が、とうとうわたしに向けられる。

「ねえ、奈緒。涌井って、ブスだよねー？」

「……っ!?」

同意しか許されない、一択しか用意されていない質問。依子の方を見た。俯いていて顔の部分が影になっているけれど、わかる。依子は泣き出しそうな表情をしている。

首をぎこちなく回し、高峰さんに視線を戻す。これ以上なく愉悦《ゆえつ》に浸った瞳が、わったしの言葉を待っている。

「き、聞こえちゃうよ……」

震える声で言った。わたしにできる、精いっぱいの抵抗だった。

高峰さんはハッと嘲《あざけ》るように笑って、「バカなの？」と言った。

「聞こえちゃう、じゃなくて、聞かせてんだよ」

目の前が真っ暗になって、わたしは震えながらうなずいた。

うん、と言った。「は？　なに？」と聞き返されたので、依子に聞こえるように、もう一度大きめな声で肯定した。

泣きそうだった。胸がつぶれるような思いだった。

依子、違うんだよ。ブスだなんて、そんなことちっとも思ってないよ。

4

夏のなみだ

栄養失調のときの療養食は、幼犬用のミルクをベースとして、流動食に近いやわらかい形状から始めるのがいいらしい。そのあと、徐々に硬めにしていき、使う品目数を増やしたり変えたりしていく。

今日わたしが作っているのは、かつおの骨の出汁でご飯をやわらかく炊き、それにささみと刻んだ野菜を入れたものだ。それとは別に、粗めにおろしたリンゴも用意する。これが一番、トマの食い付きがいい。

作り終えた品々をお盆に載せ、トマのいる納戸へと運ぶ。わたしがドアから顔を見せると、トマは様子をうかがいつつのそりと小屋から出てくる。

そのしっぽは、数日前のようにだらりと垂れてはおらず、重力に逆らって上がっていた。

健太くんとシバが来訪するようになって、約一週間。月は変わり、八月に突入した。

健太くんの〝犬もう一匹作戦〟は、想像以上に功《こう》を奏《そう》している。初日に小屋から出られるようになったトマは、二日目、なんとあれだけ拒否していたエサに口をつけるようになったのだ。

シバが隣でおいしそうに食べてくれたことが、なによりの効果をもたらしたのだと思う。そしてシバが健太くんやわたしと戯《たわむ》れるのを見せたことで、わたしたち人間が納戸に入っても、トマは前ほど怯えることはなくなった。少し警戒する程度で、その警戒も日を重ねるごとに緩まっているように感じる。

本当に、シバ様様《さまさま》だ。一週間経った今では、トマはわたしが納戸にいる状況でもエサを食べてくれるまでになった。まったくエサに口をつけず、小屋に引きこもっていたときと比べればかなりの進歩だ。

犬らしくしっぽを揺らして、作りたてのエサに顔を突っ込む。そんな命を吹き返したような姿を見ていると、わたしも元気をもらうことができた。

今日の午後もピンポンとチャイムが鳴り、健太くんがシバを連れてやって来た。

「おう、奈緒」

パタパタと走って出迎えると、口元を緩めてわたしに笑いかけてくれる健太くん。

昨日よりさらに、健康的な肌の黒さが増した気がする。この間教えてもらったのだけれど、健太くんは高校で野球部に入っているらしい。

ポジションはサードで、午前中は毎日練習に励んでいるとのこと。グラウンドの砂を蹴散らしてボールをキャッチし、大きな声をあげて仲間を鼓舞《こぶ》する姿は、見たことがなくても想像できる。

トマとの関係が良好になってきたのと同様に、わたしと健太くんの関係も、前よりずっとよくなったように思う。

わたしは健太くんに対して変に緊張したりしなくなったし、健太くんはわたしに笑顔や気さくな一面をたくさん見せてくれるようになった。奈緒、と普通に呼び捨てにするし、話してくれる言葉もずいぶんくだけたように感じる。

「よっこらせ……っと！」

シバを抱えた健太くんが、玄関の上がり框に勢いよく腰かける。用意していたタオルを渡すと、「サンキュ」と軽やかに受け取って、シバの足を拭き始めた。

右前足、左前足。そして後ろ足に取りかかりつつ、健太くんはそばに立っているわたしを見上げて言った。

「昨日から考えてたんだけどさ。今日は、撫でてみねーか」

健太くんの提案にわたしは固まり、そしてえっ、と目を丸くした。

同じ空間にいられるようにはなったものの、わたしたちはまだ、トマに触れたことがない。近寄りすぎるとトマが緊張するのがわかるから、少し距離を取ったところから見守っているレベルだ。なのに撫でるなんて、少し難易度が高すぎないだろうか。

「やってみようぜ」

メモ帳に書かずとも表情からわたしの不安な思いを読み取ったのか、健太くんが言った。

「ただ辛抱《しんぼう》強く待ってても、向こうから来ることはねーんだし。大丈夫だよ、多分」

なにも根拠なんて示していないのに、健太くんの〝大丈夫〟には妙な説得力があるから不思議だ。自信なさげにうなずきながら、こういうところがわたしと健太くんとの違いで、健太くんのすごいところだよなと思った。

わたしは自分から動かず、事態が変わっていくのを待つタイプだけれど、健太くんは自ら未来を切り開いていくタイプだ。

今日もいつもどおりの手順で、わたしたちはまず、シバを納戸に投入した。

「ワンッ！」

シバは一瞬のうちに小屋のほうに駆けていき、トマがすぐに顔を出す。すっかり心を許しているのだろう、嬉しそうな表情だ。

犬には人間のように明確な笑顔や怒り顔はないけれど、それでもなんとなくわかる。シバを相手にしているときのトマは、若干目が細くなり、口角が上がっているように見える。

二匹の様子をしばし見届けたあとに待っているのは、わたしたちが納戸に入るという段階だ。トマの視線が、わたしたちを捉える。嬉しそうな表情は消えてしまうけれど、怯える様子はない。わたしたちが無理やり近寄ってこないとわかっているからだ。

けれどしばらくして、いつもは動かないでいる健太くんが小屋の方に足を進めてくるのを見て、トマはビクッと後ずさった。一瞬にして、全身に緊張が走る。

「大丈夫だ」

健太くんはトマに優しくそう言うと、小屋の近くで足を折り曲げてしゃがみ、トマと目線の高さを合わせた。

「大丈夫だ。大丈夫」

トマを落ち着かせるよう、ゆっくりと同じ言葉を繰り返しながら手を伸ばす。その手が、そうっとトマの背中に触れた。

「キャウン……」

トマが恐怖から、か細い鳴き声をあげる。小さな身体が震えだす。その様子を、祈るような気持ちで見ていた。

わたしなら、トマの鳴き声を聞いてすぐに撤退《てったい》してしまっていると思う。けれど健太くんは、何度も優しくトマの身体を撫で続けた。

「大丈夫、大丈夫」

繰り返し落とされる、語りかけの言葉。撫で続け、言葉を与え続ける。そうすると次第にトマの身体の震えが治まっていき、戸惑いと恐怖の色しかなかった瞳に、別の色が差してくるのがわかった。そして。

――あ。

震えが完全に止まり、トマが健太くんの手に身を預ける。その瞬間を、わたしは見た。

胸に熱いものが押し寄せるのを感じた。トマにとって、自分を痛めつけるものでしかなかったであろう、人間の手。その手が今、拒否されず受け入れられている。

そう思ったら本当に胸がいっぱいになって、息をするのも苦しくなった。

「奈緒」

感動しているわたしを、健太くんが手招きしながら呼ぶ。次はわたしの番ということだ。

さっきの場面を見ていても、やはり戸惑いの気持ちが大きかった。健太くんにはできても、わたしにはうまくやれる気がしない。

それでも、健太くんが言ったとおり、待っているだけではダメなのだ。手招きに従って、おそるおそる前に進んでいく。近づいてくるわたしに気づいたトマが、ハッとして再び身体を強張らせる。

――ああ、どうしよう。

トマの様子に、余計に気持ちが怯んでしまった。

「大丈夫だから、ビビんな」

足を止めてしまうわたしに、健太くんが声をかける。

「奈緒が怖がってたら、トマも怖がる。……大丈夫だよ」

健太くんの言葉に、唇を一文字に結んでうなずく。気持ちを落ち着けつつ、触れられる距離まで歩み寄る。

そうっと、息を殺してトマの近くにしゃがむ。そこまでのわたしの様子を見届けて、健太くんがすぐそばで言った。

「かわいいとか、好きだとか。そういうこと思いながら、撫でてみ。ちゃんと伝わるから」

さっきよりも深くうなずいて、わたしは心を決める。トマの縮こまった身体に、そうっと手を伸ばして優しく触れる。

――かわいいね、トマ。

健太くんに言われたとおり、トマに対して持っている愛情の言葉を、たくさんたくさん、心の中で語りかけた。

――かわいいね。大好きだよ。大丈夫。大丈夫だよ。人間は、怖い人ばかりじゃないんだよ。わたし、トマを守りたいよ。トマと一緒に、頑張っていきたいよ。

そんな気持ちが、手のひらから伝わるように。

わたしの手を受けても、トマは鳴いたり暴れたりしなかった。ひと撫でするごとに、トマの身体から力が抜けていくのを感じる。わたしの言葉が、トマに伝わっていくのを感じる。
わたしに身体を預けて、撫でられてくれるトマ。嬉しくて、愛おしくて。ひと粒だけ、涙が出た。

東京の自宅にいたときは勉強机を利用していたから、最初はちゃぶ台で勉強するということに違和感があった。けれど今では、畳にじかに座ってちゃぶ台に向かうスタイルが当たり前になっている。

トマと初めての接触、という大イベントを終えたあと。わたしと健太くんはわたしの部屋で、おのおの自分の宿題に取り組んでいた。

こんなふうに一緒に宿題をするのは、初めてのことではなかった。昨日も一昨日もだ。毎日やって来るうちに健太くんはすっかりこの家の一員と化していて、居間でテレビを見たりわたしの部屋で宿題を済ませたりしていくことが普通になっていた。

とはいえ、実はわたしのほうは、まだふたりきりでいることに緊張してしまっている。問題集の上にシャーペンを当てながら、わたしはそっと健太くんの横顔を盗み見た。

丸みを帯びていない輪郭《りんかく》に、鋭角に突き出た高い鼻。パーツがいちいち男の子ならではだよな、と改めて思う。

今身体の中に巡っている緊張は、前までのように怖いとか苦手とか、そういった感情からくるものではない。ではどういう感情からなのかと聞かれると、自分でもうまく説明できないのだけれど、とりあえず一定の緊張感があったほうが勉強ははかどるものだから、健太くんがここで宿題をしていってくれることはありがたかった。

視線を健太くんから問題集に戻し、わたしは問題を解くことだけに意識を集中させた。健太くんもしゃべることなく、黙々《もくもく》と解き進めている。カリカリとシャーペンの芯が削れていく摩擦音《まさつおん》が、それぞれの手元に生まれ続ける。

外の蝉時雨は、気にならなかった。ここに来た当初は勉強には邪魔だと感じていたのに、もうすっかり慣れてしまって、今ではＢＧＭと化している。あって当然の日常音だ。

「……あー、脳細胞が死ぬー！」

そうしてしばらく経った頃。集中力が途切れたのか、健太くんが突然叫んで畳の上に倒れ込んだ。

目を丸くしたわたしは、そのあとくすりと笑みをこぼしてしまう。健太くんはオンオフが激しい。全力でやって、全力で力尽きる。まるで切り替えのスイッチが身体のどこかについているみたいだ。

わたしも集中力が切れかけていたところだったので、ちょうどよかった。

【休憩にしようか。お茶、もらってくるね】

メモにサラサラと文字を書いて健太くんに見せると、わたしは畳から腰を上げ、台所へと向かった。

窓が閉め切られていて扇風機の風もないからか、台所にはむわっとした空気が立ち込めていた。お茶と、それからおせんべいくらい持っていっていいかとおばあちゃんに尋ねたかったけれど、台所にも居間にもおばあちゃんの姿は見当たらない。

あれ、と思ったとき、居間に面した勝手口の方から、ガサゴソと音が聞こえてくるのに気がついた。少し遠慮気味に、勝手口のドアノブに触れてみる。そうっとひねってドアを押し開け、すき間から顔を出してみると、しゃがんだ状態のおばあちゃんがすぐそこにいた。

おばあちゃんは麦わら帽子をかぶって軍手をはめ、勝手口周りの草むしりに勤《いそ》しんでいた。

「あれ、奈緒。宿題は終わったのかい？」

おばあちゃんはすぐにわたしに気づき、しゃがんだ位置からいつものやわらかい笑顔を向けてくれた。畑仕事スタイルのおばあちゃんの隣には、抜き終えた草の小さな山ができている。

前にも思ったけれど、おばあちゃんは本当に働き者だ。おばあちゃんがテレビを見でゆっくりするのは食後くらいで、あとはずっとなにかしら動いている気がする。

――わたしにもさせて！

自分の顔を指さし、わたしは口パクでそう伝えた。なにからなにまで世話になっているのだから、こういったことはできれば手伝いたかった。

結局、草むしりには健太くんも参加することになった。ゆっくりしていて、と伝えに行ったのだけれど、ひとりで休憩する気にはならなかったようで、「俺もやる」と畳から生還したのだ。

「ありがとうね。人手が増えて、早く終わるよ」

一緒にしゃがんで草むしりを始めるわたしたちに、おばあちゃんは嬉しそうに言った。

「おじいちゃんが帰ってくるから、お盆までに綺麗にしないとと思ってね」

意識していなかったけれど、たしかにもうじきにお盆を迎える。先祖が浄土《じょうど》から地上に戻ってくると言われている、供養《くよう》の期間だ。

おじいちゃんが亡くなったのはまだずいぶん若い頃だったらしく、わたしはおじいちゃんに会ったことがない。お母さんですら、おじいちゃんに関する記憶はあまりないと言っていた。

おばあちゃんはほとんど女手ひとつで子育てをして、仕事もして、この家を守ってきたのだ。そう思ったら、ますます草むしりでもなんでも頑張って手伝わなければという気がしてきた。

勝手口周りの雑草は、畑のものより根を深く張っているのか、抜くのがかなり難しかった。ひとつ抜くのに力を要するし、かといってただ力任せに引っ張ると、草の部分だけちぎれて根は残ってしまう。

「健太は、ずいぶん草を抜くのがうまいね」

わたしが顔を赤くして苦戦していると、右隣のおばあちゃんが言った。

ふと左隣にいる健太くんに視線をやって、目を見張る。本当にそのとおりだった。健太くんは、まるで濡れてやわらかくなった土地から拾い上げるように、スイスイとテンポよく雑草を抜いていたのだ。

「さすが農家の息子だ」

おばあちゃんが感心した声で、褒《ほ》め言葉を追加する。すると健太くんは手を止め、なぜかふっと顔を曇らせた。

「……んなの褒められたって、嬉しかねーっつの」

健太くんは、すぐにいつもの雰囲気に戻って冗談っぽい悪態をついたものの、わたしの中には一瞬見せた複雑な表情が、やけに印象に残っていた。

現状維持で満足してしまうわたしにとって、健太くんはいつも唐突で飛び抜けている。

「散歩、行ってみないか」

健太くんがそう言い出したのは、トマへの接触を試みてからたったの二日後のことで、わたしはまた驚かされた。

犬とは散歩が大好きな生き物だ。それは常識的に知っていたけれど、トマに関しては守らなくてはという気持ちばかり先行して、散歩に連れ出すなんて考えたこともなかった。

立ち止まっているトマとわたしを引っ張っていってくれるのは、いつだって健太くんだ。わたしが偶然健太くんに出会っていなかったら、今頃なんの進展も得られていなかったかもしれないと思うと、恐ろしい。

散歩にはまず、首輪とリードを用意しなければならない。買いにいこうかという話になったけれど、おばあちゃんが飼っていたアサヒが使っていたものがちょうどいいサイズだったので、それを使わせてもらえることになった。

「また出番が来るなんてねぇ」

取っておいてよかったと、おばあちゃんは嬉しそうに言った。

トマに首輪をはめてみると本当にぴったりで、わたしは運命とやらを感じざるを得なかった。

『これも縁ってものだね』

少し前に、おばあちゃんがそんな話をしてくれたことがある。

もしトマが倒れていたのがうちの縁側の下でなかったら。もし奈緒が見つけていなかったら。トマはここにはいなかった、と。やっぱりトマがこの家に来たのは、縁だったのだ。

だとしたら、わたしが川で健太くんに会ったのも、縁のひとつなのだろうか。

――今から散歩に行くからね、トマ。

心の中でそう語りかけ、わたしはトマを抱えて納戸を出た。この家に来て以来納戸から出されることなんてなかった上、急に首輪なんてはめられたトマは、今からなにが起こるのかと混乱している様子だ。

大丈夫だよ、の気持ちを込めて背中を撫でる。トマを抱えて進んだ玄関には、もう準備を済ませた健太くんとシバが待っていた。

「俺らが前歩くから、奈緒とトマは付いてこいよ」

トマにリードをつけるのを手伝ってくれながら、健太くんが言った。その言葉に、うん、とうなずく。ひとりだったら心細いかもしれないけれど、健太くんとシバが先を行ってくれるなら安心だ。

「おし、行くか」

健太くんが気合のひとことを発し、思い切りよく玄関の引き戸を開ける。パッと広がる、室内とは違う明るい世界。陽光を吸い込み、トマの瞳が綺麗に輝く。

「いってらっしゃい。気をつけてね」

おばあちゃんの声に背中を押され、わたしたちは明るい光の下へと出発した。リードを握る手に力を込め、トマを誘導する。トマは最初こそ怯んで足を踏み出さなかったものの、自分より先に出た健太くんとシバの様子を見て、トト、と外の世界を歩き始めた。

ああよかった、とホッとした。トマの足取りと同じリズムで、わたしの気持ちも弾みだす。いつもは暑い、とマイナスにしか感じない気温が、今日は妙に心強い。

心配をよそに、トマはしっかりと積極的な歩みを見せてくれた。わたしも前を向き、辺りを見渡す。

今日も今日とて、緑が強い景色だ。山際いっぱいまで広がる田畑。植えられた作物が、ぬるい風になびいている。

手抜きせずに仕事する太陽。姿は捉えられないけれど、四方八方から降り続ける蝉時雨。夏という季節を、まるごとぶつけられている気がする。

その景色の一部として、トマが馴染んでいる。力強く、そして楽しげにしっぽを振って、歩いている。

もし心の中にシャッターがあって、人生のワンシーンを切り取って一生残しておけるとしたら、今切りたいと思った。緑あふれる中に繰り出した、勇敢《ゆうかん》なトマの姿を残したい。

健太くんは何度もわたしたちを振り返って、ちゃんと付いてきているかを確認してくれた。

「いい感じだな」

振り返りざま、健太くんが笑った。陰りのない、太陽みたいな眩《まぶ》しい笑顔。空と地上に、太陽がふたつ。またシャッターを切りたくなる。

――うん！

声は出ないけれど、喉から元気な空気が飛び出た。わたしも内側からあふれ出すように、自然と顔いっぱいで笑っていた。

初日は短いコースにして、わたしたちは翌日からどんどん距離を延ばしていった。

最初の足踏みが嘘のように順調だった。縁側の下で死にかけていたトマの姿が、今ではもう昔のことのようだ。トマが世界に溶け込んでいき、あるべき姿に還《かえ》っていくのを実感する。

けれど油断は禁物というように、事故は慣れた頃に一番起こりやすいものなのだ。

そのことを、わたしは後日、まざまざと実感してしまうことになる。

――わたしひとりでも、行けるだろうか。

散歩を始めて、数日経った朝。朝食をトマにあげているとき、わたしはふと、トマと自分だけで散歩に行くことを思いついた。

健太くんは今日、野球部の練習試合があって家に来るのが遅くなるらしい。今まで健太くんに頼りきりだったし、わたし自身、トマのためにもっと積極的に頑張りたかった。

わたしとトマだけで行ったんだよと報告したら、きっと健太くんは驚くだろう。びっくりする顔を想像したら、勝手に頬が緩んでしまう。

そういうわけで午前中のうちに、わたしは初めて自分だけで、トマを散歩に連れ出すことにした。

リードを引いて、外の世界へと繰り出す。トマは最初、シバたちが前にいないことを不思議がっているようだったけれど、それでもいつもどおりトト、と軽快に歩き出した。その様子に、心がさらに弾むのを感じる。

今日のコースは最初の出だしだけ決めていて、家の裏にある畑に行こうと思っていた。畑には、トマの名前の由来である肉付きのいいトマトがなっている。トマもこんなふうにもっと元気いっぱいになれるよと、伝わらないかもしれないけれど、実際に見せて教えてあげたかった。

畑までトマを誘導したわたしは、あぜ道から土がやわらかい畑に降り立った。畝のところを踏まないように注意を払って、トマトのなっているところまで連れていく。トマトは今日も、ずしりと茎《くき》をしならせて実っていた。いくつかは明日にでも収穫できるだろう。赤く染まった実に鼻を寄せるトマに、わたしは心の中で話しかける。

――このトマトみたいに元気になってほしいなと思って、トマの名前をつけたんだよ。わたし、ここでこの栄養たっぷりのトマトを食べさせてもらって、元気が出たんだよ。

しゃがんで背中を撫でると、トマが顔を上げてわたしを見つめてくる。瞳はキラキラと輝いていて、まるで連れてきてくれてありがとう、と答えているように感じた。

他の野菜も一緒に見て回ったあと、再びあぜ道に戻り、わたしたちは歩き出した。

この土地にはいったい何種類の緑があるんだろうと、歩きながら考える。濃厚な緑、黄を帯びた緑、空を幾匙《いくさじ》混ぜたような、爽やかな緑。モスグリーンやペールグリーンのように、緑系の色の名前は世にたくさん存在するのだろうけれど、それでもなお名付けきれていない緑色がここにはあるのではないかと、そんなことを思う。

空に輝く太陽の位置は、まだ頂点よりも低い。昼下がりのじりじり焼けつくような時間帯もいいけれど、朝の散歩はまた違った気持ちよさがあった。

——あの川まで、行ってみようかな。

歩いているうちに、わたしはふと、そんなことを思いついた。

トマを誘導しつつ、川がある方向へ歩みを進めていく。やがて、サラサラと涼しげな音がかすかに耳に届くようになってきた。

もうすぐだ。そう思って口元を緩め、視線を足元のトマから前方に向けたとき、わたしはハッと目を見開いた。

向かいから、めずらしく人がやって来るのが見えたのだ。しかもひとりではない。まだ小学校にも上がっていなさそうな小さな子どもと、その母親と思われる女の人が、手を繋《つな》いでこちらへ歩いてくる。

トマの歩みが、不意に止まる。身体が強張り、表情が硬くなる。

——トマ、怖がってる。

その様子を見たとたん、調子づいていた心が一気にしぼられた。

鉢合《はちあ》わせしてはダメだ。引き返そうと、グッとリードを引っ張って後方に重心を移動した、次の瞬間だった。

「あーっ！　わんちゃん！」

子どもが、トマに気づいて興奮した声をあげた。そしてパッと女の人から手を離すと、勢いよくこちらに向かって駆け寄ってきた。

無邪気な子どもの手が、走ってきた勢いそのままに、トマの頭に伸びる。

――ダメ！

心の中で叫んだ。けれどそれが声になることはなかった。突然のことに、身体を動かすこともできなかった。

トマはひどく怯えていた。カタカタと震えて、混乱して、パニックになって、そして――。

「……っ！」

子どもの手に、噛みついてしまったのだ。

「きゃあああっ！」

女の人が断末魔《だんまつま》のような叫び声をあげ、一目散《いちもくさん》に駆けつけると子どもをトマから引き離す。

リードを掴んだまま立ち尽くしたわたしの耳に、子どもの激しい泣き声が響いた。

無風の空間にいると、すぐにじっとりと肌が汗ばんでくる。

畳の匂いが、むわっとした暑さをさらに増幅している。けれどこんな自分のために扇風機を回そうという気は、微塵も起こらなかった。

——なんてことをしてしまったんだろう。

その日の昼下がり。わたしは自分の部屋の隅で膝を抱えて座り、これ以上なく落ち込んでいた。

——わたしのせいだ。

トマが、子どもを噛んでしまった。幸い力は入っていなかったようで流血にまでは至らなかったけれど、こんな事件を起こしてしまったのは、わたしが勝手に張り切ったから。トマの心の傷の深さも起こり得るリスクも、十分に考えることができていなかった。

罪悪感に押し潰されそうになっていると、スウとふすまが開き、おばあちゃんが姿を現した。

「……そろそろ準備して向かおうか、奈緒。居間にお茶を置いているから、飲んでおいで」

わたしは唇を内側に巻き込んでうなずくと、重い腰を上げた。ふすまのところまでとぼとぼと歩いていき、おばあちゃんに頭を下げる。

——ごめんなさい。

口パクでそ言ったわたしに、おばあちゃんは優しく「大丈夫だよ」と答えてくれた。

わたしたちは今日これから、トマが噛みついてしまった子どものお宅に、謝罪に伺うことになっている。

『とりあえず子どもをすぐ病院に連れていくから！　あとでいろいろ話をつけるから、連絡先を教えて！』

朝の事件が起きたとき、子どもの母親と思われる女の人は、真っ青な顔でわたしに言い放った。わたしは言われたとおりにおばあちゃんの家の電話番号をメモに書いて渡し、そして午後、改めて怒りの電話がかかってきた。

内容は、病院でかかったもろもろの費用を請求する、家まで謝罪に来い、というものだった。おばあちゃんは謝罪のために、慌ただしく車を走らせて菓子折《かしお》りを買ってきてくれた。

おばあちゃんには、わたしの保護者として一緒に謝ってもらわなければならない。申し訳ないでは済まなくて、顔が泣きそうに歪む。わたしが泣いたって、おばあちゃんをさらに困らせるだけなのに。

なんとか涙をこらえつつ部屋を出て、お茶を用意してくれているという居間の方へトボトボ歩いていく。居間に入ると、壁にもたれて立っている健太くんが目に入った。

「……奈緒」

わたしの顔を見て、健太くんが壁からサッと背中を離す。

野球部の練習試合は意外と早く終わったらしく、午後、健太くんは結局ほとんどいつもどおりの時間にやって来た。落ち込むわたしの代わりにおばあちゃんから事情を聞いた健太くんは、自分も一緒に謝りに行くと言ってくれた。

俺も飼い主みたいなものだから、と。健太くんにまで迷惑をかけて、もう、本当にどうしようもない。

「大丈夫だって。なんつー顔してんだよ」

唇を噛んで俯いていると、健太くんにバシリと背中を叩かれた。おばあちゃんも健太くんも優しい。その優しさがすごくありがたくて、その分すごく痛い。

わたしたちが出かけている間、トマとシバは留守番だ。家を出る前に、わたしは納戸へ足を運んだ。

ドアを開けると、シバがハッハ、と息を切らして駆け寄ってきた。

――ごめんね、今日は散歩には行けないんだよ。

心の中で謝りながらシバの頭を撫で、トマがいる小屋の方を見る。

トマはもうわたしを怖がったりはしないけれど、だからといってシバのように自らすり寄ってくることはない。今日に限っては子どもに噛みついてしまったことでショックを受けているのか、小屋のそばでじっとうずくまっている。

トマも、噛みたくて噛んだわけじゃないのだ。わたしはゆっくり近寄っていくと、しゃがんで目線を合わせてから、そっとトマを抱きしめた。

謝罪先のお宅は、車を十分と少し走らせたところにあった。

おばあちゃんが住む日本家屋より現代的な雰囲気のある家だ。どんなふうに怒られるか。怒鳴られるかもしれない。罪悪感と不安で吐き気を覚えつつチャイムを押すと、しばらくして、子どもの母親である女性が出てきた。

「……中にどうぞ」

敵意を明確にした声と表情に、心臓がねじ切れそうになる。背骨を丸めながら通された居間には、トマが噛みついてしまった子どもの姿はなかった。

居間の壁に沿うようにソファが置かれていて、ドスッと女の人が座る。一気に、緊張のメーターが振り切れる。

シンと静まり返った空間の中で、最初に動いたのはおばあちゃんだった。

「この度は大切なお子様にケガを負わせてしまい、誠に申し訳ありませんでした」

居間に進んでカーペットの上に正座すると、深々と頭を下げて謝罪したのだ。わたしも、そして健太くんも、急いでおばあちゃんと横並びに正座し、同じように頭を下げる。

「こちらは、せめてもの謝罪の気持ちです。治療費も全額お支払いいたします」

菓子折りを渡して再び頭を下げたあと、おばあちゃんが尋ねる。

「それで、ケガの具合は……」

「検査では、とくに問題なかったですけど……でもいったい、どういう躾《しつけ》をしてるんですかね」

下げている頭に降ってきたのは、怒気《どき》を多分に含んだ声だった。気持ちだけ頭を上げて目線を上に向けると、ソファの肘掛けに載せられた女の人の指がトントンと苛《いら》立《だ》ったリズムを刻んでいるのが見えた。

「もし子どもの手が使い物にならなくなったら、どう責任を取るつもりだったんです？」

指の動きだけではない。女の人の声にも、あふれんばかりの苛立ちがにじみ出ていた。

「感染症にでもなっていたら？　治療費だけじゃなくて、別に慰謝料《いしゃりょう》を請求したいくらいだわ。あの子が痛い思いをしたことに変わりはないんだし。今も思い出すのが怖いからと、二階にいますけどね！」

矢継ぎ早な叱責《しっせき》に、おばあちゃんが再び「本当に申し訳ございません」と謝罪する。

「もちろん、謝って済む問題じゃないことは――」

「というか、まず謝るべきなのは、あなたじゃないでしょう」

女の人はおばあちゃんの言葉を遮ると、わたしを指さして言った。

「この子に謝らせなさいよ！」

ぐんとボリュームが上がった声に、びくりと肩を縮めてしまう。女の人の言うとおりだ。けれど声を使う以外でどう謝罪したらいいのかと、わたしは身体を固めたまま、目線をカーペットの上にさまよわせる。いきなり文字を書いたメモを差し出しても、余計に怒りを増幅させてしまいかねない。

「この子は少し理由があって、今しゃべることができないんです」

行動を起こせないわたしの右隣で、おばあちゃんがそう説明してくれた。

「……は？　しゃべれないって。どんな理由よ」

愚痴るような声とチッという舌打ちが、ソファから落ちてくる。わたしが悪者なのにおばあちゃんを盾《たて》にしてしまっているようで、いたたまれない感情に襲われる。

「……だいたい、なんであんな危険な犬を外に出すのかしら」

女の人は怒りが収まらないようで、指先で刻むリズムをさらに速めながら腹立たしさたっぷりに言う。その言葉を皮切りに、トマに対する罵倒《ばとう》が始まった。

「あんなバカ犬、家の中に閉じ込めておけばいいのよ」

心底憎らしくてたまらないというように、女の人は荒ぶる感情を露《あら》わに吐き捨てる。

「痩せこけてみすぼらしいったらありゃしない……卑《いや》しさがにじみ出てるわ。というか、うちの子をあんな目に遭わせて、捨ててくれなきゃ気が済まないんだけど。保健所にでも連れていってくれません？」

保健所とはイコール、殺されるということだ。心臓が停止して血液が巡らなくなってしまったかのように、身体全部が凍っていく。凍ったわたしの耳に、「ねえ、聞いてんの？　責任取って捨ててくれませんかね！」と憎悪を強調した声が突き刺さる。

「……っ」

――違う、のに。

唇を噛んで、わたしは心の中で嘆いていた。

――わたしが悪いのは確かだ。本当に反省している。怒りはもっともだ。でも……でも、トマは悪い犬じゃない。バカ犬でも、みすぼらしい犬でもない。捨てられなきゃならないような、殺されなきゃならないような犬じゃないのに。

唇を噛む力が強くなる。唇に歯が、そして握っている手のひらに、ググッと爪《つめ》が食い込んでいく。

――悪いのは、対処できなかったわたしなのに。トマを一番そばで見てきたくせに、恐怖の大きさを理解しきれていなかったわたしなのに。わたしにはいくらひどい言葉をぶつけたっていい。でもトマには、そんなことを言わないで。死ねと同じ言葉を言わないで。

伝えたかった。トマの名誉《めいよ》を守りたかった。けれど顔を上げなくとも感じる、ソファから注がれ続ける怒りの視線に、わたしのちっぽけな心は簡単に怯んでしまう。反論めいたことをせずにただ頭を下げ続けているほうが、怒られなくて済む。これ以上の悪意を持たれなくて済む。心を削らなくて済む。弱い思いたちが、わたしの頭を占《し》めていく。

『……入るよね？』

そんな頭の中に突然、高峰さんから投げつけられた言葉がリフレインした。あの日もそうだった。わたしは恐怖に縛《しば》られて、動くことができなかった。

いつだって、わたしは怖さに負けてしまう。目を、耳を塞いで、逃げることしかできない。たったひとつを守ることもできない。こんな自分、嫌なのに。嫌でたまらないのに。

うずまくやるせない思いが眼球に膜《まく》を張り、視界をにじませていく。そのときだった。

「――間違いです！」

左隣に座っている健太くんが、いきなり声を張ってそう言った。

まるで、グラウンドで発するような大きさの声だった。わたしもおばあちゃんも、そして当然女の人も、みんな一様に目を丸くする。下がりきっていた頭を、思わず起こしていた。

「……は？　なにが？」

「ばーちゃんが、コイツはしゃべれないって言ったこと」

憎々しげに顔を歪める女の人を前に、健太くんは怖《お》じることなく、ポンとわたしの背を叩く。

「訂正します。コイツはしゃべれないけど、紙に書いて自分の気持ちを伝えることはできます。自分の意見が言えます。……なあ、奈緒」

健太くんの真っ直ぐな目が、わたしのほうを向く。川と同じく澄んだ瞳に、わたしの顔が映り込んでいる。

「お前、なにか言いたいことあんだろ。大丈夫だから、伝えろ。ちゃんと」

「……っ」

健太くんにそう言ってもらったとき、目の玉に張っていた涙の膜が震えて、今にもしずくとなってこぼれ落ちそうになった。

逃げちゃダメだ、と思った。

――自分だけを守っていちゃ、ダメだ。

怯む自分の心に、檄《げき》を飛ばす。大切なものを守るための言葉を、自分の中に閉じ込めては、ダメだ。

健太くんの〝大丈夫〟は、いつだってわたしの背中を押してくれる。わたしはこくりとうなずいて、勇気を振りしぼってポケットからメモ帳を取り出した。

震える手で、自身の中にうずまいていた気持ちを走り書く。そして書き終えた一枚目をビリッとちぎり、肘を伸ばして女の人に渡した。

【お子さんにケガをさせてしまったことは、本当に悪かったと反省しています。でも、聞いてください】

読めるかどうかわからない、みっともない字だ。けれどそのまま書き続け、二枚目もちぎって同様に渡す。

【トマは、多分虐待されていた犬です。傷だらけの痩せ細った状態で、うちの縁側の下で発見されました】

続けて三枚目、四枚目。女の人を見る余裕なんてない。暴れる鼓動を必死にこらえながら、ひたすらボールペンを動かす。

【トマは人間を恐れています。最初は怯えきってご飯も食べなくて、ずっと震えていて。最近やっと、散歩できるまでになりました】

【撫でさせてくれるようにもなりました。でもそれは、慣れているわたしたちだけです。まだ他の人は、怖いんです】

五枚目、六枚目とさらに文字を綴る。いつもは奥底にしまい込んでしまう自分の気持ちを表に出す恐怖と戦いながら、呼吸のリズムを崩しながら、綴る。

【だから、お子さんを噛んでしまったのは、決してトマが意地悪だからとか、頭が悪いとか、そういうのではないんです。トマは怖かったんです。急に伸びてきた手に、また傷つけられるんじゃないかって、怯えたんです】

【トマは本当は、優しい子です。どうかトマを捨てろ、なんて言わないでください。保健所に、なんて言わないでください。全部わたしが悪いんです。でも、お子さんにも伝えてほしい】

そして最後の、七枚目。

【トマは意地悪したんじゃないんだよって。怖くてしてしまったんだよって。お願いします】

どうにか胸の内にある言葉を全部書ききって渡し終えると、わたしはカーペットに額《ひたい》がつくくらい、深く深く頭を下げた。

ソファの上から、フン、と鼻を鳴らす音が聞こえる。それなら仕方ない、なんていう許しの言葉は、当然のことながらもらえない。

けれど女の人はそれ以降、トマを罵倒したりはしなかった。心を抉《えぐ》る辛辣《しんらつ》な言葉は、もう降ってくることがなかった。

床につけた頭をゆっくり起こし、つたない動きで首を回して、おばあちゃんを見る。

おばあちゃんはわたしと目を合わせ、頑張ったね、と言うようにしっかりうなずいてくれた。

　スイカは、食べ物というより飲み物だ。甘く爽やかな水分が、身体にすうっと染み込んでいく。

　謝罪を終えてから、約一時間後。わたしと健太くんは広がる夕空を前に、縁側に座ってスイカをいただいていた。スイカは、おばあちゃんが冷蔵庫で冷やしてくれていたものだ。よく熟《う》れた赤色をしていて、軽く歯を立てるとシャクッと涼しげな音がする。

「あーうめえ！　夏はやっぱこれだよな」

　右隣にいる健太くんが、わたしと同じシャクッという音を立てて言った。

　わたしは正座を少しだけ崩した横座りをしていて、健太くんは大きく両脚を投げ出す形で座っている。縁側の板上に放られた健太くんの引き締まった脚は、夕日の色に薄く染まっている。オレンジ色のセロハンを、上からそっと被せたみたいだ。

「俺、スイカは好きだけど、スイカ味の菓子ってのはどうも許せねーんだよな」

　スイカで口をモゴモゴさせながら、健太くんが言った。

「イチゴも。だってあれ、甘ったるいだけで本物のイチゴと全然味違うだろ？」

同意を求める健太くんの問いかけに、そうだね、と力なくうなずく。

健太くんがわざと明るく振る舞ってくれているのは感じるけれど、気持ちは沈んだままで、うまく笑顔が作れない。

健太くんが、ふたつ目のスイカに手を伸ばす。皮の部分を持って、三角のてっぺんを口に含もうとして……その動きを止めて、わたしのほうに首を回した。

「……あのさ」

健太くんの真っ直ぐなふたつの光が、わたしに注ぐ。

「さっきは……その。ちょっと強引で、悪かった。いきなり思ってること言えって言われて、ビビッたろ」

さっきまでのおどけた感じではなく、真面目なトーンで発された健太くんの言葉。わたしはすぐに、首を横に振って否定した。

だって、健太くんに悪いところなんてひとつもない。それどころか感謝の気持ちでいっぱいだ。健太くんがあそこでチャンスを与えてくれなかったら、わたしはまた大切な言葉を呑み込んで、心と喉に重石を増やしてしまうところだった。

――健太くんが大丈夫だって、そう言ってくれたから、胸の内から取り出すことができたの。

すぐにそう伝えられないことがもどかしかった。声が出ないことが、今、とてももどかしい。

「……奈緒がさ」

歯がゆさをこらえるわたしを前に、健太くんが続けて言う。

「奈緒が……自分の気持ちを伝えるのが苦手なのは、知ってる。それは、個性だと思う。でも……」

とても重要な言葉を、わたしに向けて発してくれる。

「それでも俺は……本当に大事なことだけは、伝えるべきだって、思うんだよ。本当大切なものを守るためには、自分の保身とか……そういうもんを差し置いて、行動しなきゃなんねーんじゃねえかって。」

健太くんの言葉の節々《ふしぶし》が、スイカの水分のようにわたしの中に染み込んでいく。染み込んで、わたしの心をぐわんと大きく揺さぶる。

「今回は……奈緒が勇気を出したから、トマは〝悪い犬〟じゃなくなったんだ」

そして健太くんはもうひとつ、宝物のような言葉を、わたしにくれた。

「お前が、トマを守ったんだよ」

「……っ」

「……頑張ったな」

健太くんにそう言われたとき、頬にツウと、涙が伝うのを感じた。

驚くほど、熱い涙だった。頬に筋を作りながら、わたしは誰にあてるでもなく問いかけた。

こんなちっぽけで弱いわたしでも、守れるものがあるのだろうか。こんなわたしの中にも、ちゃんと勇気は残っていたのだろうか。

頭にポンと、健太くんの手のひらがのる。とても大きくて、とても厚い手。不器用な手つきでわしゃわしゃとわたしの頭を撫でながら、健太くんは言う。

「……とりあえず、俺にはなんでも言えよ」

込み上げてくる恥ずかしさをこらえるような顔で、言葉を継ぐ。

「お前がなに言ったって……俺はお前のこと、嫌いになんてなんねーから」

ぬぐう間もなく、涙は次々とあふれていく。

――強くなりたい。

頬をびしょ濡れにしたまま、わたしは心からそう思った。

わたし、強くなりたい。大事なものを守りたいときに、勇気を出せる人でありたい。一歩を踏み出せる人でありたい。

涙の筋が唇にも伝って、蜜《みつ》のあるはずのスイカをしょっぱく感じた。俯くクセがついている頭を起こし、空を見上げる。

空はスイカに似た淡い茜色《あかねいろ》で、わたしたちを優しく見守っていた。

＊＊＊

「えー、この公式はテストにも出すから、必ず覚えておくように」

先生が発した言葉に、わたしはノートに向かって俯けていた頭を起こした。

二時間目の今は、数学の授業の真っ最中だ。教壇《きょうだん》に立つ先生がカツカツとチョークを鳴らし、黒板に公式を書き上げている。

クラスメイトたちは皆、テストに出すという言葉に過敏に反応し、赤ペンに持ち替えてノートに書き写している。でもわたしはシャーペンを持ったまま、心ここにあらずだった。テストに意識を向ける心の余裕なんて、なかったから。

『誰かさんのせいで、四組の顔面偏差値ダダ下がりー』

あの日の昼休み。悪口を直接本人に投げつけるようになったことで、依子へのいじめはあからさまなものへと変化した。

朝の登校時から、依子は高峰さんたちによって、言葉の暴力を浴びせられる。

なんで来たの？　迷惑なんだけど。出っ歯ブス。引っ込んでろ。

そして変化は、クラスメイトたちにも起きた。依子を煙《けむ》たげに遠ざけるだけにとどまらず、クスクス笑って嘲るようになったのだ。

いじめられている子だから下に見てもいい。そんな空気が一年四組の教室の中に生まれ、数日のうちにすっかり出来上がってしまった。

異常なことを正常とするこの空間が、恐ろしかった。恐怖と強烈な罪悪感とに交互に襲われながら、わたしはどうすることもできずに、高峰さんたちの中で空気になることに徹している。存在を無視され、誰ともしゃべらずに一日を終え、ときには脅され、奴隷《どれい》のように過ごしている。

——どうしたらわたしは今でも、依子のそばにいられたんだろう。

シャーペンを動かさないまま、依子と笑い合えていた日々に想いを募らせた、そのときだった。

——ガンッ！

突然お尻に衝撃が走って、ビクッと肩が跳ね上がった。

何事かと思って、すぐにわかった。イスを蹴られたのだ。背後の、高峰さんに。

「なーお」

小さくかけられた声に、恐る恐る振り返る。高峰さんがにっこりと笑って、首を傾けて言った。

「頭ジャマ。黒板見にくいー」

「ご、ごめん……っ」

消え入りそうな声で謝って、慌てて背を丸めた。授業中すらも、わたしは背後から銃《じゅう》を突きつけられている。

丸くなった状態でギュッと目をつむり、息をころしてわたしは願った。どうかこれ以上、いじめがひどくなりませんように。依子が傷つけられませんように……と。

けれどそれは、叶わない願いだった。


事が起こったのは、六時間目の体育が終了したときだった。やっと一日が終わったと胸を撫で下ろしながら、わたしは更衣室で、体操着から制服に着替えていた。

授業内容はバレーボールだったから、グラウンドではなく体育館で行われた。日光にさらされていないので肌はひりつかないものの、硬いボールを受けた腕がまだじんじんと痛む。心の痛みと、同期しているみたいだ。

キャアキャアと女子がひしめく更衣室に、依子の姿はなかった。今日は体育委員の子が休みで、委員の役目である片付けを先生から体《てい》よく押し付けられてしまっている現場を、体育館で見た。

きっと少し前までのわたしなら、手伝うよと声をかけて一緒に片付けていただろう。ボールの硬さを嘆き、少し本の話もしたりしながら、ネットやボールを用具入れに運んでいただろう。

更衣室の鍵《かぎ》を閉めるのは最後に使った人と決まっている。片付けさせられた上に鍵まで職員室に戻しに行かなければならないなんて、と依子を案じつつ、高峰さんたちの後ろに続いて更衣室を出た。

その、瞬間だった。

「ぶ……っ、あはははは っ！」

突然グループのもうひとりである浦松《うらまつ》さんが、お腹を抱えて笑いだした。いったい何事かと目を剥《む》くわたしの前で、彼女は自分のスクールバッグから、とんでもないものを取り出した。

「……ふははっ！　持ってきちゃいました ー！　じゃーんっ！」

自慢気に掲げられたもの。それは制服のスカートだった。浦松さんははいているのにどうして、と疑問に思ったけれど、すぐにハッと理解した。

依子のスカートだ。浦松さんは依子がいないのをいいことに、ロッカーから依子のスカートをこっそり盗ってきたのだ。

「えっ、それ涌井のやつ!?　ヒューッ、やるう！」

浦松さんの信じられない行為に対し、東寺さんが称賛の声を飛ばす。

「えっ、どうする!?　どこに隠す？」

「隠す、じゃなくて捨てるの間違いでしょ」

「あははっ！　だねだね！　どこに捨てる!?」

あははは、というけたたましい笑い声とともに盛り上がるふたりと、満足げな笑みを浮かべる高峰さん。

目の前で起きていることをうまく脳内で処理できずに、わたしは表情をなくして棒立ちになった。

「このあとアイツ、スカートないってわかったら超焦るよね！　ウケるーっ！」

……ここまで、やる？

女子からスカートを奪うだなんて。あまりにも悪質な仕打ちに、心が擦《す》り切れそうだった。

自分がスカートをはいていないみたいに、脚がそわそわする。鼻の奥がツンとする。

ダメだ、そんなの。やめて、お願い、と心が叫ぶ。

「……そ、れは」

なんとか声を振りしぼった。わたしにかろうじて出せる、わずかながらの勇気だった。お願いだから、それだけは思いとどまってほしかった。

「それは、さ……さすがに、や、やめたほうが、いいんじゃないかな……っ」

電池切れ寸前のロボットみたいに、途切れ途切れに言葉を発する。同じ女でしょう。同じ人間でしょう。心の訴えが、鼻の奥の痛みを強くする。

脚が小さく震えている。目線が定まらない。怖くて、顔を上げることができない。

そして、次の瞬間。

「ヒッ……！」

グッと身体が前に飛び出て、わたしは喉から悲鳴をあげた。飛び出たというより、引っ張られたのだ。

顔を上げたそこにあったのは、高峰さんがわたしのスカートを鷲掴《わしづか》み、自分のほうに引き寄せている恐ろしい図だった。

「へー。奈緒も捨てられたいんだ？　じゃあ、脱がしてあげるー！」

「や……っ」

ものすごい力で引っ張られ、戦慄《せんりつ》した。必死に自分のスカートを引っ張り返す。ブチッと糸がちぎれる音がして、全身が粟立《あわだ》った。

「やめて……！　高峰さん、やめ……っ」

「は？　やめてください、でしょ？」

「や、やめて、ください……！」

震えながら必死に懇願《こんがん》すると、高峰さんの手がスカートからパッと離れた。反動でバランスを崩し、尻餅《しりもち》をついてしまう。

「あはは、ダッサ！」

東寺さんたちが爆笑する。高峰さんは、わたしのすぐそばまで足を進めて見下ろしてきた。射殺すような、冷たい目だった。

「……口ごたえしないでね、奈緒」

その瞬間、わたしの中の勇気は完全に奪い取られた。

はい、とうなずいたら、高峰さんはとても綺麗な顔で笑った。わたしはまた、依子が大切だという気持ちを殺してしまった。

結局依子のスカートは、校舎裏のゴミ捨て場に捨て置かれることになった。

帰宅後も、わたしの頭からは、ゴミ捨て場に投げられたスカートの像がこびりついて離れなかった。

制服を脱ぐこともせず、自室のベッドに投げ出した身体。仰向けになったわたしは、自分の顔が苦痛に歪んでいくのを止められなくて、両手で顔を覆った。

更衣室に戻った依子は、スカートがなくて驚いただろう。困っただろう。体操着のまま捜《さが》しに出ただろうか。周りに見られて、どんなに恥ずかしい思いをしただろう。依子がスカートを見つけることができなくて、あのままゴミとして捨てられてしまったらどうしよう。どうしようどうしようどうしよう。

そんな思考をループさせて、ろくに眠れずに迎えた翌日。ちゃんと制服のスカートをはいて登校してきた依子を見たとき、わたしは安堵で泣きそうになった。

——見つけられたんだ。あのまま捨てられなかったんだ。

ホッとして、けれどホッとしている自分に絶望もした。だって依子が、とても恥ずかしくて辛《つら》い思いをしただろうことには変わりないのだ。

「うっわ。つまんねーの」

舌打ちする高峰さんたちの横。わたしは、体操着のまま必死でスカートを捜し回る依子を想像して、消えてしまいたい気持ちになった。

5　夏の許し

　夏といえば、海やバーベキュー、そんな明るく楽しいイメージがまず頭に浮かぶ。けれど夏は、楽しいだけでなく熱中症のリスクが高い。意識障害という危険な状態に陥らないためには、こまめな水分摂取と、それからつばの広い麦わら帽子も有効らしい。

「さあ、行こうか。奈緒」

　朝起きてから、まだそう経たないうち。わたしは麦わら帽子を目深《まぶか》に被り、今日も今日とて、おばあちゃんと共に畑に向かっていた。

　麦わら帽子は溺れたときに流してしまったのだけれど、おばあちゃんの家には他にもたくさんストックがあった。ぐるりと三百六十度ある広いつばは、頭と顔を紫外線から守ってくれる。

　しかし腕や足はというと、別だ。なにも隔てるものがなく、直接陽光を受けてしまう。ここに来てから毎日畑仕事や散歩に行っていることで、白く焼けにくかったわたしの腕は、小麦色に染まりつつあった。

　――お母さんがこの腕を見たら、なんて言うかな。

　畑へと歩く道中、わたしは不意に、お母さんのことを意識にのぼらせた。

『日焼け止めは、こまめに塗り直しなさいよ』

　東京では、お母さんは口癖のように、しょっちゅうそう言っていた。

奈緒はすぐに肌が赤くなっちゃうんだから。皮膚《ひふ》がんのリスクだってあるのよ。あとからシミやシワになったらどうするの。女の子は色白のほうがかわいいんだから。早口で、そんな言葉たちをセットにして。

お母さんは、昔から過保護なほどに心配性だ。心配させてしまうわたしが悪いのだけれど、この家にも毎日欠かさず電話をかけてきている。

電話にはわたしが出ることもあるけれど、声ではコミュニケーションが取れないから、主におばあちゃんが応対してくれる。通話時間はいつも長い。お母さんのことだからきっと、おばあちゃんにわたしの様子を詳細に聞き出したり、こんなリハビリが効果的という情報を次々伝えたりしているのだろうと思う。

でもおばあちゃんは、今まで一度も、わたしに「お母さんに言われたリハビリをしよう」なんて強制してくることはなかった。

わたしに伝えてきたのは、「なにか足りないものはないかって聞かれたから、長ズボンを頼んどいたよ」ということくらいだ。おばあちゃんはわたしを急かさず追い詰めず、できるだけゆっくり過ごさせてくれようとする。

――ありがとう、おばあちゃん。

心の中で感謝しているうちに畑に到着し、わたしたちは早速作業に取りかかった。

畑仕事は、毎日やることがたくさんある。日照りが続いていたら水やりをし、草取りをし、土を作り、間引き、収穫する。葉や実の状態を見て、肥料《ひりょう》を足す。

ちなみにわたしが初めての畑仕事で植えた人参は、順調な成長を見せている。人参は発芽が難しいのが特徴なのだそうだけれど、平らな畝からは無事にたくさんの芽が出て、今にも本葉が生えてきそうだ。皆一様に、青空に一生懸命手を伸ばしている。見逃してしまいそうな小さな芽だけれど、自分が種まきしたものだから我が子のように思えてしまって、ひとつひとつがとてもかわいらしく見える。出産とはまだ縁遠いわたしが我が子のよう、なんて表現を使うのは、少しおかしいかもしれないけれど。

「おじいちゃんと初めて植えたのが、人参だったんだよ」

人参に混じって生えている雑草を抜いているとき、おばあちゃんがそんな話をこぼした。わたしはいったん軍手を抜き取ると、メモに書いて尋ねる。

【おじいちゃんって、どんな人だったの?】

「どんな人……そうだね。不器用で無口だけど、懐《ふところ》の深い人だったね」

おばあちゃんは、少し遠い目をしてそう語ってくれた。おじいちゃんが好きだった料理。おじいちゃんがよく聴いていた歌。それからふたりの出会いについても教えてくれた。

おじいちゃんとおばあちゃんは、お見合い結婚ではなく恋愛結婚だったらしい。おばあちゃんがひったくりに遭い、その際に犯人を追いかけて捕まえてくれたのがおじいちゃんで、おばあちゃんがお礼をさせてくださいと言って、そこから交流が始まったらしい。

昔の話なのに、まるで現在進行形の恋愛話であるかのように、聞いていてドキドキしてしまった。ひったくりは怖いけれど、なんだかドラマチックな出会い方だ。

「仲はよかったよ」

ふたりを想像して、和やかな優しい気持ちになる。今までわたしは恋愛事に疎《うと》かったけれど、それでもいつか関係を積み上げて、おばあちゃんたちのように結婚したりするのだろうか。わたしにも、あたたかい家庭を築ける日が来るのだろうか。

「健太と奈緒みたいにね」

「……っ！」

なんて思ったところにそんな言葉を継がれ、わたしは顔を跳ね上げて目を剥いた。点火したように身体の内側が熱くなり、自然とまばたきが多くなる。どう反応していいかわからないわたしを前に、おばあちゃんはフフッとからかうように笑った。なんでもお見通し、といったふうだ。

数日前の出来事が、一気に頭の中によみがえる。

『お前がトマを守ったんだよ。頑張ったな』

そう言って頭を撫でてくれたあの日から、健太くんの存在はわたしの中で大きく膨らんでいる。

もちろん、出会ったときから欠かせない人ではあった。命を救ってくれて、トマのことに協力してくれて、いつだって引っ張ってくれて。

けれど縁側で一緒にスイカを食べたあの日から、心のもっと特別な席に健太くんが座っているような気がするのだ。

無意識に、頭に手をやっていた。自分の手とはまるで違う大きな手の感触を思い出すと、余計に顔が火照ってしまう。

嬉しくて、どうしようもなく胸が苦しくなる。この思いになんという名前をつければいいのか、わたしにはまだわからない。

とにかく今は、健太くんの隣にしゃんと背筋を伸ばして並べるような人になりたいと思う。大切なものを守れる強さを、少しずつでも身につけていきたい。

みずみずしい人参の芽から、空へと視線を移す。青空を背景に我先にと立ちのぼる入道雲《にゅうどうぐも》は、今日も暑くなるであろうことをわたしに伝えていた。

その日の午後、健太くんはいつもどおりの時刻に家にやって来た。

いつもと違ったのは、お土産《みやげ》を持ってきてくれていたことだ。「おっす」と玄関をくぐった健太くんの右手にはシバのリード、そして左手には、大きなナイロン袋がぶら下がっていた。

ナイロン袋の中身は、ずいぶん立派なサイズのキャベツ二玉だった。半透明の向こうから、薄い緑と葉の筋《すじ》が浮き出ている。

わたしと同じく玄関に出迎えに来たおばあちゃんにナイロン袋を突き出して、健太くんは言った。

「世話になってるから、母さんが持ってけって」

「まあまあ、ありがたいね。立派なキャベツだ。今晩はお好み焼きにでもしようかね」

おばあちゃんは嬉々《きき》としてその袋を受け取り、袋の上からキャベツを撫でた。

裏の畑ではさまざまな種類の野菜を作っているけれど、そういえばその中にキャベツは見当たらなかったように思う。育てていない野菜をもらえることは、やはり嬉しいことなのだろう。

昼食を食べてそんなに経っていないのに、お好み焼きという単語が胃の底を押した。たっぷりキャベツが入ったお好み焼きはふんわりして、とてもおいしいに違いない。

「健太の家はキャベツ農家でね。うちの何倍も広い畑で、仕事としてやってるんだよ」

おばあちゃんが、わたしを振り返ってそのように説明してくれた。

そういえばこの前草むしりをしたときに、さすが農家の息子、だとかおばあちゃんが言っていた気がする。すごいなあ、と漠然とした感想を抱いた。東京では、親が農業を営《いとな》んでいるなんて子はいなかったから。

けれど、今しがた得たばかりの情報だからだろうか。健太くんが野球部員であることはわたしの中でしっくりきているのに、キャベツ農家の息子であるいうのは、なぜかいまいちしっくりこなかった。

そのあと、わたしたちは早速トマとシバを散歩に連れ出した。いったん納戸で遊ばせてもよかったのだけれど、シバがすぐに外に出たがったのだ。

トマが子どもに噛みついてしまった事件後も、わたしたちは散歩をやめずに続けている。ただ続けるにあたって、もう二度と同じことを起こさないように、あることを取り決めた。

それは、もし他人が道の向かいからやって来たときは、その人が通り過ぎるまでずっとトマを抱きしめていようということだ。そうすればトマは安心するし、トマが誰かに突然触られてしまうことも、怯えて噛みついてしまうこともない。

玄関を出て門をくぐり、わたしたちは歩き出す。のどかな田園風景の中に、その身を溶かしていく。

今日の散歩は、健太くんとシバの後ろを付いていくのではなく、わたしとトマが先頭を歩くというスタイルだ。そのほうが進歩に繋がるのではと、健太くんが提案してくれた。

緑の絨毯《じゅうたん》の間に延びている細い道を、これと決めて歩いていく。最初は前をリードして歩くことに緊張していたけれど、歩いていくうちに、やがて遠くを見渡す余裕が生まれる。

続く平地を視線でなぞっていけば、こんもりした山々に行き着く。そのなだらかな稜線《りょうせん》は、空との境目はここだよと、わたしたちに教えてくれている。

遠くだけでなく、近くをよく観察する余裕も生まれる。田んぼの脇には、名を知らぬ小ぶりな白い花が咲いている。同じく脇に生えている、シバのふさふさしたしっぽに似ているねこじゃらしが、トト、と歩くトマの身体をくすぐっている。

そうして歩くうちに、あるところでわたしはハッと歩みを止め、リードを引いてトマを制した。向かいから、リヤカーを引いたおじさんがやって来るのが見えたのだ。

トマもおじさんの存在に気づいたようだ。一気に身体を緊張させ、ピタリと歩みを止める。わたしはトマのそばにしゃがむと、固まっているトマを包むように抱きしめた。

クン、という小さな鳴き声が、トマの声帯からこぼれる。少しでも多く安心できるように、繰り返し背中を撫でる。

「こんにちは」

おじさんとの距離が三メートルほどに近づいてきたとき、健太くんが挨拶をした。

「犬の散歩かい。暑い中ごくろうさん」

「うん、おじさんも」

健太くんに続いて、わたしもしゃがんだ状態でおじさんを見上げて会釈《えしゃく》する。おじさんがギイギイとリヤカーを押してすぐそばを通り過ぎるとき、腕の中にいるトマの身体にぎゅっと力が入るのを感じた。怖いという、明確なサインだった。

――大丈夫だよ。大丈夫。

たくさん繰り返して、気持ちを込めて撫で続ける。やがてギイギイという音が遠のいていくに従って、トマの身体から力が抜けていくのがわかった。わたしもホッと息をつく。

「……おし、もう大丈夫だろ」

そろそろかなと思ったとき、ちょうど健太くんがゴーサインを出してくれた。うなずいて、トマから腕を解き立ち上がる。軽くリードを引いて誘導すると、トマは戸惑いつつも歩みを再開した。

止まっていた足が、トトト、と細かく動き出すのを見て安堵する。トマは人を怖がるけれど、うまく対応すればそのあとに引きずることはないようだ。

それからは誰にも会うことなく、わたしたちは散歩の距離をぐんぐん延ばしていった。

今日進む道を選んでいるのは健太くんではなく、先頭を行くわたしだ。だからそこに辿り着いたのは、本当に偶然だった。

「……この辺」

ある畑の前を通りかかったとき、健太くんが短い言葉を落とした。歩きながら振り返る。健太くんは太陽のまばゆさに目を細めつつ、周囲をぐるりと指さして言った。

「この辺り一帯、俺んちのキャベツ畑なんだ」

――え？

「……っつっても、今は土作り終えたところで、なんも植わってねえけどな」

道の左右に広がる、黒茶色のふかふかした土をたたえる畑。まさかこの土があるところ全部、健太くんの家が管理している畑だというのだろうか。

眼球がくるりと一回転してしまいそうな広さだった。いったい何平方メートルあるのか。この広大な土地一面に青々とキャベツが実れば、それはそれは圧倒されるほどの壮観《そうかん》となるだろう。

健太くんの家は、こんなに広い土地を持っているんだ。すごいね、と笑顔をのせて口パクで伝えると、健太くんはなぜか浮かない顔をした。

既視感《きしかん》ある顔だった。おばあちゃんの家の勝手口で草むしりをした際に印象に残っていた、あの陰のある表情だ。

「……あのさ」

ひと目で栄養が豊富だとわかる、黒茶色の土に囲まれた中。健太くんが複雑な表情を保ったまま、新たな言葉を口にした。

「俺が前に……獣医になりたいっつったの、覚えてるか」

その問いかけに、わたしはすぐにうなずいた。

もちろん覚えていた。健太くんが自分の夢について話してくれたのは、トウモロコシの一件で気まずくなってしまった翌日のことだ。

とても素敵な夢だと思ったし、健太くんに向いていると感動したから、忘れるわけがなかった。でもどうして、急にその話題になったのだろう。疑問に思っていると、健太くんはためらいがちに唇を開閉したあと、驚きの言葉をわたしに告げた。

「あれ話したの……お前が、初めてなんだよ。他のヤツには言ったことない。友達とか……親とか」

えっ、と目を丸くする。さらに疑問が重なってどうリアクションしていいかわからない中、健太くんは周りのキャベツ畑に視線を投げて言った。

「俺、昔から動物好きでさ。多分小学生くらいから……なんとなく、獣医の仕事に興味あって。中学のときには、ほんとに目指せねえもんかなって思い始めたんだ。でも……俺の家、知ってのとおりキャベツ農家だろ。ひいじーちゃんの頃から代々、この畑を受け継いできてんだよ。俺ひとり息子だし、親は、次は俺が継ぐのが当たり前だと思ってて。だから、言い出せなかった。畑ほっぽって家出て、獣医目指したいとか」

「……っ」

「それに、本当はなれるわけねぇって、心のどっかで諦《あきら》めてたんだよな。家のことはもちろん、それ差し置いても俺、頭よくねぇし。獣医って、かなり賢くないとなれねーらしいし。だから、夢の夢っつか……うん。お前にはなんか……なんでか言いたくなって、言っちまったけどさ」

健太くんの告白に戸惑って、まばたきが多くなる。

戸惑うと同時に、すごく驚いてもいた。健太くんにも悩みがあったのだと。なんでもハッキリ口に出せる健太くんでも、環境ゆえに言えないことがあったのだと。

畑からわたしに、健太くんの視線が移る。目線を重ねて、健太くんは「でも」と言葉を継いだ。

「でも……最近、それは違うよなって。奈緒を見てたら、思うようになった」

奈緒を見てたら。その言葉に、さっきよりもさらに大きく、自分の目が見開かれるのを感じた。丸い目の先で、健太くんが言う。

「……お前さ。こないだトマの件で謝りに行ったとき、すげー頑張ってただろ。自分の気持ち外に出すの苦手なのに、頑張ってて、そんで自分の弱いとこにも向き合って……向き合ってるからこそ落ち込んで。頑張ってる奈緒を近くで見てたら……思ったんだよ。勉強が苦手だからとか、周りの環境のせいにするとかは、違うなって」

向けられた健太くんの言葉を整理するのに、少し時間がかかった。だって、ただジタバタもがいているわたしのことをそんなふうに受け止めてくれているなんて、思いもしなかったから。

わたしはずっと、健太くんに引っ張ってもらってばかりだと思っていた。わたしは与えられるばかりで、わたしが人に与えられるものなんてないと。

でもこんなわたしでも、健太くんのためになにかできていたのだとしたら。周りを変えられる力が、あるのだとしたら……。

──嬉しい。

芽生《めば》えた感情に、胸がじわじわとあたたかくなっていく。もし少しでも健太くんの力になれていたのなら、こんなに嬉しいことはない。そして健太くんがわたしだけに胸の内を明かしてくれたということも、とても嬉しかった。

他の人には話していないことを打ち明けてくれた健太くんに、きちんと向き合いたくて。黙るのではなく、今胸にある気持ちをなんでもいいから伝えたくて、わたしはメモ帳を取り出した。

【わたし、応援してる】

書いたのは、とても月並みな言葉だった。健太くんを悩みから抜け出させる、希望のひとことなんかじゃない。

でも、本心だった。わたしは続けて、メモに大きな文字で書き殴っていく。

【伝えられたらいいね。健太くんが納得いく形で、夢と向き合えたらいいね】

外に出せずに自分の中だけで消化して、それが重い石になってしまうこと。わたしはよく、知っているから。

「……ありがとな」

わたしが書いた文字を見て、健太くんはぽつりと言った。セミの声を載せた熱い夏風が、わたしたちの間を吹き抜けていく。

「ウワンッ！」

しばらく同じ場所にとどまっていたことにしびれを切らしたのだろう。早く歩こうよ、とでも言うようにシバに吠えられてしまい、わたしと健太くんは目を見合わせ、くすりと笑った。

わたしたちは再び、背筋を伸ばして歩き出す。トト、と一生懸命歩くトマを目下に見つつ、後ろから付いてくる健太くんのしっかりした足音を感じつつ、わたしは心の中で願った。

――いつかトマが、この世界の全部を好きになれますように。なんにも怯えることなく、自由に走り回れますように。

それからもうひとつ。

――健太くんが後悔なく、自分の夢と向き合うことができますように。

「お帰り。暑かっただろ」

散歩から帰ったわたしたちを出迎えたのは、おばあちゃんの労《ねぎら》いの言葉と、おばあちゃんが作った芋団子《いもだんご》だった。

芋団子は、潰したジャガイモを片栗粉と混ぜて成型して焼き、甘じょっぱい醤油《しょうゆ》あんをかけたものだ。食べてみるともちもちの食感で、あんの味がよく合っていてとてもおいしかった。

短時間で手作りできるおやつ、なんてそんなに数があるものではない気がするのに、おばあちゃんは本当にいろいろレシピを知っている。ここに来てから、同じものが出てきたことは一度もない。

わたしもこれから長く生きていたら、おばあちゃんのように豊富な知識を得ていけるものなのだろうか。それにはきっと、何事も自身に取り込もうとする努力が必要なのだろうけれど。

よく冷えたお茶と共に一服《いっぷく》させてもらったあと、わたしと健太くんは、わたしの部屋へ直行した。散歩、おやつ、そのあとの勉強は、わたしたちにとってもう一連の流れだった。

今日わたしが最初に取り組むのは、化学の問題集だ。高校入学時に物理、化学、生物のうちふたつを選択できたのだけれど、生物は受験できる大学の学部がかなり狭《せば》められてしまうと聞いたので、それ以外のふたつを選んだ。

でも今となっては、生物でもよかったのではないかと思う。田舎の自然に触れたり畑仕事を手伝ったりしているうちに、生き物の身体の仕組みや生態系について興味が湧いてきた。生物を習っていたら、もしかしたら畑仕事に役立つこともあったかもしれない……なんて思ったところで、目の前の問題集が生物のものに変わるわけではないのだけれど。

化学式とにらめっこしながら、問題を解き進める。しばらく経ってから、ツン、と肩に小さな感覚が走った。

顔を上げると、健太くんがシャーペンの頭でわたしの肩をつついていた。

「なあ。この問題、教えてくんね？」

健太くんが取り組んでいるのは、英語の問題集だった。どれ？と首をかしげるわたしに、健太くんがズイと問題集を寄せてくる。

「ここ。問三なんだけど――」

そのせいで必然的に、健太くんの顔もわたしに近づいた。縮まった距離に心臓が跳ね、わたしはとっさに、身体をのけ反《ぞ》らせて健太くんを避《よ》けてしまった。

「……？　なんだよ」

大げさなリアクションを取ってしまったわたしに、健太くんは訝しげな顔を見せる。なんでもない、と慌てて首を横に振りながら、わたしは心の内でおばあちゃんを恨んだ。

『仲はよかったよ。健太と奈緒みたいにね』

おばあちゃんのせいだ。今朝あんなことを言ってからかうものだから、健太くんのことをいつもよりさらに意識してしまう。健太くんのほうは、わたしのことなんてなんとも思っていないようなのに。

跳ね続ける心臓を意識的に抑えつつ、わたしはなんとか平静を装って、尋ねられた問題を考える。メモ帳に解説を書いてみせると、健太くんは「おー、なるほど」とすんなり理解してくれた。健太くんは自分のことを頭が悪いと言うけれど、全然そんなことはないと思う。

身体に響く鼓動を外へ逃すように、ゆっくりと息を吐く。再び真剣な顔で問題集に取り組む健太くんを見て、わたしも雑念《ざつねん》を振り払って、再度化学式に向き合う。

けれどうしても生まれた熱が出ていってくれなくて、集中力に欠けてしまう。健太くんがいる側の、身体半分が妙に熱い。

静けさの中に再び声が落とされたのは、身体の左右がまだ、同じ温度になりきっていない頃だった。

「……なあ。奈緒って、東京住まいなんだろ」

シャーペンを指先でくるりと回して、健太くんがそう尋ねてきた。

うん、とうなずく。東京住まいだと伝えた覚えはないけれど、きっとおばあちゃんから聞いたのだろう。

「行ったことねーけど、東京ってすげーなんでもあるだろ？　なのに、こんな田舎でしばらく過ごしてさ。つまんなくねえの」

続けられた健太くんの問いかけに驚いて、ブンブンと大きく首を横に振る。メモ帳の新たなページを開いて、こう答えた。

【そんなことないよ。毎日すごく楽しい。わたし、この場所が好きだよ】

綴ったのは、嘘ひとつない本音だった。

おばあちゃんと畑仕事をしたり、一緒に料理を作ったりするのが楽しい。毎日セミの鳴き声で起きるのが心地よい。ここにはトマもいる。

――それに毎日、健太くんが来てくれるから……。

そう思ったところで、わたしはふと心配になった。

わたしがよくても、健太くんはどうなのだろう。毎日家を訪ねてきてくれるけれど、実際のところ負担になっていないのだろうか。健太くんみたいな人には、きっとたくさん友達がいるはずだ。それなのに部活後の時間を、すべてわたしとトマがもらってしまっていいのだろうか。

健太くんはものをハッキリ言う性格でありながら根がとても優しいから、トマのこともわたしのことも、捨て置けないでいるのかもしれない。わたしは一度唇を結ぶと、不安に思いながらも質問を書き出した。

【健太くんは、つまらなくない？　もしかしたら、毎日来てくれるの負担じゃないかなって】

そろりと、健太くんにメモ帳を差し出す。

「負担なんかじゃねーよ。俺は……」

メモ帳の文字を見た健太くんはすぐにそう言ってくれたものの、微妙なところで言葉を止めた。健太くんが途中で言い淀んでしまうなんてめずらしい。心配の気持ちで見つめると、一度は向こうに視線を逸らした健太くんが、またこちらに視線を向けた。

「……あのさ」

なに？と首を傾ける。健太くんは、下唇を噛んだ気まずげな表情を見せる。

「その……毎日散歩だけじゃ、夏休みももったいねえし……」

健太くんにしては、妙に歯切れの悪いしゃべり方だ。本当にどうしてしまったのだろうと思っていると、ぶっきらぼうな口調でこんな言葉が発された。

「一緒に祭り、行かねえか」

――お祭り……？

自分の目が、大きく見開かれるのを感じた。ポカンとしてしまうわたしに、健太くんは照れ隠しの、不機嫌な表情で言葉を継ぐ。

「明日の夜、隣町の商店街で祭りがあんだよ。ここから行くには電車乗らなきゃなんねーし、しょぼいやつだけど。どうせお前、暇だろ」

投げられた、少し早口の言葉。祭りがあるなんて知らなかった。予想もしなかった。その祭りに行こうと、まさか健太くんが誘ってくれるなんて。

「……行かねーのかよ」

驚きのあまり黙っていると、健太くんが唇を尖《とが》らせ、すねた子どものような顔になった。

わたしは慌てて、行く、とわかるように口を動かした。

浴衣《ゆかた》を着るなんて、いったいいつぶりのことだろう。東京の祭りには普段着で行っていたし、もしかしたら金魚帯《きんぎょおび》で胴回《どうまわ》りを結んでいた、子どものとき以来かもしれない。

「これでよし……っと！」

健太くんに誘ってもらった、翌日の夕暮れ。わたしはおばあちゃんに、居間で浴衣を着つけてもらっていた。そんなのいいと遠慮したのだけれど、せっかくだからと、おばあちゃんに押し切られてしまったのだ。

この浴衣は昔、お母さんが着ていたものらしい。数回しか使っていないからもったいないと、箱に入れて大切に保管していたようだ。その箱からは、浴衣だけでなく下駄《げた》まで一緒に出てきた。お母さんとわたしの足のサイズは同じなので、ちゃっかり下駄まで履けてしまうという特典付きだ。

浴衣は紺地《こんじ》に控え目なアジサイ柄で、古風な印象のものだ。けれど柄が定番のものだからか、決して古めかしくはない。生地もいいもののようで、経年劣化《れっか》は特に見られない。髪の毛も浴衣に合うようアップにしてもらい終えたところで、ちょうど玄関のチャイムが鳴った。

ピンポンという短い音に、きゅっと心臓が縮む。トマの散歩という用事なくして健太くんが来てくれるのは、これが初めてだ。

「いってらっしゃい。楽しんでくるんだよ」

おばあちゃんの笑顔に、ぎこちなくうなずく。カバン代わりの巾着《きんちゃく》を手に、わたしは歩幅の狭い足取りで玄関へと向かった。

浴衣を着ていると、どの動作も行いにくくなる。帯《おび》が崩れないようにゆっくりと上がり框に座って、玄関に下ろしていた下駄を履き込むと、赤い鼻緒《はなお》が、きゅ、と指の間を割る。

はやる鼓動を落ち着けるようにツバを飲み込んでから、そろそろと玄関の引き戸を開ける。玄関の外には、当然ながら約束していた健太くんが待っていた。健太くんはわたしが浴衣を着込んでいるのを見ると、おっ、と驚いた顔をした。

その顔を見て、即座に後悔する。やっぱり変だっただろうか。おばあちゃんの押しに負けてしまったけれど、無理だと突っぱねて断ればよかった。

健太くんの服装は、いつもとなんら変わらない、紺色のTシャツとハーフパンツだ。わたしだけすごく張り切っているみたいで、恥ずかしい。

「……行くか」

羞恥《しゅうち》に俯くわたしに、健太くんが声をかける。ゆったり踵《きびす》を返して歩き出すそのあとを、テテテ、と小股《こまた》で付いていく。慣れない浴衣も下駄も、やはり歩きにくい。

いつもは髪を下ろしているから、あらわになった首筋がくすぐったくて仕方がない。

「大丈夫か？」

わたしがよっぽどぎこちない歩き方をしていたのだろう。振り返った健太くんが、そう尋ねてくれた。

返事をするために慌てて巾着の中にあるメモ帳を取り出そうとすると、「ほら」となにかを差し出された。健太くんのスマホだ。

「今日はこれ使って話せよ。今から暗くなるし、このほうが楽だろ」

たしかに、そのとおりだった。暗くなってはメモ帳の文字が見えないし、祭りの人混みの中でいちいち巾着を開けるのは大変だろう。

わたしはありがたくスマホを受け取ると、遠慮がちに操作して、メモのアプリを開かせてもらった。

【ごめんね。歩くの遅いし、やっぱり普段着にすればよかった】

フリックして文字を打ち、健太くんに見せる。スマホを操作するのは久しぶりだ。書くよりも俄然《がぜん》早くて、やはりコミュニケーションツールとして便利だなと思う。

「んなことねーだろ。……似合ってるし」

健太くんがそっぽを向いてなにか言ったけれど、語尾が小さくて、わたしにはよく聞き取れなかった。

駅まで歩いたわたしたちは、やって来た電車に乗り込み、祭りの会場へと向かった。

二十分近く座席で揺られて辿り着いた隣町の駅は、わたしたちの使う最寄り駅よりずっと大きかった。電車の行き違いや折り返しが可能な、二面三線のホーム。赤屋根の駅舎を構えており、改札も自動券売機も設置されている。

健太くんと並んで改札をくぐり、駅を出る。広がった夕暮れの風景の中に田畑はなく、住居や商店、ガソリンスタンドが軒《のき》を連ねている。この一帯では、多分一番栄えている場所なのだろう。

「奈緒、こっち」

健太くんは何度もここに来たことがあるのか、迷いない足取りで商店街の方へわたしを誘導してくれた。

家並みの中を進む間は人通りもさほどではなかったけれど、やがてブラインドを下ろした商店街に差しかかると、ぽつぽつ夜店の明かりが灯り始め、綿菓子《わたがし》を持った子どもや浴衣姿の人たちと多くすれ違うようになった。

下駄のせいで歩みはずいぶんゆっくりだけれど、気持ちは浮上して走り始める。

——ああ、お祭りに来たんだな。

心が幼い子どもの頃に戻ったかのように、ワクワクと弾んでくる。

歩みを進めるたびに夜店の明かりも増えていき、わたしたちは気がつくと、人だかりの中に紛れ込んでいた。カステラ焼き、ヨーヨー釣り、金魚すくい。道の左右には、たくさんの魅力的な夜店が並んでいる。

「さーいらっしゃい！　おいしいよ！」

夜店の店主が張り上げる声も、元気いっぱいに響いている。

夜店の中にはハッカパイプもあり、わたしは懐かしさに駆られた。ひもで首にぶら下げることができる、人気キャラクターの形をしたプラスチックの笛《ふえ》だ。

たしかこの笛についている筒状の容器に甘いハッカの粉が入っていて、吸い口をくわえて息を吸い込むと、甘い味が口いっぱいに広がるのだ。幼い頃に買ってもらって喜んだ覚えがある。

「なにか食うか」

わたしを人の群れからかばうように前を歩く健太くんが、尋ねてくれる。

たい焼きにかき氷にフライドポテト。たくさんありすぎて目移りしてしまう。イノシシ肉の串焼き、なんてものもあって気になるけれど、一番初めにチャレンジするには、ちょっと勇気が足りない。

「そこの兄ちゃん！　姉ちゃんのためになんかとってやりなよ！」

決め切れずにキョロキョロしてしまっていると、威勢《いせい》のいい声が飛んできた。声をかけてきたのは、気のよさそうなおじさんだ。射的《しゃてき》のコルク銃を持ち上げて、夜店の中からわたしたちにアピールしている。

めずらしさから射的の夜店に視線を置いていると、健太くんが動いた。ポケットから財布を取り出し、おじさんにお金を渡す。

えっ、と目を丸くするわたしのほうに振り返って、健太くんが聞いてきた。

「どれがいい？」

「……！」

わたしがじっと見つめていたから、なにかほしいものがあるように思わせてしまったのだろうか。いいよ、と遠慮しかけたけれどお金はもう払ってしまっているので、わたしは慌てて、的となっている商品たちに真剣に目を向けた。

商品はわりと箱型のお菓子が多かった。箱入りのキャラメルが落としやすくて無難かな、と思ったとき、上段に置いてある小ぶりなクマのぬいぐるみと目が合った。ちょうど巾着に収まりそうなサイズ感だ。舌を出し、いたずらっぽいお茶目な顔をしている。べつに流行りのキャラクターでもなんでもないのに、妙に惹《ひ》きつけられるものがあった。

お金を出したのは健太くんなのに本当にわたしが選んでしまっていいのかと思いつつ、おずおずと上段のクマのぬいぐるみを指さす。

「おし、あのクマな」

健太くんはうなずいて、さっそく銃を構えた。脇をしっかりと固め、頬と肩で銃を固定するその姿は、とても様になっている。

おじさんから受け取っているコルクは三発分だ。狙いを定めて、健太くんが引き金を引く。

パン！と弾けるような音がして、コルクはクマの左腕をかすめた。

「おっ！　おしいねー」

おじさんが楽し気な声をあげ、健太くんがケッと悪態をつく。落ちなくても十分上手だ。わたしだったら当たらないどころか、コルクが明後日《あさって》の方向に飛んでいってしまうだろう。

続いての発砲《はっぽう》でも、コルクはちゃんとクマに命中した。二発目は脇辺り、そして三発目はお腹の辺りに。しかしクマは、小ぶりなくせにびくともしない。もしかしたら、そう簡単には落ちないように、なにか重しがつけられているのかもしれない。

射的は、当たっても棚から落ちなければ商品をもらえないというルールだ。健太くんは悔しそうに顔を歪めると、「くっそ。おっちゃん、もっかい」とおじさんに新たな小銭を突き出した。

一度挑戦した以上、取らなければ気が済まないらしい。ムキになる姿を見ていて、微笑ましさに頬が緩んでしまった。

普段は頼り甲斐《がい》があってわたしよりずっと大人っぽい健太くんだけれど、こういう場面を見ると、なんだかかわいらしく感じてしまう。

男の子に対してそんなふうに思うのは、生まれて初めてのことかもしれない。この感情だけじゃない。健太くんに抱く気持ちは、今まで経験したことがないものばかりだ。

わたしが息を呑んで見守る中、健太くんが、もう一度銃を構えた。射的の台に両肘をつき、片目をつむって焦点《しょうてん》を合わせる。そして。

パン――！

「……っ！」

コルクは一発目から見事にクマの耳に命中し、バランスを崩したクマはぐらりと引っくり返って棚から落ちた。

――やった！

思わず幼子のようにピョコピョコと飛び上がって喜んでしまい、ハッと我に返る。健太くんのことをかわいらしい、なんて思っておいて、わたしのほうがずっと子どもっぽい。

「……ん」

はしゃいでしまった自分を少し恥ずかしく思って肩をすぼめていると、健太くんが取ったばかりのクマを差し出してくれた。健太くんが頑張って取ってくれた場面を見ていたから、よりいっそうかわいく思えてくる。

——ありがとう。

クマを胸の辺りにぎゅっと抱え、口パクでそう伝えると、健太くんは照れたように唇を内側に巻き込んだ。

「……おう」

夜店の黄色い光の中で見る、ほんのり赤の差した顔。ぎゅっと掴まれるような感覚が、胸に走る。

心臓の内側がくすぐったい。まるで、甘酸《あまず》っぱいジュースを一気飲みしたときのようだ。甘さも酸っぱさも、ぐんぐん身体の中に染み込んでくる。

早速こんなにかわいいお土産ができて、本当に嬉しい。しばらくクマを抱いていたい気持ちだったけれど、なくしては嫌なので大切に巾着に収めることにした。

お菓子のオマケのネックレスや、着せ替えできる人形。幼いときにはたくさん持っていた宝物。高校生になってから、その類《たぐい》のものがもうひとつ増えることになるなんて、思いもしなかった。

それからわたしたちは、たくさんの夜店を回っていった。

最初の食べ物は、結局フライドポテトにした。わたしが決め切らないので、健太くんが「食いやすそうだし、一個買って分けようぜ」と提案してくれたのだ。ポテトは塩がかかりすぎていて少しょっぱかったけれど、揚げたてのサクサク感がその欠点を上回ってとてもおいしかった。

そのあとは、スーパーボールすくいをした。

「どっちが多く取れるか、競争な」

店主からポイとカゴを受け取ったあと、健太くんが自信ありげな、不敵な笑みを見せて言った。よし、と気合を入れて浴衣の袖《そで》をまくり、色とりどりのボールが浮かんだ水槽《すいそう》前にしゃがむ。

水の抵抗を少なくするためには、たしか斜めに入水すればいいはずだ。おぼろげな知識で挑戦したものの、たったふたつすくったところで穴が開いてしまい、それからあとはもうダメだった。どんどん穴が広がって、薄く貼られていた紙は影も形もなくなってしまった。金魚と違ってスーパーボールは動いたり跳ねたりしないのに、それでも難しいものだ。

そんなわたしに対して、健太くんはものすごく順調だった。まるで破れない紙でできているポイを使っているのかと思うほど、ひょいひょいと流れるようにすくい上げていく。

わたしと競争、なんてレベルではなく、達人級だ。

あっという間にカゴをいっぱいにした健太くんは、夜店の店主に、見たことがないほど特大のスーパーボールひとつと引き換えてもらっていた。けれどそれを見ていた小さな男の子が欲しがったので、すぐに気前よくあげていた。

「ありがとう！　お兄ちゃん！」

健太くんが男の子からキラキラした笑顔を向けられるのを見たら、わたしまで嬉しい気持ちになった。

スーパーボールの隣に構えられていた夜店で、りんご飴《あめ》も買った。買ったのはわたしだけだ。健太くんはわたしの持つりんご飴を見て、うげ、と苦い顔をした。

「それ、祭りっぽいってだけでそんな美味《うま》くないだろ」

そんなことないよ、と首を振るわたしに、健太くんは「いや、絶対男で好きなヤツはいねえな」と考えを曲げなかった。おいしいのになと思うけれど、まあたしかに健太くんみたいな男の子がりんご飴を持って食べていたら、チグハグで面白いかもしれない。

祭りの雰囲気に乗せられてか、わたしたちはいつもよりずっとたくさん会話をした。好きな食べ物。嫌いな食べ物。子どもの頃のこと。健太くんが所属している野球部のこと。野球の話を聞いたら、前に野球の青春小説を読んだことを思い出し、わたしがその本にまつわる話をしたら、次は健太くんが、活字を読むのが苦手だから読書感想文の宿題がきつかったと話す。

探さなくても、話題はどんどん広がっていく。健太くんの言葉に、スマホで文字を打って返す。そうするとまた、健太くんから言葉が返ってくる。

話をして、クジを引いて、かき氷を食べて。そうして十二分に祭りを満喫《まんきつ》したわたしたちは、最後にこれだけ食べて帰ろうと、たこ焼きを一パック購入した。

商店街をはずれた裏通りにちょうど腰かけるのにいい石段を見つけ、隣り合って座る。健太くんが輪ゴムを取って薄い発泡《はっぽう》スチロールのフタを開くと、ふわ、と食欲を刺激する匂いが鼻をくすぐった。

パックに収まっている大ぶりのたこ焼きは全部で六個だ。

「あちっ！」

最初のひとつをまるごと口に放り込んだ健太くんは、その熱さに驚きの声をあげた。苦しそうにハフハフと息を吐く様子は、ハッハッと息を切らすシバに少し似ていて、笑ってはいけないけれど笑ってしまう。

同じ轍《てつ》は踏まないぞと、それからはふたりで十分に息を吹きかけつつ食べた。お祭りの雰囲気をスパイスに、健太くんと笑い合いながら食べるたこ焼きは、今までで一番美味しく感じた。

そうして、パックが空になりお腹が落ち着いた頃。健太くんがひと呼吸置いて、真面目なトーンで話し出した。

「……この間の、散歩のとき。自分の夢を親に伝えられてないって、話したことだけどさ」

ハッとして、とっさに居住まいを正す。健太くんを見ると、その表情は声と同じくとても真剣だった。

「今度機会みて、ちゃんと話そうと思う」

「……！」

「結果がどうあれ、最初から周りのせいにして諦めるのはやめにする。この間奈緒に話して、自分の中でも整理できたっつか。決意固められた。ありがとな」

散歩のときに引き続きまたも感謝の言葉をもらってしまい、慌ててふるふると首を横に振る。わたしはそんな、感謝されるようなことをなにもできていないのに。

【わたし、応援してる】と殴り書いたメモ帳は、膝上に置いてある巾着の中にある。

健太くんを応援したいという気持ちは、そのままわたしの中にある。でもそれだけで。

心の中で思う、ただそれだけしかできなくて。

「……奈緒はさ」

どう答えていいかわからずスマホを握りしめるわたしを、健太くんは近い距離から真っ直ぐに見つめた。

「奈緒は……わたしは弱いとか、嫌いとか。自分のこと卑下してばっかだけど、全然、そんなことねーよ。奈緒が自分を変えたいって頑張ってて、自分のことだけじゃなくて周りのことも一生懸命に考えてんの、伝わってくるっつか。そういう奈緒見てたら、すげー励まされるっつか……だから……」

いったんそこで区切ると、健太くんは唇を軽く噛む。込み上げてくる照れくささを逃すようにまぶたを伏せ、けれどすぐに持ち上げて、再びわたしに視線を注いだ。

「だから……俺はすげー、お前に、救われてるよ」

――健太くんが、わたしに救われてる……？

予想もしない発言に、心が揺さぶられる。

頑張って、って。すごい勇気だね、って。健太くんの決意に対してわたしが言葉をかけるべきなのに、かけるどころかまたもらってしまった。

健太くんの言葉はどうしていつも、わたしをすくい上げてくれるのだろう。スーパーボールを山ほどすくっても破れない、頑丈《がんじょう》なポイみたいだ。どれだけ深く沈んでいても、しっかり空気が吸えるところまで引き上げてくれる。

「……なんか、真面目なこと言うと恥ずいな」

健太くんは照れをごまかすように、手にしていた空のパックをベコッとつぶした、そんな様子に笑みをこぼしながら、わたしは震える胸の辺りをそっと押さえる。

　こんなわたしでも、誰かの気持ちを動かせると思ってもいいのだろうか。わたしにも、守れるものがあるのだろうか。今までは持ち合わせていなかった自分を肯定する気持ちが、胸の奥からじわじわと湧き出てくる。

　祭りの喧騒《けんそう》からほんの少しだけ距離を取った、ふたりだけの空間。わたしたちはその場を動かずしばらく口をつぐんでいた。

　言うべきことが見当たらない、気まずい沈黙ではない。互いの存在を噛み締め、今この瞬間を胸に刻みつける。そのために、必要な沈黙だった。

「……そろそろ帰るか」

　たこ焼きの容器をベコッと鳴らして、健太くんが言った。いつまでもこの空間にいたい気がするけれど、そういうわけにもいかない。うなずいて、石段から腰を上げる。

「……っ！」

　重心移動して踏み出そうとしたとき、うまく身体を操れずつんのめりそうになってしまった。健太くんが、とっさにわたしの腕を掴んで助けてくれる。

「大丈夫かよ。……ほら」

　仕方ねえな、と目の前に差し出された手。初めて会ったときにわたしを引き上げてくれたその手に、指先からそっと触れる。ぎこちないわたしの手を、健太くんの大きな手のひらがすっぽりと包み込む。

手と手を繋いで、わたしたちは歩き出す。強火で焚《た》き出したみたいに、どんどん身体が火照っていくのがわかる。茹《ゆだ》って原型をなくして、蒸気にでもなってしまいそうだ。

暴れている心臓。血管を伝って、心音が手のひらに響いてしまっているのではないかと恥ずかしく思う。でももしこの鼓動がばれてしまっていたとしても、自分から離すようなことはしたくなかった。

夜店の黄色い明かり。ところどころにぶら下げられた提灯《ちょうちん》。違う世界に紛れ込んでしまったような非日常。この世界が続けばいいのに、夜が明けなければいいのになんて、叶わぬことを思ってしまう。

『……頑張ったな』

縁側で過ごしたあの夕暮れからずっと、自分の中心に居座っていた思い。その名前が、今、わかった気がした。気がした、ではない。もうわかった。

わたしは、健太くんのことが好きなのだ。強くて優しくて、強引で等身大で、真っ直ぐで、いつだって前を向く勇気をくれる。そんな健太くんのことが、すごく好きなのだ。

わたしにとっての初恋だった。意識しだしたのは、縁側で過ごした夕暮れから。でもきっとわたしはそれより前から、一緒に過ごすうちに少しずつ、気づかないくらい少しずつ、恋に落ちていっていたのだ。

この世界から抜け出してしまいたくない。そう願った。

──時間が止まればいいのに。ずっとわたしの手と、健太くんの手が繋がっていればいいのに。

けれど、願った世界は唐突に終わりを告げる。

「……なんだ、あれ」

商店街を抜けて駅が見えてきた頃、健太くんがある方向を見て、不審がるように眉をひそめて言った。握り合っていた手と手が、ぶらんと外れる。

健太くんの視線の先にある駅近の駐車場には、なにやら騒がしい影がうごめいていた。よくない光景だということはすぐにわかった。小学校高学年くらいの男の子たちが、ひとりの男の子に寄ってたかって、蹴ったり叩いたりと、暴力をふるっていたのだ。「生意気なんだよ！」と脅すような声も聞こえる。

「……っ！」

火照っていた身体から、一気に熱が引いた。高峰さんたちに与えられた痛みが、突如リアルによみがえる。髪を引っ張られ、脛《すね》を蹴られ、スカートをはぎ取られそうになり、それから──。

「なにしてんだよ！」

恐怖で体を強張らせていると、健太くんが怒りの声をあげた。駐車場にいる小学生たちの輪に向かって、一目散に走り込んでいく。

高校生、しかもガタイのいい健太くんが来たことで、いじめっ子たちは「やべっ」と口々につぶやいて、慌ててその場から逃げ出した。

駐車場には健太くんと、いじめられていた男の子だけが残された。わたしも急いで、下駄を鳴らして駐車場へと走る。わたしが駆け寄ったところでちょうど、健太くんが「大丈夫か」と男の子を地面から助け起こした。

男の子は目立ったケガはしていないようだけれど、全身砂だらけだ。しゃがんで、健太くんと一緒に砂を払う。手に力を入れないように注意した。血は出ていなくても、蹴られたり叩かれたりしたところはきっと痛いだろう。

「……ありがとうございます」

大方払い終わったあと、男の子は消え入りそうな声で礼を口にし、ぺこりと頭を下げて駐車場から走り去っていった。ひとりにして大丈夫だろうかと、心配な気持ちで男の子の後ろ姿を見送る。

あの子は学校でも、あんな仕打ちを受けているのだろうか。いくら小学生同士といっても、殴る蹴るをしている場面は恐ろしかった。怯んでしまって、とても自分が飛び込んで制止しようなんて思えなかった。

躊躇なく止めに入った健太くんはすごい。健太くんの強さに改めて感心していると、隣で健太くんが言った。

「……最低だよな」

とても低い声だった。ハッとして、健太くんの顔を見上げる。提灯《ちょうちん》の明かりをなくした夜に沈んだこの場所で、健太くんの強い目だけが、怒りをはらんで光っていた。

「俺ああいうの、許せねーんだよ。ひとりを集団でいじめる、とかさ。明らかに自分より弱い相手を寄ってたかって……どんな理由があっても、最低だろ」

怒りに煮えたその言葉を聞いた瞬間、全身から血の気が引いた。先ほどは覚えていたはずの熱が、残らず全部抜け出ていくのを感じる。

許せない。ひとりを集団でいじめる。最低。

健太くんがたった今口にしたセリフが、何度もリフレインして、わたしの脳をぶつ。わたしの身体は今、東京から遠く離れた田舎にあるのに、一気に引き戻された気がした。東京の学校に。依子へのいじめが平気で横行していた、あの一年四組の教室に。

「どうした？　奈緒」

顔面蒼白《そうはく》で固まってしまったわたしに、健太くんが不思議そうに声をかける。なんでもないと首を振るのが、精いっぱいだった。

もし……。仮定の言葉が、わたしの心を凍らせる。

──もし、わたしがしたことを、健太くんが知ってしまったら。

祭りの中心から抜け出たその場所で、わたしは希望を絶たれたような激しい恐怖に襲われていた。

知られてしまったら……健太くんはきっと、わたしを心底軽蔑する──。


帰りの電車は混むとまではいかないものの、わたしたちと同じく祭り帰りの人が乗っていたので、多少賑やかだった。

お酒を飲んで顔が赤い人や、クジ引きの戦利品を持っている人。皆一様に、心地よい疲れを表情に浮かべている。車窓から見える景色はすっかり夜に沈んでいて、あるはずの緑は黒に塗りつぶされている。

わたしと健太くんは、ボックス席に向かい合って座った。駅に着くまで幾つも会話をしたと思うけれど、全部が上《うわ》の空で、心が伴っていなかった。

『俺あいうの、許せねーんだよ』

健太くんの正義感のある言葉が、胸に刺さって抜けてくれない。

健太くんには、自分の全部で向き合おうと思っていた。気持ちを素直に、嘘をつかずに、全部伝えたいと思っていた。でもあのことだけは、絶対に言えない。健太くんの話に笑ってみせながら、わたしはその裏に、後ろめたい気持ちを募らせていく。

「じゃ、また明日な」

電車を降りたあと、健太くんはちゃんと、わたしを家の前まで送ってくれた。スマホを返し、バイバイと手を振って健太くんを見送ってから、家の玄関に向き直る。

ひとつ、重い息を落とした。こんなに夜が更けてからこの家に帰ってくるのは、初めてだ。チャイムを鳴らすと、引き戸の向こうから「はいはい」という声とともに駆け寄ってくる足音がした。

「おかえり奈緒。……おや、健太は？」

優しい笑みで出迎えてくれたおばあちゃんは、てっきり健太くんもいるものだと思ったらしく、わたしの後ろをのぞき込んだ。わたしは首を横に振り、巾着からメモを取り出してこう書いた。

【ここまで送ってくれたけど、もう帰ったよ】

「そうかい。寄っていけばよかったのにね。まあ、もう時間が遅いかね」

おばあちゃんの言葉に曖昧《あいまい》に笑うと、わたしは玄関の引き戸をくぐった。上がり框に腰かけてから下駄を脱ぐ。皮がめくれたりはしていなかったけれど、それでもやはり、鼻緒が当たっていた指の間がヒリヒリする。その痛みは、今胸にある痛みとよく似ていた。

「疲れただろう。お茶でも飲むかい」

喉が渇いていたから、ありがたく厚意《こうい》を受けることにする。浴衣のまま居間に行き、ローテーブルを前に横座りになる。もう帯が崩れても構わないから、気が楽だ。台所からお茶を持ってきてくれたおばあちゃんは、ちょうどわたしの正面に座った。
いただきます、とコップに口をつける。香ばしくて大好きなお茶だけれど、いつものように身体に染み込んでこない。沈んだ気持ちが、味わうという作業を邪魔している。一口飲んでからコップを置いたとき、おばあちゃんの背後にある壁かけカレンダーが目に入った。台所の冷蔵庫に貼ってあるものとは違う、一日ごとにちぎっていくタイプの日めくりカレンダー。夏休みはもう、残り半分を切っている。一日一日、緩みなく終わりに向かっている。

わたしは声を出すことができないまま、後ろめたい感情に捉われたまま、ここを去らなければいけないのかもしれない。

「奈緒」

焦った気持ちになっていると、おばあちゃんに名前を呼ばれた。ハッと我に返り、ぼうっと見ていたカレンダーから視線を離す。

正面のおばあちゃんを見る。おばあちゃんは両目で緩い弧《こ》を描いて、わたしに言った。

「いつまでも、いればいいんだよ。夏休みが終わろうが学校が始まろうが、奈緒がいたいだけ、ここにいればいい」

「……っ」

心をそのまま読まれていて、驚いた。わたしがカレンダーを気にしていた、それだけのことで心情を察してくれたのだろうか。

じんわりとあたたかい気持ちが広がるけれど、実際そういうわけにはいかない、と思った。お母さんは許さないだろうし、二学期からは行かないと、出席日数にも関わってくる。

学校がどんなに嫌な場所でも、わたしはあそこに戻らなくてはならない。

「焦ることはないよ」

そんなわたしの考えを引き続き汲み取って、おばあちゃんは続けた。

「無理に行くことで進級できたとしても、心をすり減らすんじゃ、代償《だいしょう》が大きすぎるってもんだ。一番大事なのは、奈緒自身なんだから」

あたたかさそのもののような言葉に、鼻の奥がツンとした。心のあちこちにこびりついている不安が、ゆっくりと溶けていく。焦る気持ちが波が引くように落ち着いて、舌に心地よい香ばしいお茶の味が戻ってくる。

おばあちゃんは、あの川に似ている。そう思った。喉が苦しくならない代わりに、胸がじんわりと熱くなる。そのときだった。

カタン。

居間の引き戸が、小さく鳴った。視線をそちらに向けて、わたしはこれ以上ない大きさで目を見開いた。きちんと閉まっておらず、わずかに開いた引き戸のすき間。そこから姿を現したのは、トマだったからだ。

口がぱかりと開いた。今目にしているものが信じられなかった。だってこれまで、トマが自分から納戸を出て、こちらにやって来ることなんてなかったから。

状況を理解できないまま、トマと目が合う。真ん丸な目をして固まるわたしの元に、トマがトト、と歩み寄ってくる。そうして。

――え？

驚きのあまり、息が止まるかと思った。トマが。あのトマが。わたしの手に、自らスリ、と顔をこすりつけてきたのだ。

夢を見ているのではないかと疑った。初めての、トマからの接触だった。わたしから触れることしかなかったのに。トマから触れてくることなんか、なかったのに。

驚きの感情を顔に表したまま、正面に座るおばあちゃんを見る。おばあちゃんもわたしと同じく目を丸くしていたけれど、やがてその目を優しく緩めてこう言った。

「……許されたんだね、奈緒は」

「……っ」

許された。その言葉を聞いたとき、目に勢いよく込み上げてくるものがあった。目を覆う水分はぽたぽたと落下し、涙になる。涙は止まらない。六月の雨のように、浴衣のアジサイをとめどなく濡らしていく。

トマが触れているのと逆の手で、涙をぬぐう。そうしてそばにいるトマを、そうっと優しく抱きしめた。

「……トマ」

自然と、声がこぼれた。湧き出るように声が出た。

初めてだった。失声症になってから初めて、わたしは声を出すことができた。ああ、わたしの。

――わたしの声は、ちゃんと生きていた。

「……奈緒」

おばあちゃんが立ち上がり、ゆっくりとこちらへ歩いてくる。少しだけ泣きそうな、優しい顔をして歩いてくる。

おばあちゃんはすぐそばにしゃがむと大きく手を広げ、トマを抱きしめるわたしをさらに覆うように、ぎゅっと抱きしめてくれた。

＊　＊　＊

ベッドの上。わたしは自分の身体を抱きしめるようにして、目を覚ました。

「は……」

目覚めてすぐに、絶望の声がこぼれる。ああ、また一日が始まってしまった、と落胆する。朝なんて来なければいいのに。ずっと夜ならよかったのに。太陽なんて昇らなければいいのに。そんな思いがたくさん湧き上がって、心臓のある左胸を痛くする。

『持ってきちゃいましたー！　じゃーんっ！』

あの日。スカートがゴミ捨て場行きになった出来事をきっかけに、依子へのいじめは日に日にひどいものになっている。無視や言葉だけで傷つけるのではない。依子の持ち物が、壊されるようになった。

教科書やノートは汚され破かれ、わたしが唯一守れたはずの依子の下敷きは、真っぷたつどころか、パズルのようにバキバキに砕かれた。

依子の大切なものたちが傷ついていくのが、辛くて仕方がなかった。高峰さん側にいるのが苦しくて、でもどうしようもなくて。

夜眠る前、全部夢だったらいいのにと思う。朝目覚めて、いつも絶望を味わう。

学校へ行きたくない。でもそんなこと、お母さんには言えなかった。一人娘なこともあって、お母さんはわたしに対してとても過保護だ。間違った方向に行かないよう、大切に大切に育てられてきた自覚がある。

だからこそ言えない。教室にいるのが苦痛だなんて。大切な親友を、いじめる側にいるなんて。サボってしまいたいけれど、高峰さんたちに責められるのが怖くて休むこともできない。どんな行動をとったとしても、光なんて見えてこない。わたしは今日も、重い身体を引きずるようにして学校へ向かうしかなかった。

駅。電車。校門前。靴箱。教室が近づくにつれて、足が重くなってくる。それだけでは収まらず、動悸《どうき》が激しくなってくる。

いくつもの不調に襲われながらも、なんとか教室前に辿り着く。喉元をぐっと掴みながら、わたしは声を出す準備をする。

この中に入ったら、高峰さんたちに挨拶しないと。したところで無視されるのだけれど、だからといってしなければ睨《にら》まれてしまうのだ。

「お、おはよう……っ」

帰りたい衝動を抑えて入った、一年四組の教室。高峰さんたちの元に進んでどもりながら挨拶をすると、当然のごとく無視された。

高峰さんたちは、わたしに一瞬目を向けることもしない。透明人間になったみたいだ。なれるものなら、いっそなりたい。

そんな自暴自棄な思いで、わたしは自分の価値を下げていく。

下げて、下げて。そうして今日も、〝あれ〟が始まるのだ。

「貧乏神《びんぼうがみ》来たよー！」

わたしが教室に入ってから約十分後、高峰さんが教室の出入り口を見て、嬉しそうに高らかな声をあげた。依子が登校してきたのだ。グループの子たちが、待ってましたとばかりに依子のほうに駆けていく。

「涌井さん、おっはよー！」

「カバン超重そうだね！　持ってあげるー！」

強引に、むしり取るように依子からカバンを奪う東寺さん。「返して」と懇願する依子を後ろに突き飛ばし、ジッと音を立てて勢いよくチャックを全開にする。

「宇宙の彼方《かなた》へ、飛んでけーっ！」

そうして思いきりの力で、開いていた窓の外にカバンを投げ落とした。二階の窓から、依子のカバンが吹っ飛んで、落下していく。

「ナイスローイング！」

教室に、爆笑が起こる。文字通り、爆発的な笑い。爆弾を落としたような、笑い。

「ぶっは！　やばいじゃん、ゴミの不法投棄《とうき》じゃん！」

「違うって！　教室が汚染《おせん》されるのを事前に防いだんだって！」

笑いが起こったのは、一部だけではなかった。高峰さんたちだけでなく、他のクラスメイトたちもなぜかクスクス笑っている。

依子はすぐに、笑いうずまく教室から飛び出ていった。落とされたカバンを拾いに行くのだろう。高峰さんたちは笑いながら、カバンの末路を見に窓際に集まる。

「うわっ！　ヒサーン！」

わたしは動けずに、教室の真ん中に突っ立ったままでいた。勝手に機能してしまうわたしの耳に、聞きたくない言葉が次々と入ってくる。

「弁当の中身も飛び散ってんですけどー」

「あはは！　きたなっ！」

「わ、涌井出てきたよ！　……拾ってる拾ってる！　やばい、超惨めなんだけど！」

「ウケる！　動画撮って、ストーリー載せよー！」

息が、詰まった。なにが。心で叫んだ。

――ねえ、なにが、おかしいの？

笑顔を作ることなんて、もうできなかった。教室の床に足を棒みたいにくっつけたまま、小さく唇を震わせる。救いを求めるように、首だけを動かして教室を見回す。

わたしと同じ気持ちの子はいないかと、必死で仲間を探す。

なにがおかしいの？　どうしてみんな笑ってるの？　どうしてそんなことができるの？　依子がなにをしたっていうの？　良心は、ここにはないの？

決して口にできない言葉が、外に出せと喉を叩く。痛くて悲しくて、今すぐに耳も目もふさいでつぶしてしゃがみ込みたくなる。

けれどわたしの耳は声を拾い、目は映像を取り込むのだ。

「奈緒」

高峰さんが、綺麗に巻かれた髪を揺らして振り返り、わたしを呼ぶ。動けないわたしに、指示を下す。

「奈緒も、こっち来て見てみなよ」

「……っ」

嫌だよ。おかしいよ。心はそう訴えているのに、わたしは真逆の行動をしなければならなかった。のろのろと、麻痺《まひ》したような足取りで窓際に近寄っていく。あと一歩のところで躊躇していると、浦松さんに勢いよく頭を押さえつけられ、無理やり窓の下をのぞき込まされた。

数メートル下にある地上。散らばった教科書と、その真ん中にしゃがんで背中を丸めている、依子の姿が見えた。

依子は、土の上に飛び散ったおかずをひとつひとつ、細い指で拾い上げていた。

教室の窓から見下ろした光景は、あまりにも心苦しいものだった。けれど終わらない。翌日は、それよりもっとひどいことが起こった。

持ち物ではなく、依子自身に手が下された。依子がトイレに行くときを見計らって、高峰さんたちが水の入ったバケツを、個室の上から投げ入れたのだ。

「あはっ！　ちょっとは綺麗になったんじゃなーい？」

「サダコが出てくるー！　逃げろー！」

「きゃははは！」

笑いながら、トイレから立ち去る高峰さんたち。わたしも手と足をバラバラに動かして、その後ろに続いた。感情は殺していたはずなのに、バケツを落としたときに聞こえた依子の叫び声が、耳にこびりついて離れなかった。

その次の日、依子は頭からゴミをかけられていた。さらに次の日は、ボールを投げつけられた上に、掃除用具入れに閉じ込められていた。

いじめはますます悪化していった。まるで体内に根を張った、がん細胞みたいだ。完治させる治療薬なんてなくて、ものすごい勢いで教室全体をむしばんでいく。

――お願いだから、もうやめて。

ほとんど泣きながらそう思うけれど、わたしはなにもできなかった。

『……口ごたえしないでね、奈緒』

高峰さんの冷たい表情と、スカートを千切れるほど強く引っ張られたあの感覚が、わたしを恐怖で縛りつけていた。

刃向《はむ》かおうものなら、次やられるのは、確実にわたしだ。

いじめが始まってから、わたしと依子が会話を交わすことはなくなった。高峰さんの目があるところで話しかけられるわけがないし、だからといって電話をかけることもできなかった。

コロすから、と高峰さんに脅されたのもあるし、裏切ったわたしが依子に言える言葉なんてなかったから。そんなもの、あっていいはずがない。

けれど機会は、唐突に生まれる。

その日の放課後、わたしは久しぶりに図書室を訪れていた。前に借りていた本が、とっくに返却期限を過ぎていたのだ。

本が大好きだったはずなのに、借りたことすら忘れていた。心が死にそうな今、読書欲なんてまったく湧いてこず、一ページも開こうとは思えない。

もちろん新しいものを借りることはせずに、わたしは返却だけで図書室を出た。カバンを机に置いたまま来ていたから、ノロノロと教室に足を向かわせる。

依子と本の感想を言い合っていた日々が、今では夢の中の出来事のようだ、と思う。

中学の頃に戻りたかった。入学初日、教室の段差に足を引っかけて転ぶシーンからでいい。どんなに恥ずかしくても、顔が痛くてもいいから。だから……。

そんな叶わぬ願いを頭に浮かべつつ、わたしは教室の前に辿り着いた。教室内からは、なんの物音もしなかった。誰も残っていないと確信して扉を開けて、わたしは息を呑んだ。教室の中に、依子がいたから。

依子はひとり、ぽつんと教壇のところに座って、カバンの落書きを一生懸命消していた。

視線に気づいたのか、依子がふっと顔を上げる。ばちりと目が合って、わたしの頭は真っ白になった。

依子のことが、ずっと恋しかった。依子の元へ戻りたくてたまらなかった。けれどいざふたりきりの場面が用意されてみると、わたしは逃げ出したくなった。自分が責められるべき人間だと、重々理解しているからだ。

なにか。なにか言わなくちゃ。わたしは依子から視線を剥《は》がせないまま、酸素を求める金魚みたいに口をパクパクさせた。

そしてやっとしぼり出した言葉が、これだった。

「い……いじめのこと……先生に、言おう？」

声が震えた。依子は教壇から虚《うつ》ろな目でわたしを見つめ、静かに首を振った。

「……お母さんに、知られたくない」

か細い依子の声。久しぶりに、依子としゃべった。依子の声を、久しぶりに聞いた。

「お母さん……今身体を壊して、具合が悪いの。それでもわたしのために無理して仕事に行って、頑張ってくれてて……だから、わたしがいじめられてるなんて、知ってほしくない……」

依子は命を削るように、言葉を最後まで吐ききった。

依子も、わたしとふたりきりの空間に耐えられなかったのだろう。目線を落として立ち上がると、落書きが残ったままのカバンを肩にかけ、教室を出ていった。最後に見えた背中は、とても小さかった。

ひとり取り残され、ガランと空洞《くうどう》になった教室。依子の気配が完全に消えてしまってから、わたしはとてつもない虚無感《きょむかん》に襲われた。

だらんと横に垂れた手が、わなわなと震え、固い拳へと変化していく。自分の無力さと非情さに、こらえようのない憤《いきどお》りを覚えていた。

「……っ！」

固めた拳で、思いきり膝を打った。けれど人なんて殴ったことのないその手が自身の膝に与えたのは、なんてことのない衝撃だけだ。

何度も、何度も打つ。力いっぱい。青あざになるくらい。でもこんなの痛くない。依子の痛みは何千倍も、何万倍も、何億倍も、もっと。

「……は……っ」

――わたし、知っていたのに。

熱い息がこぼれた。心の中で嘆いていた。

わたしは誰よりも知っていたのに。依子が、たったひとりの家族であるお母さんをとても大切に思っていること。自分より、周りを大切にできる女の子だってこと。

先生に言おう、なんかじゃない。わたしは依子に、もっと言わなければならないことがあったのに。

「わたし、最低だ……っ」

言葉と涙が、空洞の教室にぽつりと落ちた。わたしに泣く資格なんて、ないと思った。

6　夏の崩落

香《こう》・花・灯燭《とうしょく》・浄水《じょうすい》・飲食。お香を焚き、花を添え、墓石《はかいし》に水を張り、ロウソクを灯し、食べ物をお供《そな》えする。それが、お墓参りにおいてすべきことの基本だ。

心を清めたり穏やかにしたり、ご先祖様との繋がりを作ったり。おばあちゃんによると、全部が全部、大切な意味を持っているらしい。

八月十五日。お盆である今日、わたしはおばあちゃんと、ご先祖様が眠るお墓へ足を向かわせていた。

お墓は、歩いて行ける距離にあるとのことだった。県道を歩き続けると、そのうちに道は傾斜を経て山中に突入し、背の高い木々が陽光からわたしたちを守るようになった。

自然のクーラーのような木陰が心地よい。トマとの散歩でこの辺りは大方歩き尽くしていたものの、山の方はなんだか怖い気がして、入っていったことがなかった。

そうしてずっと傾斜《けいしゃ》のついた県道を歩いていくうちに、おばあちゃんが足を止めた。

「ここをのぼるよ」

おばあちゃんが指し示したのは、山肌にあるひっそりとした石段だった。言われなければ気づかないような、落ち葉に埋もれた幅の狭い石段だ。

足を滑らせないように気をつけてのぼっていくと、平らにならされた土地に行き着く。そこには十基《き》ほどの墓石が並んでいた。

全部が全部、古い墓石だ。霊園で管理されている墓石のような光沢《こうたく》はなく、長年雨風にさらされたせいか彫られている文字も不明瞭でわかりにくい。けれどわたしの目は、引き寄せられるように【宇野家之墓《うのけのはか》】と刻まれた墓石を見つけていた。

――ここに、おじいちゃんが眠っているんだ。

おばあちゃんと一緒に、墓石の前へと足を進める。持ってきていたペットボトルの水を、余すところなくかけていく。

「おじいちゃんも気持ちよく思ってるだろうね」

おばあちゃんの言葉に、水をまとった墓石を見る。そうだといいな、と思った。今年は本当に暑いから。

そのあと、おばあちゃんは手慣れた様子で墓石に花や食べ物をお供えし、線香に火を灯した。独特な匂いが漂う熱い空気の中で、わたしたちは墓石の前にしゃがんだ。

両手を合わせて、目を閉じる。視覚をシャットダウンすると、その他の感覚が研《と》ぎ澄まされていく気がする。自分自身に、向き合うことができる気がする。

――おじいちゃん、こんにちは。

仏壇に飾ってあった写真の人物を頭に描いて、わたしは心の中で話しかける。

――あなたの孫の奈緒です。おばあちゃんの家にお世話になっています。ここで、たくさんのあたたかさをもらっています。わたし、頑張ります。強くなれるように。

だから、見ていてください。どうか、見守っていてください。

語り終え、すっとまぶたを上げる。隣を見ると、おばあちゃんはまだ手を合わせて、墓石に向かって熱心に祈っていた。

「……よし、帰ろうか」

数秒遅れて目を開けたおばあちゃんは、やわらかく笑ってそう言った。声は出ないながらに、うん、と口を動かしてうなずく。

わたしたちは石段を転がり落ちてしまわないように気をつけながら、おじいちゃんが眠る墓地をあとにした。

『……トマ』

健太くんと祭りに行ったあの日。わたしはおよそ一カ月半ぶりに、声を出すことができた。

声が出たのは、トマを呼んだあの一回きりだ。けれどわたしは、自分の症状が快方に向かっているという確信を得ていた。

もう少し。そんな気がする。ずっと喉を塞いでいた石が、薄いカーテンくらいになったような。そんな気がするのだ。

夏休みの間だけで治るわけがない。そう思っていたけれど、もしかしたらわたしは声を取り戻せるかもしれない。後ろを向いてばかりのわたしの中に、前向きな気持ちが芽生えていた。

健太くんには、翌日に声が出たことを伝えた。

『マジか！　よかったな！』

健太くんは大きな声でそう言って、満面の笑みでわたしの背中を叩いた。そのあとも何度も、『そうか、出せたのか』と噛み締めるようにつぶやいていた。

嬉しくて、くすぐったかった。自分のことのように喜んでくれる健太くんに、胸が熱くなった。この地に来てからというもの、わたしはすごく涙もろくなったような気がする。健太くん、トマ、そしておばあちゃん。みんなが本当に、あたたかいから。

おばあちゃんを含めて盛り上がるわたしたちのことが気になったのか、トマが納戸から出てきてトトト、と居間にやって来た。

健太くんが手を広げると、躊躇なく寄ってくる。大きな手のひらを頭から背中に受けたトマは、気持ちよさそうに目を細めた。

『トマ。お前、奈緒に名前呼ばれたのか。いいな』

撫でながら、そうトマに話しかける健太くん。するとおばあちゃんが、すかさずからかいの言葉を挟んだ。

『ふふ、健太はトマに妬《や》いてんのかい』

『……は!?　そんなんじゃねえし！』

健太くんは大きく目を開くと、その目をすぐに三角形にしてムキになって怒っていた。健太くんの耳は、元の健康的な肌色に負けないくらい赤くなっていた。

わたしと目が合うと、健太くんはすねたように口をへの字に結んでそっぽを向いた。子どもっぽい態度に笑ってしまいながら、健太くんの名前も呼ぶことができたらいいのにと思った。

――わたしの声は、健太くんの想像している声と同じなのかな。それとも違うのかな。

そんなことを考えていると、脚にふわりとなにかが触れるのを感じた。目線を下に落としてふっと笑みをこぼす。トマが、甘えるようにすり寄ってきていた。

トマがすっかり心を許してくれてから、わかったことがある。トマは結構寂しがりやで、甘えん坊な性格だということだ。怯えて震えているときにはわからなかったこと。今目の前にいるトマは、心にこびりついた恐怖を取っ払って見えてきた、本当のトマだ。

トマがこうして自ら触れてきてくれると、わたしも自信を持つことができる。未来を明るく、見据《みす》えることができる。

――わたしも少しずつ、前進したい。強くなりたい。トマのように。トマと一緒に。

トマを撫でながら、わたしは改めて思い直した。

健太くんは見た目どおり健康体で、なんと今まで一度も学校を休んだことがないらしい。小学時代も中学時代も皆勤賞。風邪《かぜ》とは無縁だというから、うらやましい限りだ。

そして健太くんの皆勤賞は、学校や部活だけではない。

『これからお前ん家、寄ってもいいか』

川で偶然再会したあの日から、健太くんは毎日、この家に足を運んでくれている。土日だろうがどんなに部活がハードだろうが関係なく、シバを連れて「おう、奈緒」と訪問してきてくれる。

けれどそれも、とうとう途絶《とだ》える日がやって来た。夏休みだということで、健太くんは今日から数日間、福岡にあるおばあちゃんの家に行ってしまうのだ。

『俺が行かねえと寂しがられるんだよ』

そう、健太くんが言っていた。

健太くんがいないのは正直かなり心細いけれど、これればかりは仕方がない。わたしにおばあちゃんの家があるように、健太くんにもおばあちゃんの家があるのだ。

ちなみにトマの散歩に関しては、わたしひとりで行って大丈夫、と昨日のうちにお墨付《すみつ》きをもらっている。子どもに噛みついてしまった事件でかなり自信を喪失していたけれど、ここ最近は健太くんとシバの前を歩かせてもらっていたから、失った自信は回復しつつあった。

トマとの信頼関係もあのときより深くなっているし、同じシチュエーションに遭遇したとしても、抱きしめれば安心することがわかっているので問題はない。

墓参りのあと、わたしはひとり、よしと気合を入れてトマを散歩に連れ出した。

ひとりで大丈夫、とは思えるものの、やはりクセのように度々後ろを振り返ってしまう。昨日まではそこにいた健太くんとシバの姿がないことに、どうしても寂しさと心細さを覚えた。

スマホを持ってくればよかったと、今さら、改めてそう思った。そうすれば離れていても、健太くんと話すことができるのに。

――健太くんはどんなメッセージを打つのかな。きっと顔文字は使わないだろうな。

なんて考えたところで、わたしはハッと我に返った。なにを勝手に妄想しているのだろう。べつにスマホを持っていたところで、健太くんはわたしとやり取りする気はないかもしれないのに。

――それにしても、行き尽くしてしまったな。

散歩の道中。分かれ道に差しかかり、どちらを進むか迷ったところで思った。どの道も行ったことがあるから、先にどのような景色が待っているのかもう知っている。選ぶ道によって、見える風景は違っている。おばあちゃんは最初、似たような景色だから迷わないようにと言っていたけれど、今ではもう絶対に迷うことはないだろう。今日は、分かれ道を左に進むことに決めた。舗装《ほそう》されていない、土の道だ。わたしとトマが歩く分にはなんの支障もないけれど、車は入ることができない道。

そもそも車が走ることができる県道にも、走行する車はめったに見かけない。車より、のんびり走っているトラクターのほうが、見かける機会が多いかもしれない。

そう思ってふと県道のほうに視線をやって、わたしは目を丸く見開いた。見慣れない、真新しい光沢を有した人工物。一台の黒い車が、停車していたのだ。めずらしいなと思っていたら、車のドアが開いて中から誰かが降りてきた。遠目なのではっきりとはわからないけれど、多分若い男性だ。

「……？」

でも、遠くからでもわかった。あの男性の視線が、わたしに注がれていることが。

ジッと、見定めるように向けられ続ける視線。背筋が寒くなった。強い違和感を覚え、わたしは足早に道を引き返し、散歩を切り上げて家へと戻った。

翌日。わたしはいつもどおり、おばあちゃんと早朝の畑仕事に出かけ、トマトとキュウリを収穫した。でっぷり重いトマトと、長く緩やかな弧を描いたキュウリ。どちらも、太陽の恵みを存分に受けた見た目をしている。

「お昼は冷やし中華にでもしようかね」

おばあちゃんの言葉に、弾むようにうなずく。心地よい疲労に身を浸しながら家に戻り、わたしたちは二手に分かれた。

おばあちゃんは縁側から家の中に上がり、野菜を台所へ運びに。そしてわたしは、庭の倉庫に道具を戻しに。土を耕したクワなどを元あった場所に収め終えて、ふうと汗をぬぐったときだった。

「あの、すいません」

「……っ！」

後方から突然声がして、わたしはびくりと大きく肩を揺らしてしまった。目を剥いて振り向くと、門のところにひとりの男性が立っていた。

大学生くらいだろうか。清潔感があって、一見爽やかな見た目をしている人だ。

「おはようございます」と挨拶をされたので、戸惑いながらも会釈する。

――おばあちゃんの知り合いだろうか。

玄関に案内すべきか、おばあちゃんを呼んでくるべきか。考えを巡らせている間に、男の人は笑みを浮かべたままわたしから視線をずらし、庭をぐるりと見回して、さらにはのぞき込むように家の中へと視線を送った。

ぞわりと、胸騒ぎを覚える。いい人そうに見えるのに、この違和感はなんだろう。どうして警戒心が芽生えてしまうんだろう。そう思った、次の瞬間だった。

「この家って、最近、犬飼い始めました？」

「……っ！」

そのひとことに、全身が寒気に包まれた。余すところなく鳥肌が立った。

この人はもしかして、昨日散歩のときに見かけた男の人ではないか。疑いを抱き、そしてわたしはずっと覚えていた違和感の正体に気づいた。この人は笑っているように見えるけれど、目が笑っていないのだ。

恐怖におののくわたしに、男の人は言葉を続ける。

「僕が飼っていた犬がね、迷子になってしまったんですよ」

恐ろしい、核心に迫る言葉を。

「それで、もしかしたらお宅で飼い始めた犬が僕の犬かもしれないんですけど。見せていただけませんか？」

確信した。間違いなかった。この人はもしかしなくても、昨日散歩の際にわたしたちをジッと見つめていた男。

トマを虐待していた、元飼い主——。

足がすくむ、とはこういうことを言うのだろう。視線は男に置いたまま、わたしはこの場を一ミリも動くことができなかった。

すぐに家の中に逃げ込みたい。なのに、腰から下の力が抜けてしまったかのように、足が言うことをきかない。なんなら片付けたばかりのクワを取り出して構えたい。でも、手も動かない。

頭の中で、けたたましく警報が鳴り響く。そして、助けの声は飛んできた。

「犬なんて、知りませんよ」

おばあちゃんだった。男の言葉が聞こえていたのだろう、縁側に出てきたおばあちゃんは、はっきりした声でそう言い放った。

普段は決して聞かないような強い声。そして、とても硬い表情だ。現れたおばあちゃんにも、男は目が笑っていない気味の悪い笑顔で対応した。

「でも昨日、その子が僕の犬にそっくりな犬を連れて散歩しているのを、見たんですよね」

「はあ。人違いじゃないかね。悪いけどこっちは忙しいんだ、帰っとくれ」

そう言ってつっかけを履いて庭に降り立つと、おばあちゃんはズンズンと男の方に歩み寄った。勢いに気圧されて男が一歩下がったうちに、門の扉を閉める。

「……また来ますから！」

扉の向こうから、無駄に威勢よく、なおかつじっとりと湿り気を帯びた声が飛ばされてきた。男がまだ気味の悪い笑顔を浮かべているのか、それとももう笑っていないのかはわからない。

そのうちに去っていく車のエンジン音が聞こえ、やっと身体が金縛《かなしば》りのような呪縛《じゅばく》から解かれた気がした。息を吸うことも吐くことも、まともにできなかった。ただただ、恐ろしかった。

「……どっから嗅《か》ぎ付けてきたのかね」

真剣な顔に怒りを宿して、門の扉をにらみつけながらおばあちゃんが言った。おばあちゃんもすぐに、さっきの男がトマの元飼い主だと気づいたらしい。

おばあちゃんが見知った顔でないということは、近所の人ではないのだろう。なのに、本当にいったいどこから、トマがここにいるという情報を手に入れてきたのだろう。男の執念《しゅうねん》深さがうかがえて、恐怖の感情が上塗りされる。

「しばらく散歩には行かないほうがいいね」

おばあちゃんの言葉に、わたしはこくりとうなずいた。自分の四肢《しし》が震えていることに、うなずいてから気づいた。

その日はもちろん、昼下がりの散歩は中止した。トマを守らなければ。あの男に、奪われるわけにはいかない。

家の出入り口という出入り口を完璧に施錠《せじょう》した上で、トマとは納戸で遊んだ。ボールを投げたり、お手などの芸を教えてみたり。けれど、心からトマに向き合うことはできなかった。

いつまで経っても恐怖が抜けなかった。物陰から今にも、薄気味悪い笑顔を浮かべたあの男が飛び出てきそうで、何度も辺りを見回したり、背後を振り返ったりしてしまう。台所で水切りをしている食器がカタ、と崩れた音。廊下を歩く際に板が軽く軋《きし》む音。どんな些細《ささい》な音にも、過敏《かびん》になってしまう。

わたしの気持ちが伝染してしまっているのか、トマもそわそわして、妙に落ち着きがなかった。

その日の夜、わたしとおばあちゃん、そしてトマは、わたしの部屋で一緒に眠った。提案してくれたのはおばあちゃんだった。『今夜は、みんなで一緒に寝ようかね』と二階にある自分の部屋から布団を下ろしてきて、わたしの部屋に敷いた。

すごくありがたかった。ひとりでは眠れそうにないと思っていたし、トマが見える範囲にいないと不安だったから。いくら施錠しているといっても、あの男ならぬるりとどこかしらのすき間から入り込んで、トマを連れ去ってしまうような気がしていた。

いつもは納戸で寝ているというのに、急に違う部屋に連れてこられてトマも混乱するかと思ったけれど、そんなことはなかった。トマはわたしのそばに身を寄せて丸まると、うつらうつらと目を開けたり閉じたりして、ゆっくりと眠りに落ちていった。

すぐ近くで穏やかな寝息を聞きながら、わたしは思った。

――絶対にトマを、あの男に渡してなるものか。だってトマはもう、わたしたちの家族なのだから。


けれどその意気込みは、微睡《まどろ》みを経た数時間後に早速削られてしまうこととなった。

弱り目に祟《たた》り目。泣きっ面《つら》に蜂《はち》。そんなことわざがあるように、悪いことは重なるものなのだ。

迎えた翌朝。ズダダダン！とすごい音がしたので慌てて廊下に飛び出ると、おばあちゃんが階段の下で倒れていた。

「いてててて……」

どうやら布団を二階に上げようとして、足を踏み外して転げ落ちてしまったらしい。

わたしは急いでおばあちゃんを助け起こした。おばあちゃんはわたしの支えがなくても立つことができ、どうやら骨折は免《まぬが》れたようだけれど、左足首は赤くなってみるみるうちに腫《は》れ上がった。

「昨日の今日で奈緒だけに留守番させるのは心配だけど……ごめんね。病院に行かせてもらおうかね」

患部《かんぶ》を氷で冷やしながら、おばあちゃんが申し訳なさそうに言った。

心細いけれど仕方がない。行かないで、なんて言えるわけがなく、わたしは気をつけてねと、おばあちゃんを家から送り出した。

おばあちゃんの不幸中の幸いは、負傷したのが左足のほうだったということだろう。もし右足だったら、車を運転できなかった。おばあちゃんを見送ってから、わたしはそそくさと門を、そして玄関を施錠した。

窓、勝手口、縁側。すべての鍵を、閉まっているか確認する。静かなのが怖くて、わたしは居間に行くとテレビをつけた。

トマを膝に抱いて、テレビの正面に座る。朝らしくニュース番組が流れていて、殺人、不正、詐欺《さぎ》、と物騒なものばかりが立て続けに報道された。日本の治安は世界的に見るといいらしいけれど、それでもこれだけ犯罪が起こっているのだと思うとゾッとしてしまう。

スポーツ選手が飲酒で暴行騒ぎ――。

何個目かに発表されたニュースに、ますます背筋が冷える。暴行という言葉が、虐待を受けて傷だらけだったトマと結びつく。

『お宅で飼い始めた犬が僕の犬かもしれないんですけど』

男の不自然な笑顔がリアルに脳内によみがえる。そして次の瞬間、わたしは身体を跳ね上げた。

ブルルン！

「……っ！」

外から大きなエンジン音が聞こえてきたからだ。一昨日見かけた黒い車が脳裏をよぎり、全身に鳥肌が立つ。そのあとにゴンゴン、と門を叩く音が続き、わたしはヒッと息を呑んだ。とっさにトマを抱きしめる。

「宇野さーん！　お荷物でーす」

しかし門の向こうから聞こえてきたのは、あの男のものとは違う声で、すぐに身体の縛りが解けた。

――なんだ、よかった。配達の人か。

ここで待っててね、とトマを居間に残すと、わたしは用心しつつ庭に出た。門で荷物を受け取ったあとはすぐに施錠し直し、玄関で、箱に貼られた伝票を確認する。

――お母さんからだ。

ああそうだ、と思い出す。この間おばあちゃんが電話で、お母さんに服を頼んでくれたんだっけ。長ズボン一着くらいなら段ボールでなくてもよかったのにと思いつつ、ガムテープを爪でめくって開封する。

段ボールの中身は、やはり長ズボンだけではなく、お菓子、それから問題集が詰め込まれていた。『夏休みの駆け込み数学』というタイトルの表紙に、うわ、と顔をしかめてしまう。もう夏休みも後半だというのに問題集を追加で送ってくるなんて、お母さんらしいというかなんというか。

今から始めてこの一冊を解き終えられる気はしないけれど、とりあえず自分の部屋に運ぼう。そう思って段ボールを持ち上げかけたとき、わたしの目はハッとあるものを捉えた。

「……？」

畳まれたTシャツの下に、なにかのぞいている。段ボールから手を離して引っ張り出してみると、それは、【奈緒へ】と書かれた一通の手紙だった。

リハビリのことがつらつら綴ってあったらと思うと気が進まないけれど、読まないわけにはいかないので、立った状態で手紙を開く。馴染みのあるお母さんの達筆《たっぴつ》な文字が、ずらりと並んで目に飛び込んできた。

奈緒へ

元気にしていますか？

　おばあちゃんから、電話でいろいろ聞いています。体調はいいようで、その点は安心しました。

　お母さんは元気です。元気だけど、やっぱり奈緒のいない食卓は寂しいです。毎日、仕事をしているときも家にいるときも、奈緒のことを思っています。

　改めて言っておくけど、奈緒をおばあちゃんの家にやったのは、決して厄介払い《やっかいばら》とか、そういうのではないからね。

　心から、奈緒を思ってのことです。お母さんは、優しい奈緒のことが大好きだからね。

　もう夏休みも終盤《しゅうばん》に入りましたね。こちらに戻ってくる前に知っているほうがいいと思ったから、手紙に書きます。

　依子ちゃんは、転校するそうです。夏休み明けには、もういなくなるんだって。

　残念なことだけど、人間関係がうまくいかないところで無理するのはよくないものね。高校で環境が変わったし、依子ちゃんは、少し繊細すぎたんだと思う。

　奈緒にとっても、そのほうがいいなって、お母さんは思います。依子ちゃんがいると、奈緒も苦しいものね。奈緒は優しい子だから、自分が悪くなくても、自分を責めてしまうから。

　そういうわけで、依子ちゃんは新しい場所で生活するから、奈緒は安心してね。自分のことだけを考えていいのよ。

　そっちで結局声が出なくても、またこっちでお母さんとリハビリを頑張ろうね。大丈夫だからね。

　奈緒の帰りを待っています。

お母さんより

──ああ。

　全文を読み終えた瞬間、手からぽろりと、手紙が落ちた。力が入らなかった。雷《かみなり》に打たれたような衝撃が、わたしの身体に走っていた。ああ、わたし。

──わたし。なにをしていたんだろう。

『誰しも人間、自分が一番じゃん。それでいいんじゃねーの』

　目の前が真っ暗になったわたしの中で、ここに来てからもらった言葉たちが、勢いよくあふれ出てくる。心の支えになっていた言葉たちが。わたしを励まし、前向きにさせてくれた言葉たちが、今は逆に、わたしを責める洪水《こうずい》となる。

『お前はちゃんと、優しいんだと思うよ』

『お前の喉も、治してやれるかもしんねーのにな』

『大丈夫だから、伝えろ。ちゃんと』

『お前がトマを守ったんだよ。頑張ったな』

『お前がなに言ったって……俺はお前のこと、嫌いになんてなんねーから』

『俺は、すげー、お前に救われてるよ』

『奈緒がいたいだけ、ここにいればいい』

『一番大事なのは、奈緒自身なんだから』

――違うのに。

わたしはそんな言葉をもらえるような立場じゃなかった。忘れていた。わたしがここで、優しくされて、癒《いや》されて、そうしている間も、依子はずっと苦しんでいたのに。ずっとずっと、痛くて悲しくて怖い思いから、逃れられずにいたというのに。わたしだけ、なにをしていたんだろう。なにをぬくぬくと守られていたのだろう。

『マジか！　よかったな！』

声が出たと報告したときの、健太くんの笑顔が脳裏に弾ける。

違う。わたしは喉を押さえた。息ができないくらい、グッと。強く。

わたしは声を出したかった？　声を出せるようになることが目標だった？　違う。わたし。本当は。

――だってわたしが声を失ったのは、〝罰〟だったのに……。

足が凍り付いたように、その場から動けなかった。すべての感覚が麻痺したようだった。

ぼんやりとした視界に、トマが映り込む。いつまで経っても居間に帰ってこないわたしを心配して、玄関まで出てきてくれたようだ。

足に、トマがすり寄ってくる。やわらかい毛の感触が、今はとても鈍い。

――トマ。

口を動かして、声を出そうとした。けれど祭りから帰ってきたあの夜のように、トマの名前を呼ぶことはもう、できなかった。

＊　＊　＊

ナオ。わたしがその本を選んだ理由は、主人公が自分と同じ名前をしていたからだった。

中学二年生、中間テストが終わって余裕ができた時期。立ち寄った古本屋で次に読む本はなににしようかと目についたものをいくつかパラパラめくっていたとき、偶然、文章の中にナオという名前を見つけたのだ。

古本なので帯はついておらず、どういった本かまったくわからなかったけれど、運命的なものを感じて買って帰った。

その日の夜、わたしは早速読破した。本の内容はとても重いものだった。主人公ナオは、妹をひどい目に遭わせた男を憎み、自らの手で殺してしまう。その殺人の罪で警察に追われる立場となり、身を隠しながら逃げ続ける。読み進めるうちに、どんどん主人公に感情移入して、共に追い詰められているような気分になった。読了したあと、わたしは依子にその本を貸した。依子も一晩で読み込んで、次の日にわたしたちは、いつものように小説の内容について語り合った。

密度が濃かったね。たかだか十日のお話なのに、もっと長く感じたよね。殺人って重罪だけど、主人公には捕まってほしくないって思っちゃった。そうだよね、主人公の気持ちを考えたら、殺人に踏み切っちゃうのもわかる気がした。それでも罪は罪なんだよね。あの登場人物って、こういう役割があったのかな。このお話って、ハッピーエンドなのかな。

息継ぎも惜しんで、互いの胸の内に溜めていた感想を交わした。そしてやっと間ができたとき、わたしたちはお互いに目を見合わせて吹き出した。

「なんかわたしたち、気持ち悪いね」

笑いをこらえた顔で、依子が言った。わたしも含み笑いで、うんうんと首を振って同意する。

「だね！　はたで聞いてたら、絶対気持ち悪いよね」

「なに賢《かしこ》ぶってんのって感じだよね」

「あはは！　もう、こんな話題で盛り上がるの、わたしたちくらいだよ！」

そんなことを言い合って笑った。たくさんたくさん笑った。バカみたいに青くて、他には代えられない、中学時代の思い出のひとつだ。

物語の中の主人公には、犯した罪と課せられた罰があった。どのような理由があれど罪を犯せば、それ相応の罰が待っている。それならば、わたしに課せられる罰はなんだろう。

大切な依子を裏切って、見て見ぬふりを続けるわたしには、この先どんな罰が待ち構えているのだろう。

「きゃははは！　大成功ーっ！」

窓ガラスが割れるのではないかと思うほどけたたましい笑い声がして、わたしはハッと、回想から我に返った。

今のわたしは、ナオという主人公の本を張り切って読んでいた中学生ではなく、もう高校生だ。着ているものはセーラー服でなくブレザーで、笑い合っていた依子は隣にはいない。依子がいるのは、爆発的な笑いの先だ。

一年四組の出入り口。登校してきたばかりの依子は、頭を白い粉まみれにして呆然と突っ立っていた。

ドアに挟んでいた黒板消しが落下して、命中してしまったのだ。無駄にたくさんチョークの粉を含ませておいた、黒板消し。それは東寺さんが、意図的に仕組んでおいたものだった。

「きゃー！　涌井さん汚れちゃったね！」

「掃除掃除ーっ！」

頭に黒板消しを命中させるだけでは飽き足らず、東寺さんたちは黒板消しを持つと、バフバフと直接依子を叩き始めた。

大量の粉が舞い上がる。依子のブレザーが、無残にも白く汚れていく。とても見ていられなくて、わたしは唇を結んで目を逸らした。

こんなふうに依子に手を下すのは、東寺さんと浦松さんであることが多い。他のクラスメイトが加わることもあるけれど、高峰さんはたいてい高見の見物。今だって教卓にもたれて、真っ白にされていく依子を鑑賞している。

その高峰さんの横に、わたしは従者のように突っ立っている。棒立ちになって、息を潜めて収束を待つしかない。息の根を止められる恐怖に縛られて、やめようとは誰も言えない。この教室にいる人間は、誰もそんなことは言わない。

けれど多分、他の誰が言っても終わらない。高峰さんがやめようと言わない限り、この地獄は続いてしまうのだ。

そして高峰さんの口から、願っている言葉が出てくることはない。

「……なんか、つまんない」

すぐ近くにある、グロスがたっぷり塗り込まれた唇から出てきたのは、不服の言葉だった。整った高峰さんの顔は、少しも笑っていなかった。

悪夢は、その日の放課後に待っていた。やっと一日を終えられたはずだったのに、放課後、わたしは女子トイレにいた。これから面白いことがあるから残るようにと、高峰さんに言われたからだ。

なにが起こるのか、それともなにかをされるのか。戦々恐々《せんせんきょうきょう》としているのはわたしだけで、高峰さんと浦松さんはニヤニヤとたくらんだ笑みを浮かべていた。

トイレには、なぜか東寺さんの姿がなかった。嫌な予感に胸がはちきれそうになっていると、廊下のほうが騒がしくなった。

叫んでいるような声と、ダダダダ、とこちらへ向かってくる足音。それを聞いて、高峰さんはいっそうニタリと顔を歪めた。

「来た来た。戦闘準備ーっ」

ふざけたような物言いに鳥肌を立て、オロオロと目線をさまよわせたときだった。

「返して！」

よく聞き知った声が響いたかと思うと、弾丸《だんがん》のように女子トイレに飛び込んできたものがあった。東寺さんと、依子だった。東寺さんの手には依子のカバンがあり、取り上げられた依子が必死になって追いかけてきていた。

女子トイレにわたしたちがたむろっているのを見て、依子はハッと足を止め、顔色を変えた。わたしも絶望を覚えた。依子はおびき出されたのだ。これから〝なにか〟をされるために。

その〝なにか〟は、高峰さんから発表される。高峰さんはプッと吹き出して、グロスを塗り込んだ唇で、こう言った。

「はいはーい！　では今から開催しまーす！　涌井依子の、ヌード撮影会ー！」

ヌード、撮影会。衝撃的なその単語を理解する前に、東寺さんと浦松さんが、バッと依子に飛びかかった。まるで入念に打ち合わせをしていたかのように、浦松さんが後ろから依子を羽交い絞めにし、東寺さんが制服に手をかける。

──これ、は。なに、を。

途切れ途切れの言葉が、頭を舞う。

なに、を。今、なに、が。

「やだ……っ！」

「暴れんなって！」

ぶち、とボタンが飛び、依子の胸元が露《あら》わになった。

「いやあああ！」

依子の叫び声が空気を切り裂く。人間としての尊厳を奪う行為。むしり取る行為。悲痛な声と、残酷な映像と。悪夢以外の何物でもなかった。

「あ……あっ、だ……誰か……っ！」

あまりに非道な行いを前に、普段の恐怖も吹っ飛んで、わたしは声をあげていた。

必死に叫びながら、トイレを出ようとする。しかしその前に背中を思いっきり蹴られて、勢いよく倒れ込んでしまった。間をおかずシャツの襟首《えりくび》を持たれ、ウッと首がしまる。

「どこ行くの？」

「……っ」

息が苦しい。恐ろしくて、歯がカチカチと鳴る。高峰さんの目には、わたしも依子も、人間として映っていない。

「……返事がないなぁ。奈緒も、同じ目に遭いたいわけ？」

「や……っ」

高峰さんのもうひとつの手が、わたしのシャツのボタンを引きちぎろうと動く。

「や、やめて！　お願いっ、やめて……っ！」

「やめてくださいぃ……っ！　ごめんなさい、ごめんなさ――」

「やめてください、だってば」

パニックに陥って訳もわからず謝罪を繰り返したとき、高峰さんがわたしから手を離した。

「う……っ」

――逃げなくちゃ。離れなくちゃ、ここから。

本能に従って、体が動いていた。四足歩行の動物のようにもがいて、わたしはその場から逃げ出した。

逃げ出してしまった。依子を、見捨てて。

「誰かに話したら、殺すから！」

無我夢中で逃げるわたしの背中に、高峰さんの声が刺さった。前に言われた軽いトーンのコロす、じゃなかった。とても重い響きの、殺す、だった。

命からがら逃げて、走って、走って、ただ走った。

立ちくらみがした。自分が今どこにいるのかわからなかった。けれどいつの間にか、わたしは自宅マンションまで帰り着いていた。考える頭をなくしたら、身体は自然と慣れ親しんだ道を進むのだろう。

エレベーターに乗り込む。自宅のドアを開け、靴を脱ぎ散らかし、ふらふらと中に上がる。直行したのは洗面所だった。依子の叫び声が、ぐわんぐわんと頭にこだましている。その叫び声に、中学時代の依子の声が重なる。

『なんか、わたしたち気持ち悪いね』

本について熱く語りすぎて、お互いに我に返り顔を見合わせて吹き出した、あのときの声。

本当だ、と思った。中学生の依子の言葉に、高校生のわたしは同意した。

——本当だね依子。気持ち悪い。今のわたしは、本当に気持ち悪い。

がくんと膝から崩れ込み、わたしは洗面台に向かって、胃の中にあったものを全部吐いた。

7　夏の叫び

トマを見つけて病院に連れていった帰りの車内で、両目の周りが黒くてメガネをかけているみたいだと、トマに対して思った。

依子に似ている。トマを膝に抱えて、わたしはたしかにそう思った。

自分では気づかなかったけれど、わたしは無意識のうちに、傷ついたトマを依子の代わりにしていたのかもしれない。トマに尽くすことで、罪滅ぼしができたような、依子に許されたような気持ちになっていたのかもしれない。

トマを利用して、本当の依子から目を背けていたんだ。

――わたしはなんて、ひどい人間なんだろう。

「奈緒、もう終わりかい？」

何品も料理が並んだ朝の食卓。わたしが力なく箸を置くと、向かいに座っているおばあちゃんが心配そうに尋ねてきた。

おばあちゃんの眉が下がるのも当然だ。焼き魚。だし巻き卵にきんぴらごぼう。白米にお味噌汁。わたしはそのどれもを、ほんの少しずつしかつつくことができていないのだから。

せっかくの食材を無駄にするなんてあってはならないことだし、ケガ人であるおばあちゃんに心配をかけるのもいけないことだ。先日の捻挫《ねんざ》は、病院で診てもらった結果、靭帯《じんたい》が切れるような惨事《さんじ》には至っていなかったらしい。けれどしばらくの間は安静に、と言われたとのことだ。歩くと痛むようなので、おばあちゃんは極力イスに座って過ごしている。

そんな状態のおばあちゃんに心配をかけてはダメだ。でも、食べられない。うまく笑うことができない。

【依子ちゃんは、転校するそうです】

お母さんから送られてきたあの手紙を読んでからというもの、わたしはすっかり、ここに来た当初の自分に戻ってしまっていた。なにをしていても、常に薄暗い気持ちがつきまとう。ぬぐえない罪悪感が、喉にすき間なく石を積んでいく。

自分がこの数週間、いかに愚《おろ》かな現実逃避をしていたかを思い知らされた気がした。

ここにいて守られていることは、依子から目を背けることと同じだった。わたしはずっと依子から逃げていた。被害者ぶって、弱者ぶって。勝手に許されたような気になって、笑って、優しさに癒されて、恋までして、舞い上がって。

——わたしなんかが声を出せるようになっては、ダメだったんだ。許されるわけがないんだ、これからもずっと。

そんな自責の思いだけが、今はぐるぐると身体中を回っている。

トマの元飼い主の件で家からろくに出られていないのも、暗い気持ちを煮詰める一因だった。日課だった畑仕事もできていない。おばあちゃんが一緒に畑に行けない今、単独行動をとるのは恐ろしかった。

それに、トマと離れてしまうのも不安だ。畑の水やりは、おばあちゃんが近所の農家の人にお願いしてくれた。

自己嫌悪の感情に、押しつぶされそうだ。おばあちゃんの視線から逃げるように、ごちそうさまの意味で手を合わせ、食器を片付ける。残った料理はひとつの皿にまとめて、ラップして冷蔵庫に入れておいた。

冷蔵庫のドアを閉めてから、わたしはおばあちゃんと目を合わせることなく、居間へと進んだ。

居間に入った瞬間、壁にかけられている日めくりカレンダーが目に入る。この数字が増えていくということは、すなわちここにいられる日数が減っていくということだ。

『奈緒がいたいだけ、ここにいればいい』

夏休み終了までのカウントダウンは、おばあちゃんがそう言ってくれてからやめていた。けれど今はまた、頭の中で再開してしまっている。

カチ、コチ。カレンダーと同じく壁にかかった時計が、時を刻む。一時間、一分、一秒。進んでいく時間に、焦りは止まらない。気持ちは逆戻りしたまま、声は再び奥底に沈んだまま。どうしたらいいか、なにひとつわからないまま。

夏休みが、終わりに近づいていく。

ずっと同じ場所に拘束《こうそく》されていればストレスが溜まる。当たり前のことだ。散歩に行けなくなって三日目。トマは家遊びにすっかり飽きてしまったようで、窓の外に向かって切なげな声をあげたり、玄関に座って待っていたりするようになってしまった。

散歩に行きたくて仕方がないのだ。遊び相手のシバもいないから、余計に持て余すものがあるのだろう。それに、防犯のために家のあらゆるところを締め切っているせいで、閉じ込められているような閉塞感《へいそくかん》を覚えているのかもしれない。

「わたしがこんなケガしなきゃねえ」

明らかにストレスを訴えているトマを見て、おばあちゃんはため息をついて、テーピングが施された自分の足を見下ろした。

「散歩に出て、もしアイツが現れても、ふたりでいればどうにかなるのにね。まったく、役立たずな足だよ」

おばあちゃんは自分の太ももをぱしりと叩き、「健太が早く帰ってくるといいんだけどね」と付け足した。その言葉に、わたしはどう返せばいいのかわからなかった。

この日の午後、おばあちゃんはケガをしていない右足で車のアクセルを踏み、「すぐに帰るようにするからね」とスーパーへと出かけていった。

本当なら負傷中のおばあちゃんに付いていってカートを押すくらいの手伝いをしたいけれど、今、トマ一匹をこの家に残していくわけにはいかない。

『……また来ますから！』

あの日以来、男の姿は一度も見ていない。

だからといって、気を抜くことはできなかった。トマがこの家にいると見つけ出してしまうほど粘着質な男が、あれきりで諦めるはずがない。

おばあちゃんが帰ってくるまでの間、わたしは納戸に行って、トマと遊んで過ごすことにした。ドアを開けた瞬間、トマが嬉しそうにしっぽを振って近寄ってくる。けれどわたしがボールを取り出すやいなや、わかりやすく項垂《うなだ》れた。今日こそ散歩に連れていってもらえると思ったのに、またその遊びか、といったところだろう。

重力に倣《なら》って垂れてしまっているしっぽ。一応ボールを投げてみるけれど、トマは見向きもせずにドアの前に足を進め、クウンと切なげな声をあげた。

クウン、クウン。外に連れてって、散歩に連れてってって。

訴える鳴き声を聞き続けているうちに、胸の辺りにねじれるような痛みを覚えた。込み上げてくるどうしようもない感情を、これ以上、身体の中に溜め込むことができなかった。

「……っ」

ぎゅっと唇を噛むと、わたしは転がっているボールを拾い上げ、壁に向かって投げつけた。パン、と乾いた音がして、トマがびくりと反応する。

トマを怯えさせるなんて最低だ。ますます顔を歪ませて、心の中で嘆く。

──違うの。違うんだよ。トマに怒っているんじゃないんだよ。ごめんね。わたしが許せないのは、わたし自身なんだよ。

自分のこともトマのことも今後のことも、どうすればいいかちっともわからない。足場がすっぽり抜けてしまったような不安に襲われて、襲われ続けて、呼吸が苦しい。喉と胸の中間辺りをぐっと掴むわたしの姿が、トマの澄んだ瞳に映り込んでいる。

──ごめんね。わたしだって、散歩に連れていきたいよ。でもどうしようもないんだよ。トマのためなんだよ。わかってよ。

まとまらない思いがあふれ出て、わたしの中に汚く飛び散る。目の周りが黒くてほっそりしたトマを見ていると、自然と依子の姿が浮かび上がってくる。

──重ねるな。重ねるな。

自分の頬を、思いきりぶってしまいたくなる。

『健太が早く帰ってくるといいんだけどね』

さっき聞いたばかりの、おばあちゃんの声がよみがえる。あのときわたしは、うまく笑うことができなかった。

たしかに健太くんが帰ってくれば、散歩は再開できるかもしれない。けれど、それも一時的なものだ。夏休みが終わって学校が始まれば、健太くんはなかなかこの家には来られなくなるだろう。そうすればまた、散歩に連れていくことができなくなる。

――わたしは？

喉と胸の中間を鷲掴みにしたまま、自分の心に問いかけた。

わたしはどうするんだろう。おばあちゃんの言葉に甘えて、夏が終わってもここにいるのだろうか。でもここにいて、どうなるの。ずっと逃げ続けるの？

かと言って東京の学校に戻っても、もう依子はいない。わたしは一生、依子に許されることはない。

守りたい。強くなりたい。そう思ったことは事実だけれど、どうやったら守れるのか、どうしたら強くなれるのか。明確な方法がわからない。なにを目標にしてどう頑張ればいいのか。出口のない迷路に、迷い込んでしまったみたいだ。

ほんの数日前までは、健太くんに早く会いたいと思っていた。けれど今は、どんな顔をして会えばいいのかわからない。すべてにおいて、八方塞《はっぽうふさ》がりだ。

トマは結局遊びに乗ってくれず、わたしはさらに気分を重くして、自分の部屋へと撤退することになった。納戸のドアは、少し開けておいた。でなければ閉塞感に耐えられず、トマが鳴き続けてしまうからだ。

自分の部屋のちゃぶ台前に座り、問題集を広げてみる。でもまったく集中できなくて、わたしは庭のほうに視線を投げた。

防犯のため、縁側のガラス戸を閉め切っているから、庭の情景はどこか歪んで見える。ガラスは透明だけれど、なにも介さずに直接見るのとは、やはり違う。

考えがどんどん悪いほうに進んでしまうのは、空気の循環が悪いせいもあるかもしれない。閉め切っていると、部屋の空気が濁る。淀んで、溺れてしまいそうだ。

「……っ」

川に落ちた際に経験した肺の痛さを急に思い出し、無性に、外の空気が吸いたくなった。ちゃぶ台に手を着いて立ち上がると、わたしはガラス戸に歩み寄り、カギを回して少しだけ戸を開けた。

自分の顔が通るか通らないか、くらいのすき間だ。けれど外とのパイプができたことで、滞っていた空気に一気に流れが生まれたのを感じる。セミの鳴き声も、ぐっと濃くなった。

——ああ、新鮮な空気だ。

マイナスな感情ばかりがうずまいている心に、ひとつだけ、プラスの感情が降りてきた気がした。リードを手に、新鮮な空気の中をトマと散歩する自分を思い浮かべる。

そうしているうちに、徐々に肺の痛みが治まっていく。

ホッと息をついた。そのときだった。

「――っ!?」

シュッ、と。わたしが息継ぎをするために作ったすき間から、なにか走り出ていったものがあった。

トマだった。一向に外に出してもらえずしびれを切らしたトマが、これはチャンスとばかりに、すき間から家を飛び出してしまったのだ。

庭の門は施錠されているけれど、そんなことはトマには関係なかった。トマはブロック塀のそばに置いてあった段ボール箱を踏み台に、まるで猫のようにトトッと駆け上がり、塀を乗り越えて外に出ていってしまった。

――嘘……！

慌ててガラス戸を全開にすると、わたしは石台に置いてあったつっかけを履いて、庭に降り立った。

納戸のドアを開けておくんじゃなかった。門に駆け寄り、焦る手元でガチャガチャと解錠して外へ出る。首を左右に振って見回すと、右方向の道にかろうじて、走っていくトマの姿を捉えることができた。

──トマ！

声にはならないけれど名を叫んで、つっかけのまま、わたしは走り出した。しかしつっかけでは全力疾走できず、トマとの距離はどんどん開いていってしまう。トマの走りは、驚くほど速かった。外に出られなかったストレスが、その足をさらに速くしているのかもしれない。

できる限り、必死に追いかけた。もう無我夢中《むがむちゅう》だった。けれどわたしは、とうとうトマを見失った。トマが進んだであろう、一軒家のある曲がり角を左に行った先。

「……っ」

一瞬の目隠しを経て、風のように走るトマの姿は、もうどこにも見当たらなくなっていた。

急に止まったせいか、身体中の血管がドクドクと波打ち、荒い息がこぼれる。

ミンミン──、ジイジイ──。猛烈な蝉時雨が、立ち尽くすわたしに降りかかる。

──どうしよう。

玉のような汗が額から滴《したた》り落ちる。暑さによる汗と、冷や汗とが混ざっている汗だ。

──どうしよう、どうしよう。ううん、落ち着け。

パニックになりかけたけれど、グッと心臓の辺りを右手で掴んで、わたしは自分に言い聞かせた。落ち着け、捜さなきゃ。

止まっていてもどうにもならないと、機能停止していた足を再び動かす。ゴールをなくしたまま、ただ見つけなければという思いだけで走り出す。

けれど分かれ道に差しかかったところで、わたしはまた足を止めてしまった。真っ直ぐか、左か。直線はそのまま平地、左側は山へと続く道だ。数日前におばあちゃんと行った、おじいちゃんのお墓に続く道。

わたしはじっと、左の道を見つめた。こっちの道は、トマとは行ったことがない。なのにどうしてだろう。こっちだと、確信的にそう思った。数秒のインターバルのあと、わたしは心を決め、左の道を駆けだした。

はっ、と息がこぼれる。つっかけは、走るのに向いている履物《はきもの》ではない。サイズも違うから、足の甲や横がすれていつの間にか血がにじんでいた。傾斜のついた道が、その足にさらに負荷をかけて痛みを強くしていく。

視界がぼやけて、目元をぬぐった。涙ではなく汗だったけれど、もう泣いてしまいたい気持ちではあった。

――わたしはやっぱり、トマを依子の代わりにしていたんだ。

じんじんと痛む足を動かしながら、そんなことを思った。だって視界の中にトマの姿を捜しながら、わたしの頭の中では同時に、依子の映像が流れていたから。

その映像は、全部とても暗いものだった。ひどいいじめを受ける依子。濡れている依子。汚れている依子。ひとりぼっちで俯く依子。目を背けたくなる辛い姿だけが、いくつもいくつも浮かんでは、わたしを責める。

唯一思い出せる辛くない場面は、一番最初のものだった。

『大丈夫!?』

中学入学初日。笑い者になってこれ以上なくカッコ悪いわたしに、躊躇なく手を差し伸べてくれた依子。

今でも鮮やかによみがえる。細い手を取りながら思った。この子と友達になりたい。そう思ったんだ。なのにわたしは――。

ぐっと喉に痛みが走り、思わず顔を歪めた。唇を噛んでも、目頭が熱くなるのをこらえられない。涙がこぼれそうだ。

けれど次の瞬間、重い自己嫌悪すら吹っ飛ばしてしまうほどの光景が、わたしの網《もう》膜《まく》に像を結んだ。

――あ……っ！

汗でにじんだ視線の先に、捜していたトマがいたのだ。トマはなんと、ちょうどおじいちゃんのお墓に続く石段近くで、わたしを待つかのようにちょこんと立ち止まっていた。

――トマ……！

全身の力がふっと抜けて、膝から崩れ落ちてしまいそうになった。そこをなんとか踏ん張って、急いでトマの元へ駆け寄る。手を伸ばし、トマをぎゅっと抱きしめる。腕に、胸に、やわらかなトマの身体が触れ、心からの安堵の息がこぼれた。

――ああ。ああ、よかった。

トマの存在を腕の中に確かめながら、わたしはよかった、よかったと、何度も胸の内で繰り返した。

もう会えないかと思った。もう触れることができないかと思った。どこにも行かないでね、とトマの身体を抱き締める力を強くする。

安心したおかげで、Tシャツがぐっしょり汗で濡れていることや、靴擦《くつず》れした足の痛みを改めて感じた。さっきまでは余裕がなくて感覚が鈍っていたんだ。トマを見つけられて本当によかった。

けれど、やっと訪れた安寧《あんねい》が消え去るのはあっという間のことだった。

ブルルン、と。聞こえたのだ。うなるエンジン音が。こちらに向かって、車が走ってくる音が。

「……！」

一瞬で感動の波が引いていくとともに、血の気も引く。思考が停止したわたしの視界に、見たことのある黒い車が現れる。

呼吸がうまくできなくなり、今までにないほど心臓が暴れる。目の前に停まった車のドアが、音を立てて開かれる。

——嘘。嘘だ。嫌だ。お願いだから。

心で必死に唱えたけれど、最悪の予想は外れてはくれなかった。ドアから降りてきたのは、ここ最近ずっと怯え続けてきた人物。

トマの飼い主を名乗る、まともではない雰囲気をまとった、あの男だった。

——ああ。

「……やーっぱり」

奈落の底に突き落とされたわたしに、湿り気のある嫌な声で、男は言った。顔の下半分だけで笑う、本当に笑っていない笑顔で、わたしたちを見据えた。

「……っ」

恐怖で頭が真っ白になって、なんの言葉も浮かんでこない。背筋が凍《こご》え、目の前の絶望に、カチカチ、と歯が二回鳴る。心臓が変なリズムを刻み、身体に正常に血液を送れなくなる。

「知らない、なんて、嘘はいけないなぁ」

舌の上で言葉を転がすように、わざとねっとりと男は言った。男の言葉にはもう、先日のような繕《つくろ》いの丁寧語はない。目の瞳孔《どうこう》は開ききっていて、明らかに異常だった。

「もう一度言うけど。それ、僕の犬なんだ」

「……っ！」

男の出現に思考が停止してしまっていたけれど、わたしはそこで初めて、トマが震えていることに気づいた。

パニックに近い、尋常じゃない震えだった。こんなの見たことがない。まだ信頼関係ができていなかった、エサを口にしなかった、小屋に引っ込んでうずくまっていたときよりも、もっと。もっとひどい。

「おいで？　〝ラード〟」

男は湿り気のある声で、トマをトマでない名前で呼んだ。

トマの震えが伝染したのか、それともわたし自身が震えているのか、また音を立てて歯が鳴る。絶体絶命。そんな救いのない四文字が、わたしの心に押し寄せる。

「……ねえ、固まってないで、早く返してくれないかなぁ」

わざとらしく小首をかしげて、男は言った。

「今きみがしていることは、泥棒と同じだよ？」

泥棒、を強調して言った男は、わたしたちからまったく視線をずらさないまま、じり、と一歩足を進める。

また一歩。もう一歩。瞬きもせずに、瞳孔が開いた目の中に、わたしたちを捉えて。

「さあ……早く！」

「……っ」

男の声が太く凄《すご》みを帯びたものに変わり、ビクッと身体が跳ねた。あと二歩ほどで、触れられる距離に来てしまう。男の手が、トマに触れてしまう。

――逃げな、きゃ。逃げないと。

火事場《かじば》の馬鹿力《ばかぢから》、だった。

腰が抜けてしまっているはずなのに、わたしは力の入らない膝をなんとか奮い立たせて、トマを抱えて立ち上がった。

踵を返し、後方に控えていた細い階段を駆け上がる。けれど所詮《しょせん》悪あがき。この上に待っているのは小さな墓地。袋小路《ふくろこうじ》だ。

「あはは、おーい」

男は愉悦《ゆえつ》たっぷりに笑いながら、石段をのぼってわたしたちを追いかけてくる。

上へ上へ、走るしかなかった。行き止まりの墓地に走り着いたとき、わたしの足にもうつっかけは引っかかっていなかった。

「逃げたって無駄だよー」

語尾の伸びた男の声が、背後からわたしを襲う。素足で、十数基ある墓石のすき間を逃げ惑う。足の裏に直接、尖った石が突き刺さる。

──助けて……！

トマを抱えて走りながら、心で必死に叫んだ。

膝が震え、足が絡まり出す。うまく回りきれずに、身体を墓石にぶつけてよろける。無様《ぶざま》なわたしを、男が笑う。

それでも、墓石の間を縫うように逃げ続けた。ただただ必死で、走り続けて。気力で足を動かし続けて。

そしてとうとう、時間稼ぎも終わりを迎えてしまった。

「……っ！」

もうこれ以上足を動かすことができず、わたしはガクッと、膝から崩れ込むように転んでしまった。なんとか腕に抱えるトマが傷つかないようにかばったものの、身体のいたるところに火がついたような痛みが走る。

痛みをこらえて上体を起こす。なんのいたずらだろうか。わたしが転んだのは、ちょうどおじいちゃんが眠る、宇野家の墓石の前だった。

「鬼ごっこは、おしまいだねえ」

はあ、はあ、と興奮したように目を見開いて、男が言った。トマを抱えて地面に尻もちをついた状態のわたしに、男の黒い影がかぶさる。

「それはね、僕の、犬なんだ」

何度も聞いたセリフを、男は先ほどよりもはっきりと、狂気をはらんだ口調で言った。

「……っ！」

ガッ、と。男の手が、トマを守るわたしの腕にかかる。指を、爪を、わたしの皮膚に食い込ませ、力任せに腕をこじ開けようとする。

「僕が……僕がたっぷりかわいがってあげないと、ダメなんだよ……！」

鋭い痛みに耐えるわたしに、男の荒い呼吸が降りかかる。力を強めながら、男は続ける。

「ラードは……ラードは、受け皿なんだよ。僕の痛みを、全部共有してくれるんだ。運命共同体なんだ。一緒にいないと。ねえ、わかるだろう？　ねえ！」

必死の抵抗で、首を振った。トマをぎゅっと抱きしめて、ぶんぶんと首を振った。

違う、と心が叫ぶ。

――トマはラードじゃない。トマはアンタなんかと運命共同体じゃない。トマは、傷つけられるために生きているんじゃない。

残された最後の力を振りしぼってあらがっていると、突然パッと、男の手が腕から離れた。

「……強情だなあ」

「っ⁉」

その言葉に顔を上げて、青ざめた。男はポケットからナイフを取り出すと、気味の悪い笑みとともにわたしに向けた。

「大人しく渡せば、危害は加えないよ」

「……っ」

殺される、と思った。脅しなんかじゃなく、この男ならやる、と思った。

人間はこんなに大げさに震えることができるのかというほど、身体がガクガクと揺れ始める。

――嫌だ、死にたくない。

生きている上での一番の欲求が、わたしの中に猛烈に巻き起こる。嫌だ、嫌だ、刺されるのは、殺されるのは嫌だ。

――トマを、渡せば。

極限状態の最中。心に一滴、ほんの一滴、そんな歪みが生まれてしまう。

トマを渡せば、刺されない。殺されない。わたしは、助かる——。

けれどその最低な歪みが生じると同時に、ある光景が、脳裏にフラッシュバックした。

それは、放課後の教室。高峰さんたちが依子の悪口を言っているのを、偶然にも廊下で聞いてしまったときの光景だった。

超ビンボーくさい。前歯がデカくてキモい。インランの血。恐ろしい言葉のオンパレードのあと、高峰さんは依子の下敷きを折ろうとした。

『〜だめ……っ！』

『ダメって、なに？　なにがダメなの？』

思わず叫んでしまったことで気づかれ、高峰さんがわたしに迫ってきた。

とても冷酷な目で。けれどそのあと、いいことを思いついたとでもいうように、とても意地悪く笑って言ったのだ。わたしたちのグループに入らないかと。

答えられないわたしに、高峰さんは依子の下敷きをこれ見よがしにしならせて、わたしを脅した。

『……入るよね？』

……あのとき、わたしは。

あの瞬間に覚えた恐怖が、今体感している恐怖と重なる。自分が決して敵わないもの。自分を脅かすもの。わたしの存在なんて片手でひねりつぶす、強大な悪。

高峰さんから脅しをかけられたあの瞬間、わたしの心は恐怖に負けた。ポキリと折れて、怖くて怖くて怖くて、わたしは。

とてもとても大切なはずの依子を、差し出したのだ。

――嫌、だ。

ガクガクと大きく震えながら、歯をガチガチと鳴らしながら、わたしは必死に心の歪みを追い払おうとした。

――嫌だ。嫌だ、嫌だ。

同じことを繰り返すのは嫌だ。もうあんなことは嫌だ。怖い。怖い。死にたくない。でも。

『本当に大切なものを守るためには、自分の保身とか……そういうもんを差し置いて、行動しなきゃなんねーんじゃねえかって』

健太くんの声が、頭に、心に、こだまする。たくさんのものが脳内を巡る。

真っぷたつにへし折られた下敷き。窓から飛んでいくカバン。捨てられたスカート。

そして、あの瞬間。雨の降りしきるあの日に見た、依子の顔。

『……奈緒』

懇願の声がよみがえる。もう二度と、もう二度とあんなこと、繰り返してはいけない。わたしはもう、自分の弱さのせいで、大切なものを手放すことはしない。

もう、守りたいものを、見殺しにしたりしない。絶対。

……絶対。

「……けて……っ」

しぼり出した勇気の思いが、歪みを消し去る。恐怖から、わたしの正義をすくい上げる。

「……っ、助けてーっ！」

声が、出た。

死んでいるはずのわたしの喉を通って、とても大きな声が、外気をぶるんと振動させた。

「助けて……っ！　誰か、助けてーっ！」

死に物狂いで叫ぶわたしを見て、男がふははっと嘲るように笑う。

「こんなところで叫んだって、誰も来ないよお」

笑って、ナイフをわたしの顔すれすれに構える。刃先が、触れるか触れないか。焦点が定まらない。それでも。

「それ、は……」

わたしはガクガクと震えながら男をにらみつけて、身を切る思いで、言葉をしぼり出した。

「それ、は……人を傷つけるための、ものじゃ、ないから……っ」

必死の声に、熱い息がかぶさる。今にも折れそうな自分を、懸命に奮い立たせる。

「それ……はっ、なにかを痛めつけるためのものじゃ、ないんだから……っ」

まばたきのない男の眼光に負けないように、しっかりと、自分の中から言葉を取り出す。

刃物は、人を傷つけるためのものじゃない。なにかを痛めつけるためのものじゃない。それは、絶対に。

「相手に向けちゃ、いけないものなんだから……っ！」

「──奈緒！」

ぼろぼろと泣いてしまいながら発した言葉に、芯の通った声が重なった。

ハッと目を見開く。瞬間、目の前でナイフを構えていた男が、ものすごい勢いで吹っ飛んだ。

吹っ飛んだ男に馬乗りになったのは、健太くんだった。健太くんは男の腕をひねり上げてナイフを奪うと、必死の形相《ぎょうそう》でわたしに言葉を投げかけた。

「大丈夫か!?」

「……っ」

——どうして健太くんが。どうしてこんなところに。どうして……。

「父さん母さん！　警察！　一一〇番して！」

健太くんの声が、石段のほうへと飛ばされる。健太くんの下で、男がうう、とうめいている。

状況がわからなかった。なにも理解できないけれど、頭が回らないけれど、ただ、これだけはわかった。

——助かったんだ。

「……はっ」

目頭から目尻まで、目のいっぱいいっぱいを使って、安堵の涙があふれ出る。顔をぐっしょりと濡らして、腕の中の存在を確かめる。

——トマ。トマ、トマ。

わたしは未だ震える身体で、同じく震えるトマの身体を、ぎゅっと強く抱きしめた。

ご近所トラブルなどではなく犯罪にあたる場合には、交番ではなく警察署が取り扱うらしい。今まで警察になんて関わったことがなかったから、十六年間生きてきて、わたしはそのことを初めて知った。

健太くんが、男を取り押さえてから。追って駆け付けた健太くんのご両親が通報し、間もなくパトカーがやって来て、男は市の中心部にある警察署まで連行された。

事情を聞かせてほしいとのことで、わたしと健太くん、それから健太くんのご両親も、健太くんの家の車で警察署へ向かうことになった。

どうして、わたしが襲われた現場に健太くんが来てくれたのか。それは、本当に偶然だった。

ちょうど福岡のおばあちゃんの家から車で帰ってきた健太くん一家だったけれど、男の黒い車が道を塞いでいたので、通ることができなかったらしい。持ち主はどこへ行ったのかと車から降りて辺りを見回したとき、わたしの叫び声が聞こえてきたそうだ。

……奇跡のタイミングで、わたしの声は届いたのだ。

警察署に着いてから、わたしと健太くんは個別の部屋に分かれ、警察の人による事情聴取《ちょうしゅ》を受けた。わたしはなにが起こったのかを、トマを保護したときの状況も含め、ぽつりぽつりと話した。

メモ帳で、ではない。自分の口でだ。叫んだあの瞬間を皮切りに、皮肉にも、わたしの声は出るようになっていた。

事情聴取の中で知ったのだけれど、迷い犬を保護した場合、六カ月経たなければ保護した人物に所有権は移らないらしい。あの男がもし遺物届けを警察に提出していたら、わたしたちは問答無用で男にトマを渡さなければならなかった。

けれど今日、男が刃物で脅すという事件を起こしたことで、トマへの虐待もほとんど確信を持てるものとなった。なのでトマは、このまま宇野家で保護しておいていいだろうとの結論を、警察の人は出してくれた。

本当に皮肉なことに、わたしとトマに向けられたナイフが、わたしたちを守ることとなったのだ。

「奈緒っ！」

事情聴取が済んで部屋を出たとき、廊下の端から、急いた声がわたしに向かって飛んできた。

おばあちゃんだった。事情聴取の前、警察の人から保護者の連絡先を聞かれていたから、おばあちゃんが来るかもしれないとは予想していた。

警察からの電話にきっとすごく驚いて、車を飛ばしてやって来てくれたのだろう。わたしと目が合って、おばあちゃんは泣きそうに顔を崩した。

この夏毎日一緒にいてさまざまな表情を見てきたけれど、おばあちゃんのこんな顔を見るのは初めてだ。

動き出せず棒立ちになるわたしの元に、おばあちゃんが痛めた足でヨタヨタと走り寄ってくる。そうしてわたしを、がばりと強く抱きしめた。

「無事でよかった……っ！」

胸に迫る熱い声が、耳の近くに落とされる。おばあちゃんの匂いがわたしを包み、おばあちゃんの白い髪が、わたしの頬をこする。

「怖かったねえ……っ！　ごめんね、やっぱり家を空けるんじゃなかったよ……！」

涙声でそう言って、おばあちゃんはわたしの存在を確かめるように、わたしの頭を何度も撫でた。

――違うよ。謝らなくていいよ。おばあちゃんはちっとも悪くないよ。

そう伝えたかったけれど、言葉は出なかった。もう言葉は出るようになったのに、なにも言えなかった。

声をかけられ、あたたかさを直接肌に感じても、わたしはなぜか、おばあちゃんをどこか遠くに感じていた。

男に襲われて助かってからというものの、ずっとわたしの中に心はなかった。健太くんの家の車に乗せてもらっているときも、事情聴取のときも、自分のことを別の目で傍観《ぼうかん》しているような感覚だった。

自分の身に起きたことなのに、自分のことでないように感じていた。衝撃的な出来事によって、声が出るようになった代わりに、心がどこかに旅立ってしまったみたいだ。

表情が抜け落ちたまま、わたしはおばあちゃんの車に乗せられ、家へと戻った。

長旅できっと疲れているはずなのに、健太くんも、わたしとトマが心配だからと、自分の家には帰らずにおばあちゃんの家に寄ってくれた。

「ふたりとも、疲れたね。お茶を淹《い》れるからね」

わたしと健太くんを居間のローテーブル前に座らせると、おばあちゃんは慌ただしく台所へと姿を消した。テレビもつけていないため、居間は一瞬、シンと静まる。

「……大丈夫か、奈緒」

自分も事情聴取を受けた立場だというのに、健太くんはわたしを気遣ってくれた。

大丈夫の意味でうなずくけれど、顔の筋肉は動かない。健太くんの顔を、まともに見ることができない。逆に心配させてしまうような態度だ。でも、心がすっぽ抜けた感覚がなくならない。

トマは今、あぐらをかいた健太くんの脚の間に収まっている。あんなことがあって、トマもかなり疲弊《ひへい》している様子だ。耳もしっぽも垂れ、ずっと周りの気配に怯えている。元凶《げんきょう》の男が捕まったというのに、居間に立ち込める空気は重かった。

しばらくして、おばあちゃんが台所からあたたかいお茶を運んできてくれた。目の前に置かれた湯のみを手に取り、口に運ぶ。濃い麦の味が広がるけれど、おいしいという感情がともなってこない。

わたしの目の前にいるのはおばあちゃんと健太くんとトマなのに、脳内では、ずっと恐怖の瞬間がリピートされている。

男の異常な笑み。逃げ惑うわたしへの笑い声。ハアハアと、興奮した息づかい。向けられた刃先。その刃物を、持っているのは――。

「クウン」

小さなトマの鳴き声が耳に入ってきて、うずまく黒々とした思考が止まった。ひと鳴きしたトマは健太くんの脚から抜け出し、わたしの元にトト、と歩いてくる。

そしてぴたりと、わたしにくっついた。小さな身体を、わたしに預けてきたんだ。

「……っ」

グッと、息が詰まった。あたたかいトマ。生きているトマ。命を感じ取ったこのとき、今までストップしていた感情が全部一気に押し寄せてくるのを感じた。

旅立っていた心が、胸の真ん中に戻ってくる。表情を失っていた顔が、くしゃ、と感情そのままに歪む。

「……奈緒、頑張ったね」

泣きそうになるわたしを見て、おばあちゃんは言った。

「よくトマを守ってくれたね」

──違う。

力なく首を振った。優しいおばあちゃんの言葉を、戻ってきたばかりのわたしの心は、ありがたく受け取ることができなかった。

だって、わたしに守るという言葉は、一番似合わないから。

唇を噛んでトマを見る。涙が込み上げ、目下の白と黒がにじむ。目の周りの黒。メガネみたいな。依子、そっくりな。

は、と熱い息がこぼれる。心を全部自分の中に戻したとき、わたしにまず生まれた感情は、安堵でも感動でもない。

自分を消してしまいたいほどの、罪悪感だった。

「……がうの……」

ぎこちない声が、口からこぼれる。ふるふると、もう一度乏しい力で首を横に振る。

「違う……っ」

突然取り乱し始めたわたしの様子に、おばあちゃんも健太くんも目を見開いている。

塞き止めていた感情の高波が、わたしの中で荒れ狂う。

──違う。違うの。

口で言うと同時に、心で叫んでいた。わたしは頑張ってなんかいない。守れてなんかいない。だって。

『大人しく渡せば、危害は加えないよ』

男がナイフを出したあのとき。フラッシュバックしたのは、高峰さんの姿だけではなかった。もうひとつの恐ろしい光景が、わたしの頭を、心を占めていた。

その光景の中で刃物を持っていたのは。

……男ではなく、わたし、だった。

「わた……し……」

ずっと隠してきたこと。誰にも言えなかったこと。言えなかった、本当のこと。依子のこと。

わたしは喘《あえ》ぐようにひとつ息継ぎをして、奥底から、声をしぼり出した。

「わたし――っ」

＊　＊　＊

六月終わりのその日は、ひどい雨天だった。

降りしきる雨が一日中わたしたちを包囲していた、その日の放課後。高峰さんたちと、最近いじめに加わりだした女子二名とわたし、それから依子は、一年四組の教室に残っていた。

依子が残らざるを得なかったのは、帰ったらこの前撮った写真を拡散する、と高峰さんたちから脅されたからだ。この前撮った写真とは、つい先日の放課後、依子が女子トイレで制服を剥ぎ取られたときに撮影されたものらしかった。

写真まで撮っていたなんて、わたしは知らなかった。撮影会、なんて言っていたけれど、さすがにそれはないだろうと思っていた。知らなかった。あの日、わたしはあの場にとどまることができずに逃げだしたから。

そのことについてなにか責められるかと思ったけれど、今日までわたしは、なぜかなんのお咎《とが》めを受けることもなかった。

その代わり、わたしはあの恐ろしい場面を見てから、ずっとろくにものを食べることができなくなっていた。なにか口にしても、すぐに吐いてしまう。自分のことが気持ち悪くて、何度も何度も吐いてしまう。

そして今日、放課後教室に残るようにと高峰さんから言われたとき、わたしは絶望以上の絶望に突き落とされた。

高峰さんが、いじめのレベルを下げるはずがない。女子トイレのあれよりひどいことが、これから行われようとしている。けれどわたしには、あれ以上ひどいことがなにかなんて思いつかない。

教室の扉は締め切られ、依子が逃げられないようにと、前後の扉にひとりずつクラスメイトが控えていた。

雨音だけがザアザアと無情に響く教室内。教壇のところに肩を強張らせて立つ依子を見据えて、自分の机に座って優雅に脚を組む高峰さんが、口を開いた。

「この前さー。せーっかくヌード撮影会してあげたのに、アンタの貧相な身体じゃ、どうも映えないんだよねー」

高峰さんは、とても残酷なことを言いながら、長い指でスマホをスクロールしてみせた。きっとあの中に、撮った写真が入っているのだろう。どんなものか想像しただけで身震いが起きる。人間のすることではない、人間がしてはいけないことだと思う。

「それでね、考えたんだけど」

高峰さんは、とても楽しげに言葉を続けた。

「もっとかわいくしてあげたら、ちょっとは映えるかなと思って」

そう言って、軽やかに机から飛び降りると、机の中を探り、なにか光るものを取り出した。

「……っ！」

光るもの。それは、裁《た》ちバサミだった。大きな刃を開いたり閉じたりしながら、高峰さんは言った。

「その気持ち悪い長い髪、散髪してあげる」

発想のおぞましさに、心底怯えた。

わたしはずっと、依子の髪が好きだった。艶やかで真っ直ぐな黒髪。自分が癖《くせ》っ毛で傷みやすい髪質なものだから、本当にうらやましく思っていた。一度櫛《くし》でとかせてもらったことがあるけれど、なめらかで引っかかりがなくて、わあ、と感嘆の声をあげてしまったほどだ。その髪を他人の意思でぶつ切るなんて、そんなことが許されるわけがなかった。

けれどこの異常な空間では、それが許されてしまう。まるでこの教室が元々断髪《だんぱつ》の儀式《ぎしき》を執り行うべき場所であったかのように、わたしの目にも見えてきてしまう。

――やめて。やめて。やめて。

飛び出したいけれど、足は縫い付けられたまま。依子をかばいたいのに、身体は微塵も動かない。

依子の髪が高峰さんの手にかかる場面なんて、見たくない。見られない。心が壊れてしまいそうで、わたしはギュッと目をつむった。

トン、トン、トン。高峰さんの上履きが、無常な歩みの音を立てる。依子に刃先を向けるために、動き出す。

トン、トン、トン。その音は数回鳴って止まり、教室内は再び雨の音だけに包まれる。

「……？」

あまりにも静かなことに違和感を覚え、わたしはおそるおそる、まぶたを持ち上げる。そして、愕然《がくぜん》とした。高峰さんが足を向かわせたのは、依子の元ではなかった。

高峰さんは、依子ではなく、わたしの目の前に立っていたのだ。

「……っ」

頭が真っ白になった。高峰さんは、ヒュッと息を呑むわたしの手を取り、そして、大きなハサミを握らせた。

「奈緒がやるんだよ？」

「……っ！」

驚愕に目を見開くわたしに、高峰さんはにっこり、驚くほど綺麗に笑った。

「今日は逃げんなよ！　裏切ったらどうなるか、わかるよね？」

東寺さんが、脅しの宣告を大声で飛ばす。

――ああ。

真っ白のあとは、真っ暗になった。膝から、崩れ落ちてしまうかと思った。いっそ崩れ落ちて、気を失って、床の一部になってしまいたかった。

高峰さんたちは、わたしに贖罪《しょくざい》の場を用意していたのだ。だから今日まで、わたしは彼女たちからなにも言われなかったのだ。

今さらそんなことに気づいてもなんにもならない。ドンッと背中を押され、わたしは依子と向き合わされた。

「……ぁ」

声にならない声がこぼれた。めまいがして、ぐわんと世界が大きく歪んだ。

――わたしが、依子の髪を切る？　そんな。無理だ。絶対に嫌だ。

血の気が引いていく。ハサミを握る手が、カタカタと地震が起きているかのように震える。脂汗《あぶらあせ》が、額や脇、身体のいたるところから吹き出る。

「……さーんぱつ！」

一向に動き出さないわたしにしびれを切らしたのだろう。浦松さんが野次《やじ》を飛ばしてきた。

他の子たちもくすりと笑い、「さーんぱつ！　さーんぱつ！」と手を打ちながら散髪コールを始める。高峰さんも気に入ったらしく、にんまりと口端を引き上げると、手拍子に参加した。

さーんぱつ。さーんぱつ。いくつもの面白がる声に、パン、パン、といくつもの手拍子が重なる。

異様な空気。狂った空間。それでも動けないでいると、高峰さんから「なーお」と急かすように、甘い声で名前を呼ばれた。

「……っ」

「さーんぱつ！　さーんぱつ！」

コールはやまない。高峰さんの視線は、一直線にわたしに注がれている。わたしを地獄に突き落とすかどうか、判断している目。なお進めないでいると、勢いよく飛んできたなにかがバシッ！と頭に当たって、床に転がった。よろけながら見たそれは、東寺と書かれた上靴だった。痛みに、吐き気をもよおす。

「さーんぱつ！　さーんぱつ！」

頭がぐわんぐわんして、なにも判断できなくなる。理性が鈍っていき、恐怖という感情のみが、わたしを支配する。

「さーんぱつ！　さーんぱつ！」

呼吸を乱して震えながら、わたしは一歩、前に進み出た。

──無理だ。無理だ。嫌だ。絶対に嫌だ。でも……。

「さーんぱつ！　さーんぱつ！」

でも、やらないと。だって、だって、そうでないと。

一歩、また一歩、ひどく時間をかけて、わたしは依子の目の前に立った。さーんぱつ。さーんぱつ。コールに強制されて、高峰さんの視線に串刺《くしざ》しにされて、震えながら、依子の髪に触れる。依子の髪のそばに、ハサミを構える。

怯えきった表情で、依子が懇願の声を漏らした。

「……奈緒」

お願い、やめて。祈るような、か細い声。すがるような目。一抹《いちまつ》の望みを、一縷《いちる》の望みを託した目。

こんなこと、したくない。したいはずがない。でも。

でも……怖かった。死ぬほど怖かった。だってやらなければ、次は自分だった。自分が持ち物を捨てられ、破かれ、トイレで水をかけられ、制服を脱がされ、髪を切られる。耐えられなかった。どうしてもどうしても、怖かった。怖くて怖くて、どうしようもなかった。

——ごめんなさい。ごめんなさい。ごめんなさいごめんなさい、ごめんなさい依子。

依子の目から視線を逸らし、ハサミを握る手にグッと力を入れる。そのときだった。

「……っ!?」

依子はわたしの手から、ハサミを奪い取った。奪い取って、そして——。

＊　＊　＊

「——依子は、自分で……っ、自分で自分の髪を、切ったの……っ」

わたしの目の前で、依子は自ら髪を切った。艶やかな長い黒髪は、無残にも床に散らばった。

「依子は泣いてた。死んだみたいな目で泣いてた。ざんぎり頭になった依子は教室から飛び出していって、それからのことは、思い出せなくて。記憶がなくて、それで……っ」

気がついたら、高峰さんたちやわたしは職員室にいて、先生から事情聴取されていた。

『ふざけてただけですよー』

高峰さんたちは先生に、そう説明した。

『涌井さん、髪が長すぎるからこれからの季節暑いかなぁって。だから散髪してあげようかーって冗談でハサミ見せたら、通じなかったのか、突然自分で切っちゃって』

その言い訳の間、わたしは黙っていた。そうじゃない。依子はいじめられていた。けれど真実は言えなかった。

わたしは、自分がしてしまったことが恐ろしかった。依子に刃物を向けたなんて。怯える依子の髪を、無理やり切ろうとしたなんて。自分がしたことが怖くて、信じられなくて、親に軽蔑されるであろうことも怖かった。高峰さんたちの監視するような目も怖かった。本当のことを口にできなかったことで、わたしの中に強烈な罪悪感が芽生え、ものすごい勢いで育っていった。

今回のことを先生からの報告で知ったお母さんは、わたしにひどく心配そうな顔を向けて、『驚いたわよね』と言った。

『冗談だったのに、通じなかったのよね。その場面を見てショックを受けたわよね。奈緒たちが悪いみたいに疑われて、不安だったわよね』

お母さんは繰り返し言った。

『かわいそう、かわいそうね。奈緒』

わたしは加害者だ。なのにお母さんは、わたしを完全に被害者扱いして慰《なぐさ》めた。

『奈緒は優しい子なのに。奈緒は優しい子だから』

何度も何度もそう言われ、そのたびにわたしは喉が締め付けられるような感覚を覚えた。

――依子をいじめるのはもうやめよう。

高峰さんたちに言えなかった言葉。

――わたし、いじめに加担してしまったの。依子に刃物を向けたの。

お母さんや先生に言えなかった言葉。

溜め込み、殺した言葉が喉に詰まって、詰まって、喉が痛くて痛くて痛くて。

そうしてわたしの声は、出なくなってしまったのだった。

「わたしが殺したの……っ」

ほとんど泣き叫びながら、わたしは嘔吐するようにえづきながら言った。

わたしが。わたしが殺したの。わたしが、依子の心を殺したの。

「依子は……っ、依子はわたしのことを、信じていたのに。きっといつかは、って。直接手を下したりしないって。依子は必死に耐えていたのに。死にたいって思いながら、必死に耐えていたのに……！　わたしが……っ、わたしが最後のトドメを刺してしまったの！　裏切ったわたしに、依子は絶望したの……！　ごめんなさい。ごめんなさい……っ！」

ずっと言えずに苦しんでいたことを全部吐き出し、わたしは声を荒げて号泣《ごうきゅう》した。

涙のカーテンでぼやけきった世界に、呆然としている健太くんの姿を捉えた。

ごめんなさい。ごめんなさい。ごめんなさい。

謝罪の言葉は止まらなかった。おばあちゃんはそんなわたしを抱きしめ、背中をずっと、さすってくれていた。

泣いて泣いて泣き続けて、泣き疲れて眠ってしまったのだろう。次に目を開けたときに視界に入ってきたのは、闇をまとった自分の部屋の天井だった。

時計がないからわからないけれど、暗さや静まり返っている様子から、もうけっこうな夜更けだろうということは予想がついた。

障子紙から漏れ入る月明かりで、ぼんやりと青く染まった部屋の中。わたしはそっと、自分の喉に手を当てた。喉から胸に、すうっと手をずらしていく。

ここにとどめていた重い秘密は、わたしの声によって全部外に出ていった。出せたことは、果たしてよかったのか悪かったのか。中身が空っぽになったみたいで、自分が今どういう思いでいるのか、いまいち掴みきれない。

ただ、おばあちゃんと健太くんに迷惑をかけてしまったな、とだけは思った。突然爆発したように泣き出して、吐き出して。ふたりとも、きっとすごく困っただろう。本当に申し訳ないことをしてしまった。

暗闇にぼんやりと浮かび上がる天井の木目を見つめながら、わたしは長く深く息を吐く。この天井を突き抜けた上には、おばあちゃんの部屋がある。おばあちゃんはまだ、起きているだろうか。

緩く数回まばたきをしたあと、わたしは心を決めて起き上がり、自身を覆っていた布団から抜け出した。

そうっとふすまを引いて、自分の部屋を出る。静かな夜は小さな物音でも大きく響くから、一挙手一投足《いっきょしゅいっとうそく》に気を配るようになる。

向かっているのは、二階にあるおばあちゃんの寝室だ。おばあちゃんが足を踏み外した一件もあるので、階段を注意深くのぼっていく。

二階に辿り着き、一番奥にある部屋まで足を進めると、わたしはそのドアをコンコン、とノックした。

「どうぞ」

反応がなければ戻ろうと思っていたけれど、ドアの向こうからはちゃんと、やわらかい返事が聞こえてきた。

起きていたんだとホッとして、そのあと少しだけ緊張が戻ってくる。ゆっくりドアノブを引いて中をのぞくと、ヘッドボードに背を預け、ベッドにくつろいだ姿勢でいるおばあちゃんの姿が目に入った。

寝間着姿で、日中はまとめている髪を下ろしている。そしてめずらしく、老眼鏡《ろうがんきょう》をかけていた。

手元には一冊の本、そして頭元の台には読書灯。どうやらおばあちゃんは、寝る前の読書をしていたらしい。

「起きたのかい、奈緒」

穏やかな声で、おばあちゃんはわたしに尋ねた。

「起きて、それで寝付けないのかい」

「……うん」

うなずきつつ、返事をする。自分の口から言葉が出るのは、なんだかまだ変な感じだ。

「おいで」

おばあちゃんはヘッドボードから背中を起こすと、自分の隣を叩いて、わたしにここに来るようにと示してくれた。もう一度うなずいて、部屋に入らせてもらう。

ほとんど初めて踏み入るおばあちゃんの寝室は、例えようのない不思議な香りがした。畳の匂いでもお線香の匂いでもない、懐かしく優しい香りだ。

そろりそろりと近づいていき、ベッドに上がらせてもらう。薄い夏用布団をめくり、おばあちゃんと同じ、脚を伸ばして座った姿勢になる。

少し多めに、息を吸い込む。おばあちゃん、今日はごめんね。顔を上げてそう謝ろうとしたとき、おばあちゃんが先に口を開いた。

「本をね、読んでいたんだよ」

おばあちゃんはそう言って、膝上に置いていた本を持ち上げて見せてくれた。

『夏の家』と表紙に書かれた、分厚さのある単行本だ。表紙のイラストは、一面に咲いたひまわり。夏が舞台の小説だとはわかるけれど、恋愛物なのかはたまた青春物なのか、その内容までは想像がつかない。

「十代向けの青春物語なんだけどね。昔から好きで、夏になると一度は読み返したくなるんだ」

そんなわたしの心の疑問に答えるように、おばあちゃんは簡潔に説明を添えてくれた。

「文庫本もあって、そっちのが軽くて手が楽なんだけどね。老眼になってからは、単行本のほうが読みやすいんだよ。たしか奈緒も、本が好きだったね」

おばあちゃんの言葉に、こくりとうなずく。このところ本を開く気になれず、もう数カ月読んでいないけれど、読書はわたしの唯一の趣味だ。

本を読んでいると、まったく別の人生を味わうことができる。ちっぽけで平凡なわたしでも、大冒険をしたり、大恋愛をしたり、大発明をしたりすることができる。

「わたしも好きなんだ。物語ってのはいいね」

本の背表紙を大切そうに撫でて、おばあちゃんは言った。

「ちゃんと起承転結《きしょうてんけつ》があって、ドラマがあって、ハッピーエンドが用意されているだろう？　現実は、そうはいかないからね……と、長いことこの姿勢でいると腰が痛くなるからね。寝転んで話そうか」

そう言って本を頭元《まくらもと》の台に置くと、おばあちゃんは読書灯のスイッチを切った。

身体をずらし、ふたり並んでベッドに仰向けになる。部屋は真っ暗ではない。常夜灯の豆球がぽつんとひとつだけついている。

なんとなく、都会の星みたいだ、と思った。都会で見える星は、田舎よりも圧倒的に数が少ない。地上の明るさに圧《お》されて、大きく明るく光る星しか、見ることができない。

物が増え新調されるということは、昔からあったものがないがしろにされるのと、ほぼ同義だ。

かつて時刻を割り出すのに使われていた星は、時計の誕生によってその存在意義をひとつ失った。綺麗だといわれる機会を、人工物の塊《かたまり》である夜景に奪われた。きっとそういうものやことが、この世界にはたくさんある。

「……眠れないなら、おばあちゃんの昔話でもしようか」

わたしの方に首を回して、おばあちゃんが言った。ほの暗い空間に、絶妙に溶けるような声だった。なんとなく、どうしてだかわからないけれど、おばあちゃんはわたしがここに来るのを予知していたような気がした。

聞いてくれるかい、と微笑まれて、すぐにうなずく。おばあちゃんは再び頭を戻し、天井を見つめて。そしてこう、切り出した。

「前に、畑仕事をしているとき。おじいちゃんとの出会いについて、話したことがあったね」

「……うん」

薄闇にぽつんと、同意の言葉を浮かばせる。

たしかふたりの出会いは、おばあちゃんがひったくりに遭ったところをおじいちゃんが助けたことだった。ドラマのワンシーンのようでドキドキしたし、ひそかに気になっていたおじいちゃんの話を、おばあちゃんから聞けて嬉しかった。

「そのときはちょっと照れくさくて、曖昧にごまかして言ってなかったんだけどね」

畑で聞いたその話を記憶から丁寧に呼び起こしていると、おばあちゃんが言った。

「助けてもらったとき……実はおばあちゃん、おじいちゃんに一目惚《ひとめぼ》れしてたんだよ。どうにかして接点を持とうと思って、お礼がしたいとほとんど頼み込むみたいに言って、連絡先を聞いて、約束を取り付けてね。人生で初めて好きになった人だった。会うたびに気持ちを募らせて、一喜一憂《いっきいちゆう》しながら、会うことを続けて。結婚してほしいと言われたときは、自分は世界一幸せもんだと思ったよ」

おばあちゃんの口から語られる過去は、とても楽しそうな色をしていた。写真でも見たことがないのになぜか、若き日のかわいらしいおばあちゃんが頭に浮かぶ。

恋に一生懸命だったおばあちゃん。初恋で、一番好きな人に結婚しようと言われるのは、どれほど嬉しいことだろう。

「……幸せだったんだ」

噛み締めるように、おばあちゃんは続けた。ほんの少し、声色が変わった気がした。

「好きな人と籍を入れて。畑を持って。家を持って。子どももできてね。平凡でも、ドラマの主人公になれたような気持ちだった。結婚しても、ずっとおじいちゃんに恋をしてたんだね。でも……不幸は突然、落とし穴みたいにやって来るもんだ」

おばあちゃんの声のトーンが明らかに下がる。わたしの心臓も、ドクリと嫌な音を立てた。

「……結婚してちょうど、十年目になる日。おじいちゃんが突然、畑で倒れたんだ」

おばあちゃんが語った突然の展開に、心臓のドクリ、が大きくなる。思わず左胸の辺りを、手で掴みそうになる。

「でもすぐに発見して、大事には至らなかった。ただ、元々血圧が高いことが心配だったからね。一応病院で、検査入院することになったんだ」

一定のテンポを保っていたおばあちゃんの話が、そこでいったん止まる。訪れた静寂の中、耳をそばだて、じっとおばあちゃんの横顔を見つめる。薄闇に浮かび上がる間近の横顔は、ひどく張り詰めているように見えた。

「検査結果は……特に、異常なしでね。早期退院が決まった。よかったと思ったよ。すっかり安心していた。でも……」

おばあちゃんの声が、もっとずっと硬くなる。息を詰めたのが、すぐ隣から伝わってくる。

「……退院前日」

震えを上から無理やり抑え込んだような硬質な声で、おばあちゃんは言った。

「帰ってくるつもりだった、前の日。おじいちゃんの容体は……急変してしまってね」

「……！」

「昏睡《こんすい》状態になって……あっという間に、亡くなってしまったんだ。わたしが病院に着いたときにはもう……」

おばあちゃんの口から語られた衝撃の過去に、たじろいで目線をさまよわせてしまった。

——そんな。そんなことって。

わたしの息も詰まる。おばあちゃんは天井を見据えたまま、硬い声で続ける。

「……違和感しか、なくてね」

ショックを受けるわたしの耳に、憂《うれ》いを帯びたおばあちゃんの言葉が、静かに染み込んでくる。

「検査でなにも異常はなかったはずなのに、入院中も元気だったのに。どうしてあの人が死ななきゃならないんだって。泣きながら病院に詰め寄ったよ。でも……病院側は、原因不明の一点張りでね」

「………………」

「説明をする間、主治医の先生は、わたしとちっとも目を合わせなくてね。不信感ばかりが募って、どうしても納得できなくて……解剖も願い出た。でも、してもらえなかったんだ。不信感は疑いに変わった。医療ミスがあったんじゃないかって」

医療ミス。ドラマの中でしか起こらないと思っていた縁遠い言葉に、驚愕した。

ヒュ、と、喉で変な音が鳴り、うまく息を吸い込めなかった。

「おじいちゃんは病院に殺されたんじゃないかって。わたしの中でそれは確信に近かった。けど……証拠はなかった。ただ泣き暮らすことしかできなくてね。憎んで憎んで、許せなくて。でも、医療ミスが明らかになったわけじゃないから、恨み辛みを向けられる相手がいなかった。立ち直るのに、ずいぶん時間を要したよ」

おばあちゃんは今、抑揚なく、途中で詰まることなく過去を紡いでいるけれど、実際その渦中《かちゅう》にいたとき、おばあちゃんは死ぬほど苦しかったのだろう。時間が経つのを、恐ろしいほど遅く感じただろう。

わたしには想像もできない地獄が、そこにあったのだろう。

「……笑うことが、できなくなったんだ」

おばあちゃんが、薄闇の中に言葉を投げる。

「奈緒が声をなくしたように、わたしは笑顔をなくしてしまった。当時、まだ智《とも》子《こ》……奈緒のお母さんも、小さくてね。たくさん心を砕いてやらなきゃいけない時期だったのに……わたしに余裕がなくて、逆に当たってしまうこともあった。あの子には、本当に悪いことをしたよ」

当たり前だと思った。一番愛する人をそんな形で失って、誰が平常心で生きられるだろう。我が子であろうと、自分以外の誰かに愛を注ぐ余裕があるはずがない。憎しみも苦しみも自分の中に抑え込むなんて無理だ。すぐに破裂《はれつ》してしまう。

おばあちゃんが笑顔を失ったのは、おばあちゃんの精いっぱいの、限界のサインだったのだ。

「……奈緒」

目に、薄い涙の膜が張る。どうしていいかわからず唇だけを結んでいると、おばあちゃんが、わたしの名を呼んだ。

励ましたくて、なにか言葉をかけたくて、でもただ涙をこらえて聞くことしかできないわたしに、語りを続ける。

「わたしにはぶつける相手がいなくて、ずっと暗いトンネルの中にいるみたいだった。……多分ね、奈緒の友達の依子という子も、今、トンネルの中にいるんだと思う」

「……っ！」

「昔のおばあちゃんと、同じだね」

突然依子の名前が出て、心臓がぎゅっとしぼられた。まばたきを忘れたわたしに、おばあちゃんは「でもね」と言葉を継いだ。

「同じで……でも、違う。だって依子ちゃんには、奈緒がいるじゃないか」

天井に向けられていたおばあちゃんの顔が、くるりとわたしの方に回る。なんの言葉も見つけることができないわたしと目を合わせて、おばあちゃんは言う。

「その子は……昔のわたしと一緒で、許せないと思っているかもしれない。暗いトンネルでもがいているかもしれない。だから……ぶつけさせてやれば、いいんだよ」

おばあちゃんの口だけではなく、目も、わたしに語りかけてくる。わたしにひとつの道筋を、示してくれる。

目に張った膜が震える。心が震える。ぶつけさせてやればいい。おばあちゃんの言葉が、震える心にまるごと飛び込んでくる。

「的になりにいけばいい。憎まれればいい。罵倒されればいい。その上で許すか許さないかを、決めさせてやればいい。許されないことをしたなんて、奈緒が決めてはダメだよ。それは、その子を見捨てるのと一緒だ」

おばあちゃんの手が、薄い布団の下でわたしの手を見つける。見つけて、優しく、それでいて強く、握る。

「その子のことが好きなら……大切なら。奈緒が、トンネルから抜けさせてやりなさい」

「……っ」

膜が厚くなって、一筋の涙が頬を伝う。ぼやけた視界に、おばあちゃんの真剣で、少し泣きそうな顔が映る。

おばあちゃんは言った。薄闇の中。

「あなたが──」

唯一の一等星を宿した瞳で、しっかりわたしの目を見て。

「あなたがその子の光になりなさい。奈緒」

その夜、わたしはおばあちゃんと一緒のベッドで眠った。

手を繋いで、一緒に眠った。

8

夏の家

おばあちゃんは川みたいだ。前に、そう思ったことがある。駅と家の途中にある、あの澄んだ川。せせらぎが心地よい、身体の中の濁りを洗い流してくれるような川。

その癒し効果だろうか。翌朝わたしは、午前八時を回ってから目を覚ました。めずらしく、かなり深い眠りに落ちていたようだ。一度も途中で目覚めることはなかったし、セミの目覚ましに引き上げられることもなかった。

常に早起きのおばあちゃんは、もう隣にはいなかった。ベッドからむくりと身体を起こしてみるけれど、深すぎた睡眠のせいか、未だ頭がぼんやりしている。睡眠のせいというより、脳みそを使いすぎたせいかもしれない。

……昨日は本当に、いろいろなことがありすぎた。

「……あ」

ベッドの上。確かめるように、小さく声を出してみた。水分を失って掠れているけれど、わたしの声だ。生まれてこの方ずっと付き合ってきた、自分の声。

喉にそっと触れてみる。触れた指先に、血液の循環を感じる。ちゃんと、ある。そう思えた。自分の意思を伝えるための声は、なくなっていなかった。大切なものを守るための声を、わたしはちゃんと、ここに持っている。

そうしてベッドで昨日の記憶を整理するうちに、やっとぼんやりした感じが抜けていき、頭が働き始めるのがわかった。昨日泣いたせいでまぶたは腫れて重いけれど、気分はすっきりしている。

よし、と心を決めてベッドから降りると、わたしは窓の方に近寄っていった。カーテンを勢いよく全開にしたとたん、まばゆい朝日に歓迎されて、思わずギュッと目をつむる。

しばらく、つむったままでいる。そうしているうちにまぶたの裏に浮かんできたのは、依子の笑顔だった。

リスみたいでかわいい、大きめの前歯をのぞかせた笑顔。このところもうずっと、辛く沈んだ顔しか思い出せなかったから、記憶の中で笑っている依子に会うのは久しぶりだ。

涙腺《るいせん》がめっきり弱くなってしまったのか、思い出したその笑顔だけで目頭が熱くなるのを感じた。グッと唇を結んで上を向く。目をつむっていても、窓を介した陽光がわたしの顔を余すところなく照らすのを感じる。

『あなたがその子の光になりなさい。奈緒』

昨夜もらったおばあちゃんの言葉は、わたしの胸にしっかりと焼き付けられ、刻まれている。

決意をもって目を開ける。明るくまばゆい、自然に満ちあふれた世界が、そこにはあった。薄暗いところなんてひとつもない、正々堂々とした世界。カーテンだけでなく窓も全開にして、わたしは胸いっぱい息を吸い込む。

　依子に会いたい。そう思った。

　強く思った。夏休みが終わったら、依子に会いに行こうと。そして謝ろう。どれだけ拒否されても、許してもらえなくても、怒鳴られても、裏切者だと罵《ののし》られてもいい。

　好きだと伝えよう。わたしには依子が必要だって、伝え続けよう。

　そして、叶うなら。叶うならいつか、高校に入る前にお花見をしながら約束した、ひまわり畑に行きたい。太陽の下、一面に咲くひまわりを眺めたい。他の誰でもない、依子と一緒に。

　何度も深呼吸を繰り返して、身体の中を漂う空気をすべて入れ替える。そうして完全に目覚めたあと、わたしはおばあちゃんの部屋を出て、一階に降りていった。

　まるで生まれ変わったような、今日から新しい人生を始めるような、そんな感覚がわたしの中に満ちていた。

　まずは着替えよう。着替えて、しゃんと背筋を伸ばそう。そう気合を入れて自分の部屋に進もうとしたとき、居間に人の気配がして、わたしは足を止めた。

　おばあちゃんだと思って居間をのぞいて、そしてぱっくりと口を開けてしまった。

「……よっ」

居間にいたのは、まさかの健太くんだった。ローテーブルの前にあぐらをかいた健太くんが、わたしを見上げて、軽く右手を上げた。

空気を切っている。自転車に乗っていると、そんな感覚を覚える。

ふたり乗りなんて人生初めてだ。本当はしてはいけないことだし、想像していたより不安定だし、なかなかにお尻は痛い。小さな段差が、大きな衝撃となってダイレクトに身体に伝わる。

けれど怖くはなかった。多分、目の前の背中が、とても頼もしいから。

『朝早くに来てごめんな。これからちょっと、出かけねーか』

十数分前の起き抜け。居間にいた健太くんは、寝間着姿で目を丸くするわたしにそう言った。

訳がわからないままできる限り早く準備をして、わたしは今、健太くんが漕ぐ自転車の荷台にまたがっている。落っこちてしまいそうだからお腹に手を回して巻き付かせてもらっているけれど、この体勢は、正直ものすごく照れくさい。

けれど照れくさいよりなにより、混乱の気持ちが強かった。いじめの加害者だったという事実を知って、健太くんはもう、わたしに会いに来てくれないのではないかと思っていたから。

……失望、したと思う。軽蔑したと思う。なのにどうして、会いに来てくれたのだろう。いったいどこに向かっているのだろう。

声は出せるようになっているものの、真意を図りかねて、なにも尋ねることができない。

「大丈夫か？落ちんなよ」

「うん……っ」

今わたしにできることは、懸命に健太くんに掴まっていることだけだ。

自転車が、わたしの歩いて行ったことのある範囲を抜け出すまでは、あっという間だった。

見慣れている田園風景が、徐々に変わっていく。まだまだ田舎だけれど、住宅の量が少しずつ増えていき、ガードレールや鉄塔、郵便ポストや倉庫、人が多く生きる気配が混ざって溶け込んで、徐々に緑の割合を減らしていく。

神社を、橋を、林を通り過ぎ、そうしているうちに対向車線のある国道に出た。その脇にある歩道を、風の抵抗を受けながら真っ直ぐに走っていく。国道の両横にはぽつぽつと建物があるものの、その向こうは大方が畑だ。

作物が植わっていない土地も多く、緑というより茶色っぽい景色。遠くに、山を切り崩した採石場《さいせきじょう》のような場所も見える。

　もう三十分は走ってきただろうか。本当に、いったいどこに行くつもりなのだろう。

　自転車がキイキイと小さく軋む音に加えて、前から流れてくる健太くんの息遣いが聞こえる。わたしの重さも載せて走っているのだから、結構な筋トレになってしまっているだろう。

　少しでも体重が軽くなる姿勢はないかと、荷台から軽くお尻を浮かせたとき、ずっと黙っていた健太くんが声を発した。

「もう着くぞ」

　息が弾んだその声に、えっ、と顔を上げた次の瞬間、わたしは大きく目を見開いた。

「――!」

　向かって左手前方。色彩の乏しかった中に、突如現れたまばゆい黄色。

　ひまわり。ひまわり畑だった。畑数面分の広い土地一面に、数え切れないほどのひまわりがぎっしりと咲いて、巨大な黄金の絨毯を作っていた。

　自転車が止まる。ほうと見惚《みと》れながら地面に降り立ち、わたしはひまわり畑を前に、健太くんと並んで立った。

　ひまわりはおのおの、重たい頭に負けることなくしゃんと背筋を伸ばし、黄金の花びらを輝かせている。命を燃やしている。太陽に向かって、夏を歌っている。

予想もしなかった光景だった。頭の中で想像するより、テレビで見るより、ひまわりたちはずっと色濃く息づいていた。

「綺麗……」

無意識に落ちたつぶやき。美しかった。息もできないほど。まばたきを忘れるほど。

まばゆい黄色が目から入り込んで、わたしの心をめいっぱいの振り幅で揺さぶる。

『ひまわり畑行ってみたいな』

強い黄色。美しい黄色。桜の木の下で聞いた、依子の声がよみがえる。

「……すげーだろ」

隣で健太くんが、身体に溜まった空気を吐き出すように言った。

「観光スポットとかには劣るけど……でも、貸し切りだし。ここ、ほんとはキャベツ畑なんだよ」

「キャベツ……？」

「うん。知り合いのおっちゃんがやってる畑なんだけど……キャベツの収穫と次の苗を植え付ける間のタイミングで、ひまわり植えてんだよな。ひまわり、枯れて土に還ったら肥料になるからさ。キャベツが甘く育つんだよ」

「甘く……そうなんだ……！」

観光客を集めるために作られたのではなく、自然のサイクルの中で生まれたひまわり畑。だからこんなに、命の輝きを感じるのだろうか。心がじんじん、しびれるのだろうか。

「なんか……夏休みが終わっちまう前に、思い出に残るようなこと、したいなって思ってさ」

目の前に広がるひまわりたちに心を奪われるわたしの耳に、健太くんの声が届く。

「俺……べつに花には興味ねーんだけど、ひまわりだけは結構好きでさ。ここ綺麗だし夏は毎年来てるから、奈緒にも……奈緒には見せたいって、昨日の夜に考えて。それで……」

感動で声を出せないでいると、健太くんが少し気まずそうに、「……って、外したか？」と聞いてくる。

ふるふると首を振った。外してなんかいない、むしろど真ん中だ。

「すごく嬉しい……っ、ありがとう……！」

健太くんに感謝すると同時に、わたしは心の中で依子に呼びかける。

――依子、あったよ。ひまわり畑、ここにあったよ。

いつの間にか、頬には涙が伝っていた。視界を涙でにじませて、わたしはゆっくり、健太くんのほうへ首を回す。健太くんと、近距離で目が合う。

どうして。視界と同じくにじんだ言葉が、口からこぼれ落ちた。

「どうして……、会いに来てくれたの……っ？」

話し出した途端、涙の量が倍増した。ひっく、としゃくり上げてしまい、言葉が途切れ途切れになる。

「わた……っ、わたしのこと、け……軽蔑、しないの……？　だって、わた、し……健太くんが最低だっていう、いじめをしてたんだよ……っ？　大事な友達を、守れなかった……！　守るどころか――」

「好きだよ」

わたしの不安定な声に、低い声がかぶさった。芯のある、心強い健太くんの声。涙の堤防が、さらにもろく崩れていく。

「友達のことで死にそうなくらい悩んでる、お前が好きだ。自分を変えたいって、必死で頑張ってるお前が好きだ。すげー、好きだ。……奈緒」

真っ直ぐな瞳で、健太くんは言う。

「奈緒が……奈緒が声を失ったのは、依子っていう子を、大切に思ってたからこそだと思う。自分で自分を責め続けたから、起こったことなんだと思う」

わたしに真っ直ぐ、光を注いで言う。

「でも奈緒は……ちゃんと取り戻した。声が出るようになったのは、奈緒が強くなったからだ。これからは大事なものを守れるっていう、証拠だ」

「……っ」

「大丈夫。お前は、大丈夫だよ」

健太くんの言葉にいよいよ涙腺が全壊し、涙で前が見えなくなる。にじんだひまわりが揺れる。朝の光を存分にはらんだ、夏風に揺れる。

黄金の絨毯を前にして、わたしたちは、自然と手を繋いでいた。

ひまわりの美しさと、健太くんの手の温《ぬく》もりを感じながら、わたしは思った。

――忘れたくない。ここで出会ったあたたかさも優しさも、勇気も、忘れたくない。絶対に。

熱くて澄んでいるここの空気を、ずっと身体にとどめていたくて、わたしはできる限り胸いっぱい、大きく息を吸い込んだ。

楽しいと時間が過ぎるのを早く感じるし、苦しいと遅く感じる。

大切にしたい日々であればあるほど、あっという間に過ぎていく。

トマの散歩を健太くんとしたり、おばあちゃんと畑仕事や料理をしたり。もはや当たり前となった日常を一日、一日と重ねていくうちに、とうとう夏休み最終日を迎えてしまった。

ここにいられる、最後の日の朝。わたしが目覚めたのはセミが鳴き出すよりも早い時間だった。

居間からの物音はなく、どうやらおばあちゃんもまだ二階で寝ているらしい。早起きの達人であるおばあちゃんより先に目覚めるなんて、初めてだ。最初で、最後。

布団から起き上がろうと、仰向けから右方向に身体をひねる。すると視界を、白と黒の二色が占めた。

上下する白と黒の身体。トマだ。もうこれからしばらく会えなくなるからと、昨晩、ここに連れてきて一緒に眠ったのだった。

いい夢を見ているのか、トマはとても穏やかな表情で規則的な寝息を立てている。頭を撫でたくなったけれど、起こしてはいけないので思うだけにとどめた。

上体を起こし、布団に座り込んだ状態になると、わたしは改めて部屋の中をしみじみと眺めてみた。

初めてここに来たときは、この座敷をよそよそしく感じていた。そして夜には、天井の木目が人の顔に見えて怖かったっけ。今ではもう、すっかり自分の居場所だ。

トマを起こさないように注意して立ち上がると、忍び足で、わたしは障子に近寄った。障子に手をかけ、そうっと開く。そこに現れた庭は、早朝の光を吸ってとても綺麗に佇《たたず》んでいた。

石燈に、手入れされた木々たち。この庭で、シバが鳥に向かって吠えていたこともあったっけ。庭の隅には倉庫。中に入っているクワなどの道具の並び順を、扉を開けなくとも思い浮かべることができる。

目を軽く細めて庭を見つめたまま、わたしは縁側へ足を進めた。足の裏に、でこぼことした木目の感触が伝わってくる。

昼には、陽光をたっぷり溜めて熱くなる縁側。夕暮れには、優しいオレンジをまとう縁側。健太くんと、ここに座ってスイカを食べた。

『……頑張ったな』

健太くんは、あたたかくて優しい、宝物のような言葉をわたしにくれた。

その健太くんには、昨日のうちに会ってお別れを言ってある。今日も午前中の部活をサボって見送りに来ると言われたけれど、断っていた。部活は大切だし、健太くんに見送られたら、余計に名残惜《なごりお》しくなってしまいそうだったからだ。

昨日。わたしと健太くんはこの辺りを散歩しながら、たくさん話をした。

最後の散歩には、ワンピースを着ていった。ボストンバッグに入れてきたものの一度も袖を通していなかった、お気に入りの白いワンピースだ。

わたしたちが歩く道には、まだまだ強い夏の日差しがあふれていた。けれど道端の彼岸花《ひがんばな》のつぼみが少しずつ膨らみ始めていて、夏の盛りが過ぎたことをさりげなく教えていた。

『もっと、いろんなとこ連れてってやればよかったな』

進んでいる道の少し遠くを見て、健太くんは言った。

『ひまわりだけじゃなくてさ。釣りとか、そういうのにも誘えばよかった。……あ。早朝に山に行けば、カブトムシも採ってやったのに。よく採れるクヌギの木があってさ、小学生の頃よく行ってたんだよ』

健太くんの言葉に、カブトムシは嫌だ、とわたしは笑った。嫌だけれど、もし健太くんに誘われていたとしたら、わたしは早起きしてカブトムシを見に行ったと思う。童心《どうしん》に帰って、ドキドキしながらクヌギの木に近づいたと思う。

健太くんと自分の声で話せることを改めて嬉しく思った。健太くんとこうして話せるのが最後であることを、際限なく切なく思った。

『……東京でなにかあったら、言えよ』

少しの沈黙が落ちたあと、健太くんは言った。

『俺が殴り込みに行ってやるから』

『殴り込みにって……』

『それくらい、想ってるってことだよ』

健太くんとわたしの視線が交わる。光をまとった夏風が、わたしの白いワンピースの裾《すそ》をさらう。

ぎこちなく目を伏せて、ギュッと拳を握る。わたしも、健太くんのことを想っている。健太くんが好きだ。

けれど言えない。応えてはいけない。依子のことを置いて、自分だけが幸せな方向に進んでいってしまうわけにはいかないから。

複雑な気持ちをどう伝えればいいのか、健太くんのスニーカーを見つめたまま必死に考えていると、しっかりと意志を持った声が耳を打った。

『返事は、今しなくていいから』

『……！』

『奈緒、今は友達のことで頭いっぱいだろ？　俺のことは、もろもろのことが解決してから考えてくれたらいい』

『健太くん……』

ハの字に眉を下げるわたしに、困ったような笑みを見せる健太くん。そしてしっかり目を合わせて、こう言ってくれた。

『どんだけでも待つよ。俺は、真剣に好きだから』

『……っ』

胸が、熱くなる。愛おしい感情が、体の至る所から湧き上がってくる。

健太くんが好き。大好きだ。健太くんの日焼けした肌を、ずっと覚えておきたいと思う。真っ直ぐな目を、声を、ずっと覚えていようと思った。

『……ありがとう』

込み上げてくる想いがうっかりこぼれないようにしながら、感謝の言葉を口にする。

健太くんも、なにかをこらえるような表情をして、少しぶっきらぼうな口調で言った。

『……なにもなくても、会いにいくし』

『……うん』

『東京案内しろよな』

『うん！　わたしも、絶対、また遊びに来るから……っ』

『……そっちで』

『え？』

『そっちで、好きな男とか作んなよ』

照れ隠しの怒ったような健太くんの表情で、昨日の回想は終わりを告げる。胸にあたたかさとときめきを感じながら、わたしは再び、今を見ることに心を注いだ。

この庭も、縁側も、もう当分は見られないと思うと、無性に名残惜しい。どの場所にも、たっぷり思い出が根付いている。

わたしは次に、反対側にある部屋のふすまへと足を向かわせた。庭や縁側だけでなく、家の全部を見て回りたくなったのだ。もしかしたらわたしが偶然にも早起きしたのは、お世話になったこの家を、目に焼き付けておくためだったのかもしれない。

まず向かったのは、居間だ。歴史を感じる、振り子の時計。その下に日めくりカレンダー。ローテーブルには今、なにも置かれていないけれど、わたしの脳裏にはたくさんのものが浮かび上がる。

香ばしい麦の味がするお茶が入ったコップ。おばあちゃんが作ってくれた芋団子。大皿に載ったトウモロコシ。吐いているところを健太くんに目撃されてしまって、怒られて、かなり落ち込んだっけ。あのときは底の底まで沈んだのに、今思い返すとくすりと笑えてきてしまう。

居間に続いて足を踏み入れたのは、台所。ここで、おばあちゃんとたくさん料理をした。食卓でおばあちゃんと向かい合って同じものを食べる時間は、わたしの凝り固まった心をほぐして癒してくれた。

その次に見に行ったのは、納戸だ。小屋が置かれた、トマのための部屋。ここに連れてきた当初、トマは小屋の中で震えていた。一向に改善しない状況に途方に暮れて、トマが死んでしまうのではないかと不安に思って。だからこそ、トマが初めて小屋から一歩を踏み出したときは、言いようのない感動に浸った。撫でることができたときには、思わず涙をこぼしてしまった。

たくさんのトマを頭に思い浮かべたあと、わたしは最後に、仏壇が置いてある座敷へと足を向かわせた。

ふすまを開けて中に入り、仏壇の前に正座する。飾られている、おじいちゃんの写真を見つめる。おじいちゃんは、おばあちゃんの言ったとおり寡黙《かもく》で不器用そうで、でもとても優しい顔をしていた。

りん棒を手に取り、わずかに音がする程度、お鈴を鳴らす。

——おじいちゃん。これからもおばあちゃんを守ってね。

わたしは手を合わせ、写真の中のおじいちゃんに心を込めて語りかけた。

最後の一日といっても、東京までは五時間ほどかかるので、昼前にはこの家を出発しなければならない。

いつものように畑仕事を終えたあと、わたしはおばあちゃんと台所に立ち、昼食を兼ねたたっぷりめの朝食を作った。

メインは、畑で収穫したジャガイモをふんだんに使った肉じゃがだ。他にはトマトのお浸しと、ほうれん草の白和《しらあ》えと、具沢山《ぐだくさん》のお味噌汁。それからもうひとつ、人参の間引《まび》き葉を載せた冷奴《ひややっこ》。

トマのエサも、わたしたちと同じ肉じゃがベースのものにした。犬に食べさせてはいけない玉ねぎは除いておいて、具材をさらにやわらかく煮込む。一口大に切ったキャベツと合わせてご飯の上にかけ、仕上げに青のりをまぶして完成だ。

トマのエサは、もう療養食ではない。液体状のものしか受け付けなかった胃は正常に機能しており、食べられる量もかなり増えた。

身体も、そして心も、時間をかけて、段階を踏んで、回復していったのだ。

「ずいぶん手際がよくなったね」

トマのエサに青のりをまぶし終えたとき、おばあちゃんがそう言って褒めてくれた。嬉しくて、思わずはにかむ。料理の腕はまだまだだけれど、ここに来た当初よりはかなりマシになったと思う。

これからも続けていけば、いつかはおばあちゃんのように料理上手になれるだろうか。おばあちゃんのようになりたい、と思う。強くてしなやかで、無条件に誰かを包み込めるような人間に。いつか。

作ったものを食べ、会話をしているうちに、出発しなければいけない時刻はあっという間にやって来た。

ここにとどまっていたいという気持ちを抑えて、自分の部屋から荷物を詰めたボストンバッグを玄関へと運ぶ。おばあちゃんとトマに見守られながら、上がり框に腰かけて靴を履く。

「本当に、駅まで見送らなくていいのかい」

きゅ、と靴紐《くつひも》を締め終えたとき、おばあちゃんがわたしの背中に声をかけてきた。振り返りながら立ち上がって、おばあちゃんに向かって笑顔を作る。

「大丈夫だよ。来てもらったら、名残惜しくなっちゃうから」

言葉にしたとおり、おばあちゃんに駅まで付いてきてもらったら、別れたくない気持ちがどんどん募って泣いてしまいそうだ。

おばあちゃんとは、笑顔で別れたかった。ううん、お別れではない。距離は遠くとも、わたしたちはまた、いつでも会うことができるのだから。

「クウン」

笑顔が崩れないうちにボストンバッグを持ち上げようとしたとき、おばあちゃんの足元にいるトマが、切なげな鳴き声をあげた。

保とうとしていた目の弧が、うっかり崩れそうになる。息を整えてボストンバッグから手を離すと、わたしはしゃがんで、ぎゅっとトマを抱きしめた。

手のひらに、精いっぱいの心を込めて撫でる。トマに出会えてよかった。本当によかった。また来るからね。一緒に散歩しようね。

トマと出会えたことは、縁だった。わたしにとって最高の、縁。

「また、いつでもおいで」

優しいおばあちゃんの笑顔に、わたしは涙をこらえながらいったん唇を結び、勢いをつけて頭を下げた。ありったけの息を吸い込む。そして全部、一気に吐き出す。

「夏休みの間、ありがとうございました……！」

ずっと向こうにいる人に呼びかけるような大きな声が、玄関の空気を揺らした。感極まっていたおかげで、ボリュームを少しばかり間違えてしまった。

顔を上げたわたしとおばあちゃんは、目を見合わせて、それから笑った。あはは、あははと、転がるように笑った。

　ああ、こんなにしっかり声が出る。こんなに自然に、笑うことができる。これからどんなことが待ち受けていたとしても、わたしはこの夏を心の支えに、きっとやっていけると思った。言葉を沈めずに生きていける。背筋を伸ばして、歩いていける。

ありがとう。言うべきことは、全部このひとことに集約される。

ありがとうおばあちゃん。ありがとうトマ。ありがとう健太くん。

　——ありがとう。わたしを受け入れてくれた、緑輝く大地。

　田舎にすっかり馴染んでしまったから、逆に東京という場所に居心地の悪さを覚えてしまうかもしれない。少しだけそんな懸念《けねん》を抱いていたけれど、自宅マンションの最寄り駅に着いてみるとまったくそんなことはなく、ホッとした感情が胸を占めた。

行きより少し重くなったボストンバッグを持って、しっかりとした歩みで改札を出る。出たところに隣接しているロータリーに、わたしはすぐに、見慣れた車を見つけた。

はっきりと見えにくいプライバシーガラス越しだけれど、運転席にお母さんが座っているのがわかる。お母さんの姿を目にしても、喉が詰まるような苦しさは、もう再発しなかった。

お母さんには、東京に戻る六日前に、自分から電話をかけていた。事件のことを伝えなければならないと思ったからだ。おばあちゃんはわたしがかけようか、と申し出てくれたけれど、自分で話したいと断った。

お母さんが電話に出たのは、スリーコールほど鳴ってからだった。

『もしもし、奈緒です』

緊張しながら口にした、始まりの言葉。お母さんはわたしが声を出せていることに驚いて、事件のことを伝えるともっと驚いて、とにかくもう、驚きっぱなしだった。心配だからすぐそっちまで迎えに行くと言われたけれど、夏休み最後までいさせてほしいと意志を通させてもらった。

それから、話した。わたしがずっと言えなかった真実を。いじめに参加して、依子を深く傷つけてしまったことを。

電話の向こう。お母さんは何度も相槌《あいづち》を打って、わたしの話を聞いてくれた。途中に意見を挟むことなく、うん、うん、と、ひたすら一生懸命聞いてくれた。

ふ、と一度息を吐くと、わたしは胸を張って、お母さんが乗っている車へ向かっていった。

窓に拳を軽く当ててノックすると、お母さんはハッと俯けていた顔を上げた。解錠の音がしたので、後部座席のドアを開ける。

「……ただいま」

口に笑みをたたえてそう言うと、わたしはボストンバッグと一緒に、後部座席に身を滑り込ませた。お母さんが、運転席からこちらを振り返る。

「……お帰りなさい」

迎えの言葉を口にしたお母さんは笑顔だったけれど、その笑みには、どこか遠慮したような感情が混じっているように感じた。

お母さんはぱちぱち、と二度ほど続けてまばたきをして、両端を上げていた唇をきゅっと結んでから、言葉をこぼした。

「ほんとに……」

とても、か細い声だった。

「……ほんとに、声が出せるようになったのね」

か細くて、後半が少しだけ震えていた。前までは圧力しか感じなかったお母さんが、うん、と、わたしは力強くうなずいた。

今はすごく、小さくなったように思える。

大丈夫だからね。わたしにそう繰り返し言い聞かせていたお母さんも、本当は不安で仕方なかったのだと、今さら気づく。不安で不安で、でもそんな一面を娘に見せてはいけないと、自分を奮い立たせてきたのだ。

「お母さん……ごめんね」

少しの無言を挟んだあと、わたしはぽつりと言葉を落とした。

「お母さんの気持ちを、裏切ってごめんね……」

大切に育ててくれたのに、その期待を裏切ってごめんね。お母さんが思っていたとおりの、優しくていい子でいられなくてごめんね。わたしを必死で守ろうとしてくれたお母さんを、負担に思ってごめんね。壁を作って、逃げ込んでごめんね。ごめんね、本当に。お母さん。

「わたしのこと……嫌いに、なってない？」

お母さんを不安にさせないように、できるだけしっかり声を出して会話しようと思っていたのに、少し声が揺れてしまった。

わたしの問いかけに、お母さんは即座に「嫌いになるわけないいじゃない」と返してくれた。

「嫌いに、なるわけないじゃない……っ」

お母さんの声は、もう完全に涙声になっていた。

そんなお母さんの姿を見て、わたしの目にも涙が浮かんだ。もう一度謝ってから、

「お母さん、あのね」とわたしは続けた。

「わたしね……お母さんに、言えなかった。お母さんが優しいから……わたしを信じ切ってくれていたから、言えなかったの……っ」

必死で目を合わせてくるお母さんに恐怖すら抱いて、心を閉ざして、一方的に向き合うことをやめていた。嫌われることが、失望されることが怖くて、お母さんの愛情を疑っていた。

「お母さん……よかれと思っていたけれど、奈緒を追い詰めていたのね」

すん、とはなをすすりながら、お母さんが言った。ふるふると小さく首を振る。その拍子に溜まっていた涙が落ちて、視界は再びクリアになる。

「……わたしね」

顔を上げて言った。お母さんとしっかり目を合わせて、胸の中にある決意を紡ぐ。

「わたし……先生にいじめがあったこと、言おうと思う。自分がしたことも、隠さず全部言おうと思う。それで……それから……」

——依子に、会いに行きたい。

その気持ちを、初めて内から外に出した。

依子に会いたい。数え切れないほどの謝罪と、大切に思っているという心を、伝えに行きたい。許さないと決めるのは、わたしじゃない。依子になら、どれだけ心を削られてもいい。

おばあちゃんが、そしてこの夏が、わたしに教えてくれた道筋。

わたしは依子と向き合うことから、もう逃げない。

「……うん」

お母さんは涙声でうなずくと、運転席から手を伸ばして、わたしの手をぎゅっと握った。少しざらついていて、でもとても、あたたかい手だ。

「お母さん……いじめのこと、一緒に先生に言いに行くよ。もう他の誰にも辛いことが起こらないようにしよう。依子ちゃんのところにも、一緒に謝りに行こう」

クリアになったばかりの視界が、またにじむ。涙のカーテンの向こうに見えるお母さんに、ありがとうとごめんねを、同じ数だけ伝える。

ありがとう、ごめんね。お母さん、ごめんね。ありがとう。

車の中で、ふたりしておいおい泣いた。車の窓が、プライバシーガラスでよかった。そうでないと、通りかかる人に何事かと怪しまれてしまっただろうから。

「……家に帰ろうか」

ふたりの涙がやっと落ち着いてから、お母さんが少し照れたようにそう言った。泣きすぎてヒリヒリする顔をくしゃりと縮めて、大きくうなずく。やがて車がゆったりと走り出し、車窓の景色が流れ始める。

そっと窓に手を当てて、空を見上げる。

遙《はる》か彼方の空には夏雲。けれどそのさらに高いところには、もう次の季節の雲が待っていた。

9 夏は、もう一度

涌井依子　さま

めっきり寒くなりましたが、お元気ですか。

わたしは相変わらず、読書に勤しむ日々を送っています。

この間読んだ小説は、『熱い冬』という、なんだかチグハグなタイトルの小説だったよ。

面白かったけど、中身について書いてしまうと便箋《びんせん》が埋まっちゃうから、タイトルだけにとどめておくね。

先日、冬休みに入りましたね。依子は冬休み、なにか予定がありますか。

わたしは特になくて、家族で初詣《はつもうで》に行くくらいです。それから、家でお雑煮《ぞうに》を食べるかな。

そうだ。ずいぶん前だけれど、お雑煮の話をしたことがあるの、覚えていますか。

依子の家のお雑煮と、わたしの家のお雑煮は違ったよね。

依子は出汁で、わたしは白味噌。わたし、お雑煮ってどこの家も全部白味噌だと思ってたから、初めて聞いたときはすごく驚いたよ。

依子も、お味噌汁にお餅を入れるの！って驚いていたよね。出汁のお雑煮、一度食べてみたいって、あれからずっと思っています。

依子。

わたし、手紙の最初にお元気ですかって書いてしまったけど、わたしがそれを書くのはおかしいよね。

依子から元気を奪ってしまったのは、他でもない、わたしだから。

依子、ごめんね。本当にごめんね。

傷つけてしまったこと、裏切ってしまったこと、守れなかったこと。本当に後悔しています。全部、わたしが弱かったから起こってしまったことです。

強くなりたい。大切な人を守れる分だけの、強さを持ちたい。今は、そう思っています。

そんな人間になれるよう、自分を叱りながら頑張っています。

依子。わたしは今でも、あなたのことが大好きです。

毎回、手紙の後半が同じ内容になってしまってごめんね。何度も手紙を送りつけてしまってごめんね。ごめんねばかり、連ねてごめんね。

でもわたし、いつか依子と、もう一度友達になりたいです。お花見をしたときに約束した、ひまわり畑を一緒に見に行きたいです。

長々と書きましたが、寒いから身体に気をつけてね。

田内奈緒　より

時間を長く感じたり短く感じたりすることはあるけれど、過ぎ去ってから日々を振り返ってみたとき、あっという間だったなと感じることのほうが、きっと多い。

暑いという感覚が涼しいに変わり、涼しさを満喫しきらないうちに、気がつくと空気は冷たくなった。近頃の秋は短い気がする。季節はもう、すっかり冬だ。

行き交う人々は熱を得ようと、心なしか歩くスピードを速めており、皆一様に分厚く洋服を着込んでいる。

午前十一時前。そんな人々の往来を見つめながら、同じく分厚いピーコートに身を包んだわたしは、東京駅の銀《ぎん》の鈴《すず》前に立っていた。

地下中央通路にある銀の鈴は、有名な東京の待ち合わせスポットだ。周りには数人の人が立っていて、相手の姿を探してキョロキョロしたり、暇つぶしにスマホをいじったりしている。

わたしもコートのポケットからスマホを取り出して、メッセージがきていないか確認してみる。確認して、それからそわそわと髪を手櫛《てぐし》で整えてみたり、ブーツに収まっている足の指を曲げたり伸ばしたりしてみた。

わたしが今待っている人。それは、健太くんだった。

『そっちで、好きな男とか作んなよ』

夏の終わりに別れてから、健太くんとわたしは、スマホでずっと連絡を取り合っていた。

学校のこと、部活のこと、夕飯のこと。他愛ないメッセージのやり取りを続けて、そして今日、健太くんが東京に遊びに来てくれることになっている。一緒に、王道の観光コースを回る予定だ。

健太くんに会うのは、おおよそ半年ぶりになる。昨晩から……いや、健太くんが東京に来ると決まってからというもの、わたしはずっとドキドキしていて、いろんなことが上《うわ》の空になってしまっていた。

もう何度目かの時刻チェックをして、ふう、と心臓を落ち着かせるための息を吐く。そろそろ姿が見える頃だろうか。健太くんが乗ったという新幹線は、すでにホームに到着しているはずだけれど。

「奈緒」

もしかして迷ったりしていないかな、と少し不安に思ったとき、左後方から名前を呼ばれた。

芯のある低い声。ハッと振り返ったそこには、ダッフルコートに身を包んだ健太くんが立っていた。

「……っ！」

目を見開き、わたしは一瞬、呼吸を忘れてしまった。

健康的な色をした肌に、スッと通った鼻筋。眼光の強い目。ああ、健太くんだ。本物の健太くん……だけれど、半年前の夏よりも大人っぽく、そして男っぽくなっている気がする。

「……久しぶり」

頭ひとつ分以上高い位置から声が落ちてきて、わたしは慌てて「ひっ、久しぶり！」とオウム返しをした。

思いきり声が裏返ってしまい、健太くんの唇にふっと笑みがこぼれる。頬が一気に熱くなる。冬場で寒かろうが、体温が低かろうが、恥ずかしいときには簡単に熱が生まれてしまうものだ。

「な……なんか健太くん、おっきくなった？」

目を合わせることができずに、健太くんの口の辺りに視線をやって、わたしはあたふた言葉を発する。余裕のないわたしに健太くんはまたふっと笑うと、「奈緒はちっこくなったな」とからかいの言葉を返してきた。

「な、なってないよ……！」

「いや、縮んだ縮んだ」

続けてのからかいとともに、健太くんの手のひらがわたしの頭に降ってくる。大きな手に、ぐしゃぐしゃと髪を乱される。恥ずかしくて悔しいはずなのに、わたしの顔は、糸をたるませたように緩んでしまっていた。

あの夏の終わりから、本当に背は一ミリも縮んだりしていない。もちろん伸びてもいないし、髪型だってそのままで、わたしの見た目はなにも変わっていない。

けれどわたしを取り巻く環境は、大きく変わったように思う。

夏休みが終わってから、いろいろなことがあった。正確には、いろいろなことを起こした、と言うべきかもしれない。わたしは夏を通して内に宿した決意を、翻《ひるがえ》すことなく実行に移した。

まず先生に、いじめがあった事実を伝えに行った。自分が犯してしまったことも、ありのまま、包み隠さずすべて話した。

話す前に、取り合ってもらえないかもという覚悟はしていた。生徒ひとりが訴えたところで信じてもらえないかもしれないし、先生だからといって親身になってくれるとは限らない。逆に学校側が隠蔽《いんぺい》に走る可能性だってある。

難航《なんこう》するだろう。そう思っていたけれど、先生は意外にも早く動いてくれた。わたしの話を信じて、高峰さんたちに事情聴取を行ったのだ。

依子の髪切り事件と転校の件で、学校側もすでにいじめを疑っていたらしい。そして先生たちは、面倒を厭《いと》わない良心を持った人たちだった。

もっと早く、先生に助けを求めていればよかった。後悔にさいなまれつつも、信じて動いてもらえたことに、本当によかったと安堵した。

けれど、決してよいこと続きではなかった。告げ口する形になったことで、高峰さんたちは、強烈な憎悪をわたしに向けるようになったのだ。

先生の目があるから過激な攻撃こそしてこなかったけれど、水面下での嫌がらせが始まった。名前を出さずに大声で悪口を叩いてきたり、わざとカバンをぶつけてきたり。証拠として残らないレベルで、どうにかわたしを痛めつけようとしてきた。

悲しいけれど、どう頑張っても変えられない悪はある。クラスメイトたちは問題ごとに関わりたくないと、依子にしたようにわたしを無視した。

強くなる。大丈夫。そう言い聞かせても、どうしても耐えきれなくて学校を休むこともあった。ひとりぼっちは辛い。存在を否定されることも、言葉のナイフも、実際に身を切られるほどに辛い。

でもこれでいい。心を殺して依子を見ないようにしていたときの自分よりも、今の自分のほうが、わたしはずっと、ずうっと好きだ。

折れる日もある。けれどお母さんに話を聞いてもらいながら、健太くんに支えてもらいながら、わたしはなんとか心を奮い立たせて登校している。

もちろん、学校に働きかけるだけでなく、依子にも会いに行った。夏の終わりに、固く心に決めていたから。どんなに罵られることになったとしても、会いに行こうって。依子が抱える行き場のない感情の、的になろうって。

お母さんも「一緒に謝りたい」と付いてきてくれたけれど、結果、依子はわたしに会ってはくれなかった。そのあとも何度もアパートを訪問したけれど、依子のお母さんに「もう関わらないで」とキツく言われ、一度も取《と》り次《つ》いでもらえたことはない。依子の気持ちを考えたら、当たり前だと思う。先生からいじめのことについて働きかけがあったはずだけれど、依子は訴えを起こすような大々的な行動には出なかった。多分もう、戦う気力なんてないのだ。それよりも離れて、関係を断ち切って、全て忘れたいのだ。依子は。

依子を追い詰めることになりそうで、わたしはアパートを訪問することはやめた。

でも依子のことを思っているという気持ちは伝え続けておきたくて、自分から繋がりを切ってしまうことはしたくなくて、手紙だけは送り続けている。直接会えないのなら、せめて自分の文字で想いを伝えたかった。

高峰さんたちに脅されていて、動けなかったこと。でもそれは言い訳で、自分が弱かったこと。事実と、胸にある気持ちを、全部書いた。

返信はまったくない。送った手紙を見てくれているかもわからない。

それでも、諦めないでいたいと思う。今朝もちょうど、ここに来る前にポストに手紙を投函してきたところだった。

銀の鈴前で落ち合ってから、わたしと健太くんはまず、浅草に向かった。

東京に住んではいるものの、わたしも浅草にはほとんど来たことがない。電車に乗って辿り着いた浅草は、まさしくザ・観光スポットだった。

駅から歩いてすぐのところに構えられた雷門《かみなりもん》。朱塗《しゅぬ》りが鮮やかなその山門には、外国人の姿もたくさん見てとれる。

「うおっ！　でけー」

中央に下げられた提灯を見上げて、健太くんが言った。

「あっ、あのね！　すごいんだよ、この提灯だけで七百キロの重さなんだって！」

「七百!?　マジか。落っこちてきた俺ら、即死だな」

「そ、そんな物騒なこと言わないでよ……！」

ギョッとして思わず提灯の真下から飛び退《の》くと、健太くんはブハッと吹き出した。

大人っぽくなったように感じたけれど、笑顔はあの夏のままだ。もう！というべきところなのだけれど、嬉しくて楽しくて笑ってしまう。

合掌一礼《がっしょういちれい》をしたのち雷門をくぐったわたしたちは、土産物屋が立ち並ぶ仲見世《なかみせ》をいったん素通りし、本堂のお参りをした。

手を合わせて神様に願ったのは、まず健太くんのこと。健太くんが獣医になれますように、というものだった。

健太くんはあれから、お父さんお母さんに獣医になりたいという想いを打ち明けた。色々話し合って、その末に、農家を継ぐのではなく自分の夢に向けて頑張れ、と言ってもらえたらしい。健太くんは野球部を続けながらも、高一の今から必死に勉強に打ち込んでいる。

どうか、健太くんの夢が叶いますように。

それからもうひとつ。依子が少しでも笑えていますようにと、強く願った。

旧から新へ。浅草の仲見世も楽しんだのちにわたしたちが向かったのは、バスですぐのスカイツリーだった。

平成二十四年にできたという、世界一高いタワー。中にプラネタリウムの施設があり、ちょうどよい上映時間のものがあったので入ってみることにした。

「暗いとこに来るとすぐ眠くなるんだよな」

寝たら起こして、と健太くんは上映前に頼んできたけれど、一度もカクンと頭を揺らすことなく、わたしの隣でちゃんと起きてくれていた。

癒しの音楽と共に移り変わる美しい星空には、見事に心洗われた。偽物《にせもの》の空だけれど、綺麗なものは綺麗だ。美しさに浸ると同時に、たくさん自然の星が見える田舎が恋しくなった。

恋しい。田舎の景色と、おばあちゃんと、おばあちゃんが守るあの家と、それからトマのことが。

健太くんは今でも、定期的におばあちゃんの家に通ってくれているらしく、メッセージのやり取りでトマが元気だということは聞いている。でもやっぱり、できることなら、その元気な姿を直接この目で見たかった。トマを散歩に連れていきたい。トマの背中を撫でて、あたたかさを感じたい。おばあちゃんとたくさん話したい。おばあちゃんから独自のおやつの作り方を教わって、会話しながら一緒に食べたい。

それら全部を叶えるために、わたしは目下お小遣いを貯めているところだったりする。順調にいけば春休みには十分な交通費が貯まり、遊びに行くことができると思う。

プラネタリウムも素晴らしかったけれど、なんといってもスカイツリーのメインは超高層階からの景色だ。上映後、わたしたちは展望台へと足を運んだ。

「うおっ、たけー」

景色を見下ろし、健太くんが雷門のときとほとんど同じ素直なセリフを口にするから、少し笑ってしまった。

一望できるひしめくビル群は、美しい自然とはまた別枠の、圧巻の景色だ。この一棟ごとにたくさんの人間が入っているのだと思うと、なんだかとてつもないものを見せてもらっている気がする。

晴れていたから、遠くには富士山も見えた。冬空だと見えないかなと諦め半分でいたから、思わぬ収穫だった。

「いつか、一緒に登ってみたいな」

健太くんがそう言ってくれたことも、とても嬉しかった。

スカイツリーを満喫したあとは、水上バスに乗ってお台場海浜公園《だいばかいひんこうえん》へ向かった。レインボーブリッジを背景に、他愛ない話をしながら砂浜を歩く。健太くんとはトマの散歩でたくさんの道を一緒に歩いたものの、足が沈む砂の上を歩くのはこれが初めてだ。

「土産に東京バナナ買ってこいって、母さんがうるさくてさ」

「あはは、定番だよね。……あっ、もしかしたら今、期間限定の味があるかもしれないよ」

「へえ、何味？」

「わかんないけど」

「わかんねーのかよ」

健太くんが笑って、わたしも笑う。ずっとメッセージのやり取りをしていたけれど、こうして直接姿を見て話すのは全然違うなと思った。表情や声のトーンといった、そばにいるからこその情報が重なって、ひとつひとつの言葉が色を帯びる。ただの文字より、何十倍も大切なものになる。

冬は日の入りが早い。視線の先では、もう日が暮れ始めている。暮れの空はオレンジとピンクと群青《ぐんじょう》の三色がせめぎ合っていて、とても芸術的だ。色の配合は毎日違う。今見ている空は、きっと今しか見られない空だ。

三色の中にレインボーブリッジが影として浮かび上がっていて、海には空の色が映り込んでいる。沈みゆく太陽が、水面に溶岩色《ようがんいろ》の揺らめく道を作っている。

夕暮れは美しくて、美しければ美しいほど物悲しくなる。寂しいと感じるのは、終わりが迫っているからだ。健太くんとの時間の終わり。向こうに帰るのにはかなり時間がかかるから、健太くんは午後五時すぎには新幹線に乗らなければならない。

健太くんが東京に来る日を、今か今かとドキドキしながら待ちわびていたのに、実際その日が来てみるとあまりにもあっという間だった。一緒に過ごした夏休みはもっと日が長かったのにな、と思う。これくらいの時間帯には、まだまだ外は明るかった。明るいからといって、健太くんが帰らなければならない時間が延びるわけではないけれど。

冷たい海風で、指先がかじかみ出す。握ったり開いたりして血流を促していると、「ん」と健太くんに少しぶっきらぼうに手を引っ張られ、繋がれた。

わたしの手を包み込んだ、大きな手。健太くんは手も背中も心も、全部大きい。その大きさが今、すごく愛《いと》おしい。

時間が過ぎるのがもっと遅ければいいのに。一分が六十秒より、もっともっと、長ければいいのに。たくさんたくさん、どうしようもないことを思う。どうしようもない思いが、胸に芽生えた愛おしさを大きく膨らませていく。

けれどどんなに願っても、時間は待ってはくれないものだ。きっちり時計の針は進んで帰りの新幹線の時間が迫ってきてしまい、わたしたちは駅へと戻った。

見送りのために入場券を買って、健太くんと一緒に新幹線のホームに立つ。もう別れのときが来てしまったなんて、と辛く思う。これほど早く過ぎ去ってしまった半日は今までなかったのではないか、と思う。

わたしたちはお互いに、無言になる。新幹線が間もなくやって来るというアナウンスが聞こえる。言いたいことはたくさんあるけれど、その中からどれをひとつ選び出すべきか、決めきらない。

「……あのさ」

わたしが言葉を選び出すより先に、言葉を発したのは健太くんだった。

「好きだよ」

新幹線がホームに滑り込んできた、ちょうどその瞬間。四文字が、わたしの鼓膜を揺らした。

低くて、芯のある声。顔を上げると、真っ直ぐな瞳がわたしに注がれていた。

「……前も言ったけど、もっかい伝えとこうと思って。お前ボケッとしてるからな」

「……っ」

なにも返せないわたしに、健太くんは「大丈夫。いくらでも待つから」と言葉を継いだ。胸がぐわんと大きく揺れて、目頭が熱くなる。

自分だけが幸せになってはいけない、と思う。ずっと思い続けている。

けれどそんなのわたしの勝手な都合で、健太くんには関係ないことだ。夏から返事を延ばし続けて、いいかげん愛想を尽かされても仕方がないと思う。

なのに健太くんは「待つ」と言ってくれる。わたしの気持ちを優先して、全部を受け入れようとしてくれる。

複雑な気持ちで胸を詰まらせていると、新幹線が停まり扉が開いた。

「じゃあ、またな」

笑顔を置いて、健太くんが乗り込んでいく。

「……っ、うん！　また……！」

わたしが答えると同時にベルが鳴り、目の前の扉が閉まってしまう。健太くんを乗せて、新幹線が動き出す。

ゆっくり、緩やかに。けれどあっという間にスピードは上がり、新幹線はホームから去っていく。遠く消えていく新幹線を見送りながら、鷲掴みにされたように、雑巾《ぞうきん》しぼりされたように、胸が切なくなる。

――わたしも好きだよ。

そう、心でつぶやいた。

余韻から抜けてしまいたくなくて、しばらくぼうっとホームに立っていた。寒さにぶるりと身震いが起こったところで、わたしはやっと、踵を返して歩き出す。

地下鉄に乗り、自宅の最寄り駅を目指す。駅に着いた頃には空はすっかりオレンジの光を失って、群青と黒のみに染め上げられていた。

ひとり、自宅マンションへの道を歩く。アスファルトとブーツの底がぶつかるたびに、コツコツと音が鳴る。

ひとりきりだと、冬の空気は余計に冷たく感じられる。手と手をこすり合わせて、息を吹きかけた。さっき見送ったばかりなのに、健太くんにもう会いたい。

健太くんの存在はわたしの中で、とても大きな割合を占めていると思う。人と人の繋がりは、過ごした時間の長さよりも密度による。まさにそう思う。だって中学三年間、偶然クラスが一緒だったクラスメイトより、ひと夏の間だけ過ごした健太くんのほうが、比べようもなく大切だからだ。

けれどもし、密度の濃い時間を長く過ごしたとしたら、その存在はもっと――。

そう考えたとき、わたしの頭に浮かんだのは、たったひとりの姿だった。

『……親友で、いてくれる？』

桜の木の下で、照れながらそう尋ねてきた依子。うん、と大きな声で答えたら、リスみたいな前歯を見せて嬉しそうに笑った、依子。

さっきとはまた別の切なさが、胸をしぼる。わたしが依子のことを思い出したのは、今だけではない。本を読んでいるとき、電車に乗っているとき、美しいものを見たとき。なにかにつけて思い出すのは、いつも依子の顔だった。

依子とは、密度の濃い時間を長く過ごした。あんなに素の自分を見せられたのは、依子だけだ。今までも、きっとこれからも。依子ほど気の合う人間とは、もう出会えないと思う。

ずっと諦めないでいようと思うものの、たまにものすごく不安に陥ってしまうこともある。手紙を送るだけで自分は本当に頑張れているのかと。独りよがりなのではないかと。

けれどそういうとき、わたしは記憶を呼び起こす。勇気の一歩を踏み出すことができた夏を。

『あなたがその子の光になりなさい。奈緒』

おばあちゃんが、わたしにくれた言葉を。

寒さに身を縮めながら歩くうち、やっとマンションに帰り着いた。エントランスに入り、感覚が鈍くなった指先を動かしてポストの郵便物をチェックする。

今回届けられていたものは、塾のチラシと、電気料金の請求書と……それから。

「……っ」

ハッと目を見開いた。チラシ、請求書の下にもうひとつ郵便物が存在した。空色の、手紙だった。【田内奈緒様】と書かれた、一通の手紙。

ドクン、と心臓が鳴る。目を見開いたまま、わたしは素早く裏返す。右端に小さく書かれた差出人の名前を見る。鳥肌が立った。手紙を落としてしまいそうになった。

【涌井依子】

手紙の右端には、そう、書かれていた。

依子からの、手紙。信じられなかった。指先が震えた。寒さのせいではなく、心の震えが伝わっていた。カタカタと震える指先で、わたしは破れないようにそうっと、手紙を開封した。

空色の封筒の中には、同じ色の便箋がふたつ折りで入っていた。呼吸のリズムも心臓のリズムも崩したまま、それでも意を決して折り目を開く。

そこにはとても綺麗な、依子の文字が並んでいた。

田内奈緒　さま

手紙ありがとう。今までずっと、返事できなくてごめんなさい。

わたしは元気です。新しい学校で、穏やかに生活できていると思います。

図書委員をしていて、友達も少ないながらできました。

お雑煮の話、覚えてるよ。

実はわたし、白味噌のお雑煮、お正月でもなんでもないときに作ってみたことがあるの。どうしても気になって。

あれはあれで、おいしいね。そう言えば奈緒に伝えていなかったなと、奈緒の手紙を読んで気がつきました。

奈緒。

九月。奈緒がわたしの家に来てくれたとき、わたしは奈緒に会いませんでした。

正直、もう遅いって思った。今さらって。奈緒のことを、偽善者《ぎぜんしゃ》だとも思いました。

たくさん送ってくれた手紙も、実は最近まで開封してもいませんでした。一番最初のものは、捨ててしまいました。ひどいと思う。でも、奈緒のことが、許せなかった。

奈緒があんなことをしたくなかったのは、わかっています。仕方なかったのだと、理解しています。

でもそれでも、わたしは辛かった。死んでしまいたいほど毎日辛かった。いじめを受けたことよりなにより、奈緒がわたしを遠ざけたのが辛かった。

奈緒のことを、心から親友だって、思っていたから。

自分で自分の髪を切ったのは、自分の心を守るためでした。

親友だった奈緒に手を下されるくらいなら、自分で、と思った。自分の心を殺してしまわないための、行動でした。

図書委員をしているって、手紙の最初に書いたね。

この間、図書委員の仕事で返却本を整理していたら、その中にわたしは、ある本を見つけました。奈緒が前に、好きだと教えてくれた本だった。誰もいない図書室で、わたしはその本を読んでみました。

そしたら、いつの間にか、泣いてた。涙があふれて止まらなかった。

本の内容は頭に入ってこなかった。奈緒との楽しかったことばかりがね、よみがえってきたの。

奈緒ほど気が合う友達は、親友って呼べる人は、後にも先にもできないって。そう思った。

わたしはまだ、奈緒のことを許せていません。

どんな顔をしたらいいのかわからないし、向き合って話せるかどうかもわからない。

でも。

わたしもいつか、奈緒ともう一度友達になりたい。

そしていつか、一緒にひまわりを見に行きたいです。

涌井依子　より

「……っ」

──依子。

崩れ落ちるように、わたしはその場にしゃがみ込んだ。

熱いものが込み上げ、呼吸ができなくなる。たくさんのごめんねが湧き上がる。

――依子。依子。ごめんね。依子。ごめんね。ありがとう。ごめんね。

依子のさまざまな顔が、走馬灯のようによみがえる。本について語り合ったときの。わたしの話を、うんうんって、優しく聞いてくれるときの。桜の木の下で〝親友〟って言ってくれた、少し照れくさそうな、依子の。

「ああ……っ」

にじんだ声が落ちる。とめどない涙が、ぽろぽろとこぼれ落ちる。冬の乾いた空気に溶ける。

空気はやがて、潤《うるお》いを帯びる。白い息は色をなくし、外気は温度を上げる。あたたかくなって、熱くなる。

季節は巡って、夏はまた、わたしたちの元にやって来る。

【end】

特別書き下ろし番外編　エピローグ

バスの中は、たくさんの刺激に満ちている。

独特なシートの匂いに、多方向への揺さぶり。エンジンの振動をお尻に与えながら、バスはわたしを、約束の場所へと運んでいく。

最後部から三列目。タイヤ真上の席に座ったわたしは、ソワソワと落ち着かない気持ちで車窓を眺めていた。

景色とともに流れゆく人々は、夏という季節らしく、皆一様に半袖だ。かくいうわたしも半袖で、袖から伸びた両手は、太ももの上でしっかり組み合わされている。指にはグッと力が入っており、骨にまで響くほどだ。痛いけれど、でもそれくらいでないと心臓が飛び出てしまいそうなほど緊張している。

緊張するのも当然だ。だってこれから……久しぶりに、依子に会うのだから。

わたしもいつか、奈緒ともう一度友達になりたい。

そしていつか、一緒にひまわりを見に行きたいです。

今から一年半前。高校一年の冬に、初めて依子から届いた返信。信じられない思いで受け取ってすぐに、わたしはまた手紙を書いた。

本当にありがとう、と震える手で綴って、依子と繋がりたいからこれからも手紙を送らせてほしい、という内容をしたためた。

一方的でもいい、読んでくれるだけでも十分、という気持ちだった。けれど依子は、その後のわたしの手紙にもきちんと返信をくれた。

手紙を送れば、半月ほど置いて依子の言葉が返ってくる。切れていた関係がまた細く薄く繋がり始めたことは、わたしにとって奇跡だった。

本当に嬉しくて、でも同時に、やり取りが依子の負担になるのではないかと心配になった。

【無理しなくていいからね】

心を休めることを一番に考えてほしくてそう綴ったら、【無理してないよ】という言葉が返ってきた。

気遣ってくれてありがとう。奈緒と手紙で話すことは、続けていきたいです。

依子の文字は、一字一字、私の心の琴線《きんせん》を震わせた。

それからも、わたしたちはぽつぽつと文通を続けた。最近読んだ本の感想に、授業の内容や委員の話、こんな料理に挑戦したよ、なんていう日常のことを、手紙のやり取りで報告し合えるようになった。

もちろん、平和で他愛ないやり取りばかりではない。いじめのことについても、手紙で話した。全部吐き出してほしい、というわたしの訴えは通じて、依子は当時の気持ちを綴ってくれたし、わたしはそれを全部受け止めて懺悔《ざんげ》した。

懺悔と同時に、自分のことも全て明かした。いじめ渦中のこと。わたしに変わるきっかけをくれた、おばあちゃんの家で過ごした夏のこと。そして自分が現在、戦いながら学校に行っていることも。

そうしてやり取りした手紙は、ふたり分合わせて五十通をゆうに超える。

依子からの手紙は、いつも依子の声を頭によみがえらせて、大切に大切に読んだ。暗記してしまうくらい、何度も繰り返して。

やがて時は流れて季節は巡り、わたしたちは高校三年生になった。高校三年生イコール、受験生だ。手紙の内容は、勉強に関するものがぐっと多くなった。

わたしが受験したいと思っているのは、都内の心理学を学べる大学だ。そこに進めば、臨床《りんしょう》心理士という職業への道が開け、子どもの心の支援をしたり、いじめの防止に関われたりするかもしれない。心を削り続け、戦い続ける高校生活を送るうちに、将来進みたい道は自然と見つかっていた。

依子の志望大学はどこですか？

六月の初め。わたしは依子への手紙に、自分の志望大学とともにそんな質問を書いた。自分の夢を文字に起こすのはすごく緊張したし、依子の夢もとても気になった。

依子は本が好きだから文学部だろうか。そう予想しつつ迎えた六月の終わり。依子から届いた手紙に、わたしは衝撃を受けた。

島根にある大学の、文学部です。図書館司書の資格を取れたらって思ってるの。どうして島根かっていうと、来年の四月から、お母さんの地元に戻ることになったからなんだ。

学部は予想通りだった。でもまさか遠方に行ってしまうとは思いもしていなかったから、手紙を持ったままフリーズしてしまった。

しばらく固まっていて、そしてようやく手紙を読むのを再開したところ、わたしはその後の文にさらなる衝撃を受けた。

遠く離れてしまうことになるね。

奈緒。その前に、会いませんか？

ずっと約束を果たせていなかったけど、ひまわり畑で。

最初に読んだとき、夢だろうかと自分の頬をつねりたくなった。信じられなかった。わたしたちは近い距離にいながらも、会わずにずっと手紙だけの関係できていた。わたしから「会いたい」と言い出すのは違うと思っていたし、依子は会ってくれないと思っていた。それくらいの、罪を犯したのだから。

熱い息がこぼれ、顔がくしゃくしゃになるくらい嬉しかった。その場で【もちろん】と返事を書き、すぐにポストに投函しに行った。

それから二往復くらいのやり取りの中で、わたしたちは会う場所と日時を決めた。ひまわり畑は、東京都内の清瀬を提案した。健太くんに連れて行ってもらったところにしたい気持ちは山々だったけれど、それはさすがに遠すぎるからだ。

清瀬ではひまわりフェスティバルというものが開催されていて、二万四千平方キロメートルの広大な農地に、十万本ものひまわりが咲いているらしい。さぞ圧巻の景だろうと、想像だけで胸がときめいた。

そうしてソワソワと落ち着かない日々を過ごしながら、迎えた八月。約束の日である今日、わたしはバスで清瀬に向かっている。

時刻はまだ九時前。ひまわりフェスティバルは有名なため、人が多くならないうちにと、待ち合わせは早めに設定しておいたのだ。

バスは見慣れない景色を割って、どんどん進んでいく。もうすぐ目的の停留所に着く。あと少しで、依子に会える。

「は……」

思わず、小さな声が息とともにこぼれた。握り合わせた手の力が強くなる。緊張をはじめとしたいろんな感情がせめぎ合って、目が潤んできてしまう。

でもきっと、依子も同じだ。

一本あとのバスなのか、それとも別の手段で来ているのか。わからないけれど、依子もきっと今、すごく緊張して向かっていることには違いないはずだ。

わたしに会うということで、いじめられていた辛い日々を思い出してしまっているかもしれない。怖い思いや、恨めしい感情だってあるだろう。

それでも、依子は勇気を出して歩み寄ってくれた。およそ二年という時を経て、今日の再会がどんなものになるのかわからない。前のようにしゃべれる、なんて都合の良すぎることは思っていない。

わたしにできるのは、心から謝ること。そして、心からのありがとうを伝えることだ。

組み合わせた手は、その後も一度も緩まなかった。

「次はー、グリーンタウン清戸。グリーンタウン清戸です——」

そしてとうとう、ひまわり畑近くの停留所がアナウンスされ、わたしはキュッと肩の位置を上げた。緊張がピークに達したところでバスが停まり、慌てながら降車する。

外に出た瞬間に降り注いでくる、光のかたまり。まだ早い時間でも、陽光はすでに強さを増してきている。真っ昼間にはきっととても暑くなるだろう。

ふっ、と息を吐き出して気合いを入れる。そうしてスマホを取り出し、ナビを頼りに歩き出した。

ミーンミンミン——。いらっしゃい、とでもいうように、どこかでセミが鳴き始める。セミの声はいつだって、わたしにおばあちゃんの家で過ごした夏を思い出させる。

庭に、縁側。座敷に納戸。畑や川。それから、包み込むようなおばあちゃんの笑顔と、寄り添ってくれるトマのあたたかさ。

脳裏に大切なものたちを浮かべつつ、限度いっぱいまで心臓をドキドキと動かしながら、住宅街をしばらく歩いていく。

こっちで合ってるよね、と手元のナビを見て、また顔を上げたときだった。

「……！」

目に、パッと黄色が飛び込んできた。ひまわり畑だ、と駆け足になる。住宅街を完全に抜けきったところで、一気に視界が開けた。

「わ……」

十万本ものひまわりが並び咲いている様は、きっと圧巻だろう。そう予想はついていた。

けれど実際の光景は、予想を遥かに上回った。花、花、花、ひまわりの花。ぐるりと見回してもとても捉えきれない花の大群が、わたしを歓迎してくれている。

夏を表す黄金の群れ。陰りのない明るさが、強さのある美しさが、今自分の目の前にある。

「すごい……」

圧倒され口を開いたまま、わたしはゆっくりと歩みを進め、ひまわり畑の中の道に入っていった。ひまわりは、本当に元気をくれる花だ。そばに立つと、心にまでパッと光が差す気がする。

今も、そして二年前の夏もそうだ。健太くんと一緒に見たひまわり畑も、わたしを芯から勇気づけてくれた。

健太くんとわたしは、現在、正式にお付き合いをしている。

自分だけが幸せになってはいけない、とずっと思ってきた。依子に寄り添うことを一番に考えてきた。けれど、付き合うきっかけを与えてくれたのは、依子だった。

うまくいくといいね。

奈緒が素敵な人に出会えたこと、教えてくれて嬉しいです。

文通を続ける中で健太くんの存在を明かしたら、そんなあたたかい返信をくれたのだ。それを機にようやく健太くんに気持ちを伝えて、わたしたちはスタートを切った。

健太くんは、東京の獣医学部のある大学を受験することになっている。距離がぐんと近くなるのは本当に嬉しいし、お互いどうにか希望の大学に受かればいいなと思う。

今日依子と会うことは、健太くんにも伝えてある。

『話したいこと、話せるといいな。頑張れ』

電話で健太くんが言ってくれた言葉を思い起こしながら、わたしはふと、一本のひまわりの前で足を止めた。

周りのひまわりも立派だけれど、この一本はさらにひと回り頭が大きい。ぎっしり種が詰まっていて重そうだ。でも頭を垂れることなく、太い茎でしっかりと踏ん張って立っている。

すき間なく並んだ種たちに、そっと手で触れて緊張の息を逃す。二回、三回、と深呼吸を重ねたその時、ザアッと強く風が吹き込んできた。

「わっ」

髪が顔にかかって、視界が塞がれる。慌ててかき上げつつ、後方へ体をひねった。

「……っ」

そこで、ハッと息を呑んだ。誰かが、住宅街の道からこちらにやって来る。

誰か、じゃない。すぐにわかった。依子だ。水色のワンピースを着ていて、遠くからでも大人びた雰囲気が伝わってくる。

ひと時たりとも目を離せずに、わたしはその場に立ち尽くす。依子が、こっちに歩いてくる。近づいてくる。

ふたりの距離が十メートルほどになったとき、依子が立ち止まった。

ざあっ。わたしたちの間に、また強い風が吹く。依子が、ゆっくりと口を開く。

「……奈緒」

「……っ」

――依子。

依子の声を聞いた瞬間、胸の内で様々な感情が高波のように押し寄せた。罪悪感ややるせなさ。そういった気持ちもある中で、一番強かったのは愛おしさだった。

わたしはずっとずっと、ずっと依子のそばに行きたかった。

一歩、足を動かす。また一歩。気持ちのままに次は走り出そうとしたそのとき、不整地にガッと足を取られた。

あ、と思った瞬間には地面が目前に迫っていて、ものすごい衝撃が顔全体に生じた。鼻は、つぶれたんじゃないかと思うほどだ。

「う……」

まさかこの大事な再会の場面で、派手に顔から転んでしまうなんて。強烈な痛みと猛烈な自己嫌悪に襲われて、そして気づく。

あれ。こんなこと、前にも――？

頭の中で記憶が、勝手に巻き戻されていく。中学の入学初日。教室に入るとき、わたしは小さな段差につまずいて。皆がいる前で顔から転んで。そして――。

『大丈夫!?』

「大丈夫!?」

過去の声と、今耳に入ってきた声が、脳内でピタリと重なる。ハッと顔を上げると、すぐそばに来ていた依子がしゃがんで、わたしに手を差し出していた。

「……っ」

胸が、震えた。

今、目の前にいる。わたしの目に写っている。

メガネの奥の小ぶりな目。唇にのぞく、リスのようなかわいい前歯。

そして、肩を越す真っ黒なストレートヘアー。

ずっと、ざんきり頭になったあのシーンが、目に焼き付いて離れなかった。それが今、更新される。太陽の光をまとって、とても綺麗。綺麗だ。

差し出された手を握る。

「依子……っ」

久しぶりに名前を呼んだ瞬間、涙があふれた。

あとがき

初めまして、高倉かなです。この度は数ある作品の中から本作を手に取っていただき、そして最後まで読んで下さり本当にありがとうございます。

初めて書き下ろしに挑戦させていただいた単行本が、今回、幸運にも文庫という新たな形に生まれ変わりました。担当の三井様、中澤様をはじめ、出版にあたってお力添え下さった方々、そしてこの本に出会って下さった皆様に、心から感謝いたします。

この物語には、たくさんのいじめ描写が出てきます。書いていて苦しかったですし、きっと皆様も読み進めていて、辛い気持ちになってしまったのではないかと思います。

しかし今の世の中には、もっと過酷ないじめが存在することも事実です。

すごく理不尽な目に遭ったとき。皆が皆、やり返すことができるわけではありません。そして、助けに行ける人も、きっとものすごく限られているのではないかと思います。

わたしも、ひとりで強く戦うことはできない人間です。もっと勇気があったならと、自己嫌悪に陥ることも多々経験してきました。

けれど執筆していく中で、気づいたことがあります。それは『必要なのは、守りたいものを守るだけの勇気』なのではないか、ということです。

ひとりで立ち向かう、大きな勇気はなくてもいい。「助けて」「苦しい」と声をあげることや、誰かを頼ること。大切な人に寄り添い、嫌われようが大事に思い続けること。そんな『小さな一歩』がありさえすれば、変わるものがあるのではないかと思いました。変わるものがあると、信じたいです。


最後に、本編でおばあちゃんが主人公の奈緒にかけた言葉を書かせてください。

――あなたがその子の光になりなさい、奈緒
人は誰しも、暗闇に落ちてしまうときがあると思います。這い上がれずに、ずっと暗いトンネルをさまよってしまうこともあると思います。

そんなときに、損得抜きで声をかけ続けてくれ、懸命に手を差し伸べ続けてくれる存在がいたら。それは間違いなく、暗闇を照らす光となるはずです。

誰かがあなたにとっての、そしてあなたが誰かにとっての、かけがえのない光になりますように。

高倉かな

この物語はフィクションです。実在の人物、団体等とは一切関係がありません。

本作は二〇一八年十二月に小社・単行本『約束の花が咲くとき、僕がきみの光になる』として刊行されたものに、改題、一部加筆・修正したものです。

高倉かな先生へのファンレターのあて先
〒104-0031　東京都中央区京橋1-3-1　八重洲口大栄ビル7F
スターツ出版（株）書籍編集部 気付
高倉かな先生

この世界でただひとつの、きみの光になれますように

2022年8月28日　初版第１刷発行

著　者　高倉かな　©Kana Takakura 2022

発 行 人　菊地修一
デザイン　カバー　北國ヤヨイ（ucai）
　　　　　フォーマット　西村弘美
発 行 所　スターツ出版株式会社
　　　　　〒104-0031
　　　　　東京都中央区京橋1-3-1　八重洲口大栄ビル7F
　　　　　出版マーケティンググループ　TEL 03-6202-0386
　　　　　（ご注文等に関するお問い合わせ）
　　　　　URL　https://starts-pub.jp/
印 刷 所　大日本印刷株式会社

Printed in Japan

定価はカバーに記載されています。
ISBN　978-4-8137-1315-9　C0193